新潮文庫

人情武士道

山本周五郎著

新潮社版

4365

目次

人情武士道	一三九
猿　耳	二三三
家常茶飯	二六五

解説　木村久邇典

人情武士道

曾《そ》我《が》平《へい》九《く》郎《ろう》

一

信長《のぶなが》は突然顔をあげて、

「気に入ったか」

と訊《き》いた。

余りにふいの事で、曾我《そが》平九郎《へいくろう》にはその言葉が分らなかったから、碁石を握っている手をそのまま下して、

「は――？」

と主君の眼《め》を見上げた。

信長は、いま襖《ふすま》の彼方《かなた》へ去って行った侍女若菜《わかな》の方へ一瞥《いちべつ》をくれながら、

「若菜よ」

と云《い》う。平九郎はつと赧《あか》くなった。

「何を、何を仰《おお》せられます」

「ははは赧《あこ》うなったの」

信長は面白《おもしろ》そうに、

「我慢の平九と云えば清洲《きよす》きって武骨と噂《うわさ》に定まった男だがやはり血は温《あたたこ》う流れるとみえる。どうだ美しかろうが」

「何がでござりますか」

平九郎の返事は意外だった。

「何が――?」

信長ちょっと鼻白んだ。

「若菜よ、若菜の姿美しゅうはないか」

「さ、どうでござりましょう」

平九郎は静かに盤面へ石を置いた。

「ほほう大分構えるな、彼女《あれ》もしかるべき者の娘であったが今は孤児《みなしご》、よき男あらば縁づけくれようと存じているが、どうだ平九、嫁にとる気はないか」

「ござりませぬ」

にべもない答えだ。

「私、生来女子《おなご》が嫌《きら》いでござります」

「隠すな」

「殿こそ、お戯《たわむ》れを」

「なに戯れ？」

信長の唇《くちびる》がぶるぶると痙攣《ひきつ》った。

「平九郎、その方上総介《かずさのすけ》を盲目《めくら》にする気か」

「は？」

「先刻より三度まで、若菜が茶を運んでくる毎《ごと》に、その方愚な手を打っていること、この信長が知らぬと思うか、うつけ者め」

信長は指を以《もっ》て盤面を指した。

「ここ、ここ、ここ！　この三石は何だ」

平九郎はつと手を下した。

「多くある家臣の中でこの男と思うたればこそ碁の相手にもしばしば呼んで、若菜に茶を汲《く》ませたものを、その心尽しを察しもせんで戯れとはどの口で云う。上総介信長が取持の役まで買っているに白をきって、生来女子を好まぬなどとどこまで欺《あざむ》き澄ます気だ。見損っていた、退《さが》れ！　左様な心ねじけた奴《やつ》家臣に持つことならぬ、唯今《ただいま》限り勘当だ」

「あ、御勘当とは？」

驚いてすり寄る平九郎。信長は、

「ええ眼触りだ！」

甲高《かんだか》に叫ぶと、

「殿、し、暫《しばら》く」

裾《すそ》に縋《すが》ろうとする手を振払って、足音も荒く奥へ去ってしまった。日頃《ひごろ》の一徹の気性を知っているから、平九郎もどうにもならぬと覚《さと》った。力無く座を立つと溜《たまり》へ寄り、支配頭池田信輝《のぶてる》に取なしを頼んで城を退った。

平九郎は俊斎《しゅんさい》の子、年は二十六歳、御使番《おつかいばん》で槍《やり》の達者だった。四年まえに父俊斎が卒してからは下僕《げぼく》六助《ろくすけ》と二人住い、母はとくに亡《な》かった。俊斎が先代信秀《のぶひで》の出頭人《しゅっとうにん》であったことから、信長も平九郎を疎《うと》からず思い、徒士組《かちぐみ》にいたのを馬廻《うままわ》りに取立て、幾許《いくばく》もなく使番としてめをかけていたのである。その気持は平九郎にも身に浸《し》みて有難《ありがた》かったから、人一倍武芸に出精《しゅっせい》して折あらばこの君の馬前に死のうと誓っていた。

五十日程前のことである。

「遠駈《とおがけ》の供をせよ」

という命が不意に平九郎を驚かせた。蒼惶《そうこう》としてまかり出ると、供は自分ともう一人、それも軽装した小女房《こにょうぼう》である。それが若菜であった。審り顔《いぶか》の平九郎に、

「此女《これ》は少々騎《の》るぞ、負くるな平九」

そう云って信長は悪戯《いたずら》そうに笑った。

小牧山まで二刻《ふたとき》、信長を先頭に平九郎、若菜の二騎、轡《くつわ》を並べて傍乗を勧めた。併《しか》し手綱《たづな》捌《さば》き、煽《あお》り、抑え、駈けいずれを見ても若菜の馬術は非凡なもので、相駈けの平九郎を追越すまいと気を配る女らしい優しさと余裕さえ充分にもっていた。

「併し、何故《なぜ》殿はこんな供をさせるのであろうか」

平九郎はそれが分らなかった。

二

それがきっかけで、それから平九郎はしばしばその遠駈に召された。主君の寵《ちょう》を受くることは望外の面目であるが、武弁一徹の平九郎にはそうした晴がましさが辛《つら》かった。しかもそうした時必ず若菜が一緒であることは、何かにつけて心が乱れる、見まいとすればする程、却《かえ》って姿が眼について遠駈の後のぼっと上気した頰《ほお》、風に吹送られてふっと鼻をかすめる匂《にお》やかな女の香、豊かに肉の乗った体つきなどが日を経《ふ》るにしたがって忘られぬものとなっていった。

ところが五六日前のことである。城中の溜に集っていた若武者達《たち》の噂話を、聞くともなく平九郎が耳にした。

「若菜とか申す侍女な」

「うん」

「殊《こと》の外のお気に入りと見えるが、最早お手がついたのではあるまいか」

平九郎の血が逆流するかと思われた。

「さあ御潔癖ゆえそこまでは知れぬが、ともかく一向《ひたぶる》の御執心だな、お傍《そば》御用は彼《か》の女が手一つにお仕え申しているらしい」

平九郎はその後を聞くに堪えなくなってその場を外した。

「そうか、殿御執心の女だったか」

そう呟《つぶや》くと共に、その日まで心窃《ひそ》かに抱いていた自分の恋心を、嘲《あざけ》るように苦笑をもらした。

「御執着の侍女に懸想《けそう》するなどと、自分は何という分際を知らぬ男だ。諦《あきら》めよう」

そう決心した。

こうしたゆくたてがあればこそ、今日信長の言葉を素直に受取ることができなかったのである。

「気に入ったか」

と云われた時既に、心を見透かされて度を失っていたのだ。殿御執心と知っていればこそ嫁にとらぬかと云われても、辞退する外はなかったのである。その心が信長に通ぜず、徒《いたずら》に主君を盲目にしたと思われたのでは、さすがに平九郎も悲しかった。

「や、最早御退下《たいげ》にござりますか」

平九郎の早い帰宅をみて、下僕は審り顔《いぶか》に出迎えた。

「お顔の色が勝《すぐ》れませぬがお加減でも悪うござりますか」

「うん、頭が重うて」

「お薬湯《やくとう》など煎《せん》じまするか」

「構わんでよい」

平九郎は何をする元気もなく居間へ入るとそのまま、刀を脱《と》ったなりそこへ坐《すわ》りこんでしまった。

翌《あく》る朝早く、隣邸に住んでいる木下藤吉郎《とうきちろう》が訪ねてきた。藤吉郎は仕官して五年に満たぬ新参であったが、智略《ちりゃく》抜群、数度の功によって普請《ふしん》奉行の役についていたし、役禄《やくろく》五百貫を領した隆々たる出世振りに世を驚かしていた。したがって柴田《しばた》勝家《かついえ》、佐《さ》久間《くま》信盛《のぶもり》、坂井右近《うこん》ら、清洲譜代の老臣どもは、人もなげな昇進ぶりを苦々しく思って、

「野猿《のざる》めが、身の程も知らんで」

と疎んじていたが、平九郎は藤吉郎の智謀と、功に誇らぬ卒直さが好きで、はやくから親しいつきあいをしていた。

「御勘気を蒙《こうむ》ったそうにござりますな」

座に就くとすぐに、

「お小姓衆から容子《ようす》を聞いて取敢《とりあ》えずお伺い仕《つかまつ》ったが、何を失策なされました」

と藤吉郎が訊《たず》ねた。

「さあ――」

平九郎は苦笑した。話すべき事であろうか、主君御執心の女、それと知ったればこそ御意に逆ろうた自分の気持、それは迂闊《うかつ》に語るべきことではない、知ってもらえるとすれば信長公自身に知ってもらうべきで、他《ほか》の人の耳に入れて良い事ではない。

「お話し申上げたいが、申せば身の恥、どうぞお訊ねくださるな」

「それでは伺いますまい」

藤吉郎は頷《うなず》いて、

「日頃御出頭のこと故《ゆえ》、御勘当もすぐにゆるむことでござりましょう。折があったら憚《はばか》りながら私よりもお口添仕ります」

「何分ともに」

「ま暫くは骨休め、御心労なさらずに静養でもして――」

心安く云って藤吉郎は辞し去った。

木下が取なしてくれたら、あるいは早くお詫《わ》びが協《かな》うかも知れぬ、と心丈夫に思っていると二三日して、支配頭池田信輝が馬をとばしてやってきた。

「どうでござりました」

何より先に訊くと、

「だめじゃ、きつい御不興でのう」

「は」

「平九郎の儀なれば助言無用、そう仰せられるきりお取上げにならぬ」

「では、どうでも御勘当は許されませぬか」

「今の御気色ではのう」

平九郎は胸を塞《ふさ》がれるような思いだった。

「併し何とかその内に考えようから、決して落胆せぬようにな」

「は！」

「お許《もと》にも思案があったら申出てくれ」

そう云って信輝は帰って行った。

三

七日めの夜であった。

「お来客にござります」

と、下僕が知らせてきたので、武具の手入れをしていた平九郎、

「木下殿か」

「誰《だれ》やら、お女中にござります」

「女中?」

夜中、女客と聞いて、平九郎首を傾《かし》げたがふっと頭にかすめる俤《おもかげ》。

「お通し申せ」

と云って手早く支度を改め、まさかと思いながら客間へ行ってみると、案に違《たが》わず短檠《たんけい》の明りを避けて、つつましく坐っているのは、若菜であった。

平九郎は騒ぐ心を押鎮《おししず》めながら、

「何か、急用にても?」

と訊く。若菜は頬を染めて昵《じつ》と膝《ひざ》を見戍《みまも》っていたが、やがて静かに眼《め》をあげた。

「実は私も、お暇《ひま》になりました」

「お暇？」

平九郎は眼を瞠《みは》った。

「それはまた何故に」

「訳は云わぬが、暇をくれるから平九郎を訪ねて身のふり方を頼め、と仰せられまして」

「私に――頼めと――」

「親兄弟のない身上ゆえ、厚顔《あつかま》しゅうはございますが、ともかくお眼にかかってとこうして夜中にお伺いいたしました」

そう云って、若菜は俯向《うつむ》いてしまった。燈火《とうか》を避けてはいるが、どうやらその眸《ひとみ》には涙が溢《あふ》れているらしい。

平九郎は呆然《ぼうぜん》とした。自分はどうかして帰参のかなうようにと心を砕いているのに、主君は若菜に暇を出してしまわれた。勘当のはなむけに、御執心の侍女を与えようという思召《おぼしめし》かも知れぬ。

「併しそれは余りに情なきお仕置だ。曾我《そが》平九郎は想《おも》う女と主君を取替える程、心腐れてはおりませぬぞ！」

そう思うと平九郎はきっと顔をあげて、

「若菜殿」

「はい」

「慮外ながらこのままお帰りくだされい」

若菜ははっと平九郎を見た。

「私とても御勘当の身上、貴女《あなた》の身に就いて御相談にあずかる筋ではございませぬ。夜陰ではあり男ばかりの住い、人の眼にかからば由《よし》なき噂《うわさ》の種ともなりましょう。早々にお引取りくださるよう」

若菜は無言だった。

「お分りくださらぬか」

平九郎の語調は意外にきつかった。若菜はやがて力なく頷いて、

「分りました。ではこれで――」

「お帰りくださるか」

「はい。お邪魔をいたしました」

低く云うと、静かに挨拶《あいさつ》をして若菜は立上った。平九郎は見送らずに居間へ戻《もど》った。

「可哀相《かわいそう》に」

そう呟くと共に、心の内で、

「赦《ゆる》せ」

と詫びるのだった。

闇《やみ》の中を唯《ただ》一人、身寄りもない女の体で何処《いずこ》へ行くだろう、木下藤吉郎にでも頼れと教えるのであった。そんな事を思いながら平九郎は再び、武具の手入れを始めるのであった。

それから又一句ほど過ぎた。

ある夜更《よふ》けてから、藤吉郎がふいに訪ねてきた。既に子《ね》の刻近くのことで、座へ通るとすぐに口を切った。

「大館左母次郎《おおだてさもじろう》、御存知でしょうな」

「鳴海《なるみ》より参っている」

「如何《いか》にも、かねて諜者《ちょうじゃ》の疑いあった男。あれがいよいよ山口左馬之助《さまのすけ》の手先となって、清洲《きよす》の秘謀を内通している事判明、明朝刺殺いたすことに定《き》まりました」

「明朝刺殺？」

藤吉郎の話はこうだ。

大館左母次郎は、鳴海城主山口左馬之助の家臣であったが、左馬之助が織田信長《おだのぶなが》と誼《よしみ》を結ぶと間もなく、遣わされて清洲の城に属していた。山口はもとより今川義元《いまがわよしもと》の腹心、表面織田家に貢を献ずると見せて、実は機密を探り、これを今川氏に通じていたのである。勿論《もちろん》左母次郎がその諜者の役を勤めていた。

「併し、今川氏との対抗上、今ここで急に鳴海と不和になる事は不得策。よって左母次郎を秘《ひそか》に刺そうという手段」

藤吉郎は、声を低めて、

「大館は鳴海へ急使の役を申付けられ、夜明け前に清洲を出発いたします。刺殺の役は私、場所は庄内川《しようないがわ》土井の渡《わたし》、河原に待受けて討止める手筈《てはず》でござります」

そこまで聞くと、何の為《ため》に藤吉郎がそんな話を持ってきたかという事が、はじめて平九郎に分った。

「左母次郎の供は」

「両名！」

「騎馬でござるか」

「徒《かち》の筈です」

平九郎は刀を引寄せた。

四

夜が明けかかっていた。

土井の渡手前十二三町、土器野《どきの》の畷《なわて》がかり半町余り、郷社八幡神社の境内松の蔭《かげ》に、平九郎は槍《やり》を横《よこた》えて待っていた。

自分達は庄内川の河原へ待伏せをかけるから、その前に左母次郎を討って、御勘気赦免の手柄《てがら》にするがよい。

と、口に云《い》わぬが藤吉郎の好意だった。その場から立って須賀口《すがぐち》で藤吉郎の同勢二十騎をやり過し、足場を選んだのがここである。

見覚えのある大館左母次郎が、供二人をしたがえて畷へかかってきた時、田面《たのも》の上には濃い朝靄《あさもや》が垂れていた。左母次郎は五尺二寸余り、小兵《こひょう》の体に徒士物具《かちもののぐ》を着け、体に似合わぬ大太刀をはいている。供は登五《とうご》、道助《みちすけ》と呼ばれ、いずれも鳴海からの随身《ずいじん》で強力の名が高かった。

平九郎は三人を四五間やり過しておいてつと起《た》つや、槍を執って追いざま、登五の腰へまず一槍入れた。

「あっ！」

と倒れる登五。はっと振返った道助が、

「曲者《くせもの》」

叫ぶのへ、

「邪魔だ、退《の》けっ」

と喚《わめ》いておいて左母次郎へ肉薄する。疾風の如《ごと》き襲撃に危く初の突を躱《かわ》した大館、
太刀を抜合して構えながら、

「名乗れ、何奴《なにやつ》だ」

「清洲譜代の家人曾我平九郎友正《ともまさ》だ、鳴海の諜者《いぬ》め、死ね！」

「さては露《ば》れたか」

左母次郎歯嚙《はが》みをして、

「かくなる上は逆討だ、来い」

「やあ――」

脇《わき》から絶叫しながら道助が襲いかかる、平九郎左足をひいて外しざま、石突《いしづき》をかえ
して足を払う、のめって倒れるのには眼《め》もくれず左母次郎へ、

「ゆくぞ！」

おめきながら突きを入れる。

平九郎の軽装に反して大館は物具を着けていた。進退の自由、足場の利、ことごとく平九郎に奪われている。三河、駿河《するが》に転戦して功名少からぬ勇士であったが、数合あわせるうちに突立てられて、道助が助勢に寄る間もなく、草摺《くさずり》はずれ下腹を背へかけて刺貫かれた。

「うん！」

と呻《うめ》いて槍をひっ摑《つか》んだが、右手に大きく振冠《ふりかぶ》った太刀が苦痛に顫《ふる》えた。道助が横から平九郎に掛ろうとするのを見ると、

「早く鳴海へ」

と左母次郎は叫んだ。

「鳴海の城へ、急げ」

道助はちょっと躊躇《ためら》っていたが決心して踵《きびす》をかえすとそのまま、一散に東へ駈《か》けだした。やってはならぬ、平九郎は槍をぐいと手許《てもと》へ引く、左母次郎は槍を摑んだなり引かれて寄る、と振冠った太刀を必死に斬下《きりおろ》した、刹那《せつな》、平九郎は槍を抛《ほう》って大館をそのままに刀を抜いて道助を追った。

暇はずれで道助を斬って戻ってくると、左母次郎は草の上に坐《すわ》って、傷所を押えながら肩で息をしていた。引起して、

「覚悟はよいか」

と喚くと、ようやく振仰いだが、もう眸《ひとみ》が散大してしまって見る力はない。平九郎は膝下《ひざもと》に押伏せて首をかいた。

叢《くさむら》の中に這《は》い込んでいた登五を引出して斬ってから、左母次郎の首級を包んでいると、朝靄の彼方《かなた》から戛々《かつかつ》と蹄《ひづめ》の音が聞えてきた。それは藤吉郎《とうきちろう》の同勢であった。

「やあ、曾我殿」

木下は平九郎を見出《みいだ》すと、真先に馬を乗りつけてきながら、

「貴殿この辺にて大館左母次郎にお会いなさらなかったか」

「そこに――」

平九郎は道傍《みちばた》の屍《しかばね》を指した。

「や！」

藤吉郎は聞えよがしに叫んだ。

「左母次郎を斬られましたな。して従者両名は」

「それも共に」

「貴殿御一人でか」

平九郎は苦笑するばかりだった。

「お手柄お手柄でござる」そう言って馬から下りてきた。

五

三日後、平九郎は信輝《のぶてる》に連れられて城へ上った。大館左母次郎主従を討取ったのは一人である、という藤吉郎の報告に平九郎の名は伏せてあった。案の定信長はその者に会おうと云う。そこで、今日の伺候《しこう》となったのである。

城へ上るとすぐにお召しということで、平九郎は池田信輝の後から謁見《えっけん》の間へ通った。待つ間もなく信長は座へ現われた。挨拶を言上して信輝が、

「かねて申上げました大館左母次郎を討取りし者、仰せにしたがって召連れました」

と披露《ひろう》するを、

「待て」と信長が制して、

「その方、平九郎だな」

「はっ」平九郎はっと平伏したままで、

「御機嫌《ごきげん》うるわしゅう」

「左母次郎を斬ったはその方か」

「は、お恥かしゅうございます」昵《じっ》と見ていた信長、何を思ったか、

「勝三郎（信輝）席を外せ」

と命じた。信輝はじめ小姓共を退けて二人だけになると信長はつと膝《ひざ》を進めて、

「待っていたぞ平九、何故《なぜ》早く来なかったのだ。手柄などをたてずとも、自分から参って一言詫《わ》びれば、それで俺《わし》の気は晴れるのに、情の強《こわ》い奴め」

「はっ」平九郎は顔を挙げることができなかった。やはり主君は自分を憎んでおられたのではなかった——そう思うと、嬉《うれ》しさがこみ上げてきて涙の溢《あふ》れるのを抑えかねた。

「よいよい、顔を見せろ」

「——」平九郎は懐紙で涙を拭《ぬぐ》うと、静かに面《おもて》をあげた、信長はその眼を見てにっこと微笑《ほほえ》みながら云った。

「若菜《わかな》は達者か」

「——」

「患《わずら》いはすまいな」

平九郎はぎょっとして、は！　と云ったまま両手を下した。

信長は重ねて、

「どうした」と促すように訊《たず》ねたが、答えもなく平伏している平九郎のさまを見ると、

ふいと声の調子が変った。

「平九郎、その方――若菜を家に入れなかったな」

平九郎は苦しげに答えた。

「は、御意の如く」

「何故だ、どうして入れなかった」信長の追求は厳しい。

「恐れながら、御勘気を蒙《こうむ》っておりまする私故《ゆえ》、憚《はばかり》多きことと存じまして、そのま、――」

「追返したと云うのか」

「殿――」

弁明の暇も与えず、ぱっと起った信長、席から飛ぶように走り寄ると、平九郎の衿《えり》髪《がみ》とって膝下へ引据《ひきす》え、拳《こぶし》を挙げて続けざまに三つ五つ打った。

「強情者め！」信長の息は火のように熱かった。

「何の為に信長が罪なき若菜に暇をだし、身寄頼りのない体を城から追ったかそれが貴様には分らぬか」

「――――」

「身上の事は平九郎に相談せよとまで言伝《ことづ》てたではないか、如何にものを知らぬ武弁とはいえ、かほどまでした信長の心が知れぬ筈はあるまい」

「――――」

「大館主従を斬るは貴様でのうても足りる、若菜の行末をみるは貴様の外になかったのだぞ。世に頼りなき女を追帰し、僅《わずか》な手柄を申立てて帰参を願い出るなんど、それがあっぱれ武士《もののふ》の道か、再びその面《つら》見するな」

信長はそう云って手を放すと二三歩行きかけたが振返って、低い声で付加えた。

「貴様は自分の浅智恵《あさぢえ》で、若菜は信長執心の女と思っておるであろう。それ位の事を察せぬ上総介《かずさのすけ》か、如何にもおれは若菜が好きであった。好きであったればこそ平九郎をこの男と見込んで、若菜を嫁にとらそうとしたのだ。貴様がおれに遠慮せんで済むよう、罪なき者に暇をくれてまで良かれと計ったものをその情も空《あだ》となった。――若菜はいま何処《いずこ》にいることか」

信長の跫音《あしおと》が聞えなくなってからも暫《しばら》く、平九郎はその座を動くことはできなかった。そしてやがて頭をあげると、

「今こそ分りました、平九郎は愚者でござりました」低く呟《つぶや》いて立った。最早曾我平九郎は泣いてはいなかった。そしてその夜のうちに西市の邸《やしき》を引払って、平九郎は清洲を立退いた。

六

永禄《えいろく》三年夏五月。駿河守治部大輔《するがのかみじぶだゆう》今川義元《よしもと》は、四万六千余騎を率いて駿府《すんぷ》を発し、京に入って天下号令の権を握るべく、まず尾張《おわり》を犯して自ら田楽狭間《でんがくはざま》に本陣を構えた。十有八日、駿河勢の先手《さきて》は鳴海《なるみ》を収め、知多の郡の所々に火を放った。織田《おだ》家の総勢六千、丸根《まるね》の出城に佐久間大学《さくまだいがく》あり、鷲津《わしづ》の砦《とりで》で織田玄蕃允《げんばのすけ》らあり、中島、善照寺等の要害に、木下藤吉郎麾下《きか》、蜂須賀正勝《はちすかまさかつ》の党一千五百の騎兵隊はあったが、海道随一の勇将今川義元の軍勢には敵すべくもみえなかった。

十九日の夜。

清洲城中の評定は、ほとんど籠城《ろうじょう》ということに決していた。老臣達《たち》はいずれも義元の威勢に怖れ、城外に合戦して全滅するより、城に立籠《たてこも》って決戦を遅らせ、北陸の猛《もう》虎《こ》上杉謙信《うえすぎけんしん》の武威を藉《か》ろうと謀《はか》っていた。併《しか》し独り信長のみは傲然《ごうぜん》として云わず、十九日夜に入ると共に、城中大広間に諸臣を列《つら》ねて酒宴を張った。宴なかばにして、

「鷲津落つ！」と飛報があった。

信長は生絹《すずし》の帷子《かたびら》を寛闊《ゆるやか》に着て、事もなげに痛飲していたが、やがて末席にいる舞師宮福太夫《だゆう》を招いて、

「鼓をうて」と命ずるや、自ら扇をとって立上り、人間わずか五十年、下天《げてん》の内をくらぶれば夢まぼろしの如くなり、一度生をうけて滅せぬもののあるべきか、と舞い謡《うた》った。

三度まで繰返して席につくところへ、

「丸根の砦破れ佐久間大学討死《うちじに》」という急使が来た。信長は聞くより盃《さかずき》を抛って、

「よし、時機《とき》だ！」と起ち、大音声《だいおんじょう》に叫んだ。

「上総介信長出陣と軍中に伝えよ、めざすは桶狭間《おけはざま》！」

あっと驚く老臣達をしりめに、信長は勇気凛然《りんぜん》と内へ入った。

間もなく――。

清洲《きよす》から馬を煽《あお》って東へ駈ける武者があった。田中郷をぬけ阿原《あわら》を越えて枇杷島《びわしま》へかかると、ある藪蔭《やぶかげ》の古朽《ふるく》ちた家の表に馬を下り、雨戸を打って、

「木下の使者でござります、お明けくだされお明けくだされ」

と忍び声に呼んだ。

「唯今《ただいま》！」答えがあったと思う間もなく、内から雨戸を引明けたのは、清洲を立退《たちの》いて年余になる曾我《そが》平九郎友正《ともまさ》であった。

「介《すけ》殿には唯今御出陣にござります」

「や！　して行く先は？」

「桶狭間」

「かたじけない、木下殿に御礼よろしく」

御免と云って使者は馬に、そのまま闇《やみ》を清洲へ引返して行く。平九郎は振返って、

「若菜！」と呼んだ。

「はい、お支度はこれに」と奥では既に、愛妻若菜が甲斐々々《かいがい》しく良人《おっと》の物具《もののぐ》を取揃《とりそろ》えていた。

清洲を立退くとすぐ、平九郎は藤吉郎の助力で、近江《おうみ》の縁辺に身を寄せていた若菜を連れ戻《もど》って婚姻を結び、枇杷島郷の片隅《かたすみ》に隠れ棲《す》んで時機の来るのを待っていたのだ。

「いよいよ御馬前に死ぬ時が来た」

「はい」

「御勘当のお赦《ゆる》しはないが、今こそ平九郎友正、尾張の悪鬼となって、駿河夷《するがえびす》どもを突きまくってくれようぞ！」手早く身支度をする平九郎の前に、

「お願がございます」と若菜が手をつかえた。

「何だ」

「私も共に戦場へお連れくださりませ」

「そなたも？」平九郎は眼を瞠《みは》った。若菜は必死の面をあげて云《い》う。

「この度の戦は、清洲にとっても、貴方《あなた》様にとっても九死一生の大事、所詮《しょせん》は討死のお覚悟でござりましょう、殿様のお情にて夫婦となりました私、一人のめのめと何を当に生残りましょうぞ、是非お連れくださりませ」

「そうか！」平九郎は快く頷《うなず》いた。

「そなたの長巻《ながまき》は殿御自慢であった、見苦しい死ざまもすまい、来い」

「お許しくださりますか」

「うん、夫婦揃っての討死も面白《おもしろ》かろう」

「嬉しゅう存じます」若菜はにっこり微笑んで立った。

かねてかかることありと期していたか、持荷をひらくと取出した物具、髪をきりきり括《くく》って衣服を更《か》え瞬《またた》くうちに武装をおえた。太刀は佩《は》かずに小刀のみ帯し、手だれの長巻をとっていざと起《た》つ、平九郎見るより、

「あっぱれ武者振だ、さらば友正地獄の先達《せんだつ》をいたそう、来い」

勇躍して槍《やり》をとった。夫婦轡《くつわ》を並べて薄明の中を東へ。

七

信長が急遽《きゆうきよ》清洲の城を駆って出た時、続く者は十騎に足らなかった。須賀口《すがぐち》で二十騎、旗本で五十騎、土井の渡《わたし》でようやく総勢二百余り、三里を疾風の如《ごと》く駈けて熱田《あつた》の宮に到ると、信長はかねて認《したた》めてあった戦勝の願文《がんもん》を奉《たてまつ》る為《ため》に馬を駐《と》めた。

熱田にて兵を待つ、集る軍勢三千余騎、東を望めば黒煙天を覆《おお》って暗い、これぞ丸根、鷲津の出城を焼く煙だ。訴願終って信長は再び馬上に鞭《むち》をあげ、東を指して発した。

笠寺《かさでら》に到って道を変じ、一路丹下の砦に入って柴田《しばた》と合する。ここに於《お》いて戦況を聚《あつ》め聞き、即《すなわ》ち田楽狭間の本陣を衝《つ》くべしと決した。

連日の勝戦に気をよくした今川勢は、更に鷲津、丸根を破って驕《おご》り、大将義元をはじめ田楽狭間の本陣に鎧《よろい》の紐《ひも》を解いて、昼から酒宴を張っていた。信長はその虚を衝いて向背両面から不意に義元の旗本へ殺到した。

折も折、一刻《いつとき》あまり前から疾風がおこり、雷鳴と豪雨さえ加わって天地晦冥《かいめい》となった。そこへ思いがけぬ織田勢の奇襲である。今川勢は忽《たちま》ち手のつけられぬ混乱に陥った。

「余の者には眼《め》をくれるな、唯大将を討って取れ、めざすは駿河守の首一つぞ」

叫び叫び信長は槍をとって自ら馬を陣頭へ進めていた。

吹きまくる烈風に煽られて、濡《ぬ》れた幔幕《まんまく》がぱっぱっと鳴りながら翻《ひるがえ》っている。ひっ千切れて飛ぶ木葉が、飛礫《つぶて》のように縦横に空を切る。電光がはしる度に、斬合《きりあ》い突合っている兵どもの、ひき歪《ゆが》んだ唇《くちびる》、殺気に光る眸《ひとみ》、苦痛を堪《こら》える眉《まゆ》が明らさまに見えた。

はじめ同勢内の喧嘩《けんか》か、あるいは謀叛人《むほんにん》でもあるかと疑っていた義元近習《きんじゅう》の人々は、(それ程にこの襲撃は駿河勢にとって考え及ばぬものであった)それと知るより、

「旗本を固めよ!」と叫びながら駈寄《かけよ》ったが、遅し、その時既に二人の尾張武者が幔幕をかかげて踏込んできた。一人は黒糸縅《おどし》の鎧に、犀《さい》の角の一本前立うった冑《かぶと》を冠《かぶ》り、大身の槍を持っていた。また一人は小具足身軽に出立って長巻を抱込み、うちつれて颯《さっ》と幕の内へ入ったが、槍を持った武者が逸早《いちはや》く義元をみつけて、

「駿河守殿、見参!」と叫びつつ走り寄った。

「慮外者!」

「さがれ!」

罵《ののし》りながら警護の士両名が、抜つれて襲いかかる。尾張武者は少しも騒がず、左と

右にやり過して、必殺の意気凄《すさま》じく義元へ肉薄した。幕営を犯された義元近習の武者達は、既に尾張勢が幕外へ詰寄っていると、誤り信じてしまった。それ故侵入者を斬除くことより、主君の活路を見出《みいだ》そうとする方が先だった。

「殿、早く!」

「西の木戸へ、早く、早く」

いずれも上ずった声で喚《わめ》きながら、刀を振廻《ふりまわ》しているばかりだ。猛然と肉薄してきた尾張武士は、もう一度大音に、

「見参仕《つかまつ》る!」と叫んだ。

「応!」と答えて義元が、愛刀松倉郷《まつくらごう》の大太刀を抜く。同時に両三名の近習の士が、「わっ」と言って義元を背に囲んだ。と、眼も眩《くら》むような電光と共に脇《わき》から、長巻の武者が猛然と薙《な》ぎかかったので思わずたじろぐ、隙《すき》だ、手近の一人を突伏せて勇躍した尾張武者、

「御免!」と言いざま、さっと義元の太腿《ふともも》深く突刺した。

「うぬ、推参!」

喚いて払う、刹那《せつな》、槍をかえして石突で頸輪《くびわ》のあたりを強《したた》かに突く、だだだと体が崩れて膝《ひざ》をつく義元、

警護の士達が走寄ろうとする時、幔幕の一部を切落して再び四五人の尾張武者が乱入してきた。

「や！ 殿」

「駿河守殿に見参！」

「義元公、見参仕る！」

口々に名乗りかけつつ踏込んでくる。狼狽《ろうばい》した近習の面々浮足立つ、その時既に先の尾張武者はもう一槍義元の腿へつけていたが、いま乱入してきた一人が、

「服部小平太《はっとりこへいた》に候《そうろう》、見参申す！」と名乗って駈寄るのを見ると、さっと槍をひいて退《さが》り、

「雑兵《ぞうひょう》は拙者ひき受けた、首掻《か》かれい」と小平太に云って自分は必死に防戦している警護の士達の方へ向った。すると長巻を以《もっ》て薙ぎたてていた武者も、槍に倣《なら》ってさっと遠退いた。

この間に小平太は義元に迫って鋭く斬りつけた。先に二槍つけられてはいたが、義元もさすが聞えた勇将小平太の太刀を二度までひっ外すと、

「下郎！」と喚きざま小平太の膝頭を斬った。

「残念」呻《うめ》いて横ざまに崩れる小平太、間もおかせず右から又一人、

「毛利新助秀詮《もうりしんすけひであき》！」と名乗って斬りかかった。

「応！」と立直ったが、最早義元は精根衰えていた。二三合あわせると、新助は太刀をすてて組み、押伏せて動かせず、鎧通を抜いて義元の下腹を三太刀まで刺した。

「八幡《はちまん》！」

義元は呻くと共に、新助の手頸へがっしと嚙《か》みついたが新助は屈せず、鎧通を取直して義元の首を掻いた。

その時まで近習の武者達を相手に、新助の邪魔払いをやっていた先の名乗らぬ武者両名は、義元の首級があげられるのを見るや、さっと身をひいて、何処《いずこ》ともなく姿を隠した。

膝頭を割られた小平太は、件《くだん》の武者が自分より先へ義元に槍をつけていながら、むざむざ功を他人に譲って、自分は邪魔払いをひき受けたふしぎな振舞を思いかえした。

「はて何者であろう」

毛利新助が大音声に、駿河守義元討取りと名乗りをあげるのを聞きながら、服部小平太はしきりに頭を傾《かし》げていた。

戦はついに織田方の勝利であった。

数刻の後馬寄が行われた。

第一の功名として義元の首級をあげた毛利秀詮と、初の太刀をつけた服部小平太とが信長の前へ召された。秀詮が今川義元の首級を御前に直すと、信長は暫《しばら》くその面《おもて》を覓《みつ》めていたが、やがてはらはらと落涙しながら、

「昨日までは海道随一の名将と謳《うた》われ、天下号令の事を夢みられし貴殿が、今日はかく屍《しかばね》を野に晒《さら》し給《たも》う、真《まこと》に武人の運命は計りがたきものよ」と、生ける人に向える如く云った。

阿《あ》修《しゅ》羅《ら》のような信長の日《ひ》頃《ごろ》を見慣れた老臣共は、この言葉を聞くと共に、一瞬戦勝の歓《よろこ》びを忘れて頭《こうべ》を垂れた。

「新助か」やがて信長が顔をあげた。

「義元公討取り、今日筆頭の手柄《てがら》だ、誉《ほ》めとらすぞ」

「は、面目至極に存じまする」

「また、服部小平太は初太刀をつけし功、秀詮に次ぐ手柄だ、信長満足に思うぞ」

「恐れながら」

小平太は面をあげて、

「初太刀をつけましたは、私ではござりませぬ、実はそれを申上げたい為、かく御前を汚し奉ったのでござります」

「初太刀はその方でないと云うか」

審《いぶか》し気な信長。

「では誰《だれ》だ」

「私共より先に二人の武者、一人は小具足に長巻を持ち一人は犀の角の一本前立うったる冑に、黒糸緘の鎧を着《ちゃく》し大身の槍を持って義元公に迫り、二槍まで強かに義元公を刺しましたが、ふしぎや名乗らず、しかも私が駈けつけまするとと槍をひいて」

と小平太が精《くわ》しく語った。折角つけた槍をひいて功を譲り、自分は邪魔払いに退いてしかも名乗らぬふしぎな武者、

「誰だその武者の顔見知らなんだか」信長は急《せ》きこんだ。

「残念ながら眉庇《まゆびさし》深く、ついに誰とも見分ける暇なく、両名はいずれかへ身を隠してしまいました」

「心得ぬことをする奴《やつ》」と信長が眉を寄せた時、傍から、

「申上げまする」と木下藤吉郎《とうきちろう》が進み出た。

「唯今《ただいま》服部殿の申される二人づれの武者、故《ゆえ》あって私が引留めおきましてござります。一人は小具足に長巻を持ち、一人は黒糸緘の鎧に犀の角の前立ある冑、槍をとって、冑首七八級をあげた勇士、何故か名乗らず、しかも必死を期して共々に討死《うちじに》せんず有

様故、取敢《とりあ》えず手許《てもと》に留めおいてござります」

「召連れい、その二人、これへ」信長は言下に云った。

藤吉郎は立ってその場を退ったが、待つ程もなく二人の武者を引連れてきた。遥《はるか》にさがって平伏する両名、信長は手をあげて、

「近《ちこ》う寄れ、許す、近う！」藤吉郎は二人をずっと前へすすめた。服部小平太ひと眼見るより、

「おお、あの両人に相違ございませぬ」と云った。

下座で兜《かぶと》を脱《と》った二人は、静かに進んで両手を下した。信長は先《ま》ず一人を見て頷《うなず》き頷き云った。

「やはりその方、平九郎だったな」

「は――」

「でかした、よく参った」

「は」平九郎は溢《あふ》れ出る涙を抑えながら、

「御勘気の身の、お赦《ゆる》しもなきに、恐れ気もなく戦場を犯し奉り」

「云うな云うな」信長が遮《さえぎ》った。

「赦しなき身なればこそ名乗らず、大将討取の功をむざと他人に譲ったこと、それだ

けにて立派な申訳ぞ、それでなくとも今度《こたび》の戦は信長一期《いちご》の大事、勘当を押しての出陣当然のことじゃ、信長は嬉《うれ》しく思うぞ」

平九郎はうち伏して返す言葉もなかった。やがて涙を押拭《おしぬぐ》って面をあげると、

「恐れながら、いま一人押してお赦しを願う者がございます」

「うん!」

平九郎はふりかえって、傍に平伏している武者を示し、

「妻、若菜《わかな》めにございます」

「や!」

黒髪を引結んで男の装《なり》、甲斐々々《かいがい》しい身支度ながら、さすがに羞《はじらい》を含んでふり仰ぐ若菜の顔を、それと見るより信長は、

「や、若菜、若菜か」と云って床几《しょうぎ》を立った。

「御機嫌《ごきげん》うるわしゅう」

涙さしぐんで見上げる若菜、信長は暫しその顔を覓めていたが、やがて声高くからからと笑いだした。

「や、平九め、やりおったな、夫婦づれして戦場に暴れるなんど、憎い奴め、はははは」

その笑いにつれられて、旗本の諸人一度にどっと歓呼の声をあげた。

雷鳴去り、雨はれ、黒雲散って漸《ようや》く黄昏《たそがれ》の静けさ近き田楽狭間《でんがくはざま》に、そのどよめきは明るく力強く、朗かに響きわたって行った。

（「キング」昭和八年二月号）

癇癪料《かんしやくりよう》二十四万石

一

或《あ》る日のこと本多忠勝《ほんだただかつ》が岡崎《おかざき》の城へのぼると、遠侍《とおさむらい》に旧知の京極高次《きょうごくたかつぐ》が控えているのをみつけた。

「近江殿《おうみどの》ではないか」

「おお平八殿か、是《これ》は久々の対面じゃな」

「かけちがってとんと会わぬが、だいぶ小鬢《こびん》に霜がふえたのう」

笑いながら平八郎はそこへ坐《すわ》ったが、高次の傍にちんまりかしこまっている少年をみつけて、

「是は誰《だれ》じゃな」

「わしの伜《せがれ》じゃ、今日上様に初のお目見得《めみえ》を仕《つかまつ》るで連れて来た。——これ御挨拶《ごあいさつ》をせい、こちらは本多忠勝殿じゃ」

少年は鈴のように張った大きな眼《め》で、昵《じっ》と忠勝を見上げながら、

「わたくしは京極熊若丸《くまわかまる》でござります」

力のある良い声だ。

平八郎は眼を細くして幾度も頷《うなず》き、

「おお、よい児《こ》じゃのう、何歳になる」

「七歳でござります」

「京極家の祖先は佐々木高綱公、名家に生れた仕合せには、高綱公に劣らぬ武勇の将になるのだぞ」

自分の子でも愛《いつくし》むように訓《おし》えてから、高次の方へ振返って、一別来の話をはじめた。ところで、平八郎は話に興じながら、時々片手をあげて熊若丸の頭を撫《な》でた。もちろん悪気があってするのではないが、少年の方ではありがたくないらしい。二度三度までは我慢していたが、四度めの手が来ると、

「無礼でござろう」

吃驚《びっくり》するような声で叫びながら、いきなり平八郎の手をひっ払った。平八郎も驚いたが父の高次も驚いた。

「これ何をする、熊若」

「いいえ、勘弁できませぬ」

熊若丸は差添えの柄《つか》に手をかけた。

「我慢していれば良い気になって、さっきから何度もひとの頭へ手をかける、無礼至

極な致し方です」

「や、これは失策」

忠勝は身をすくめて、

「子供好きの癖でつい撫でたのじゃ、頭へ手をやったと思われては困る、赦《ゆる》せ赦せ」

「厭《いや》です、常の日なら別、今日は上様へお目通りする大切な体、こんな辱《はずか》しめを受けたままで御前へ出られますか」

「そう云《い》われては尚更《なおさら》困る、粗忽《そこつ》じゃ、どうか枉《ま》げて勘弁して呉《く》れ」

平八郎気の毒な位縮まってしまった。

「それほど仰有《おっしゃ》るなら」

熊若丸はきっとして、

「わたくしに貴方《あなた》の頭を撫でさせて呉れますか」

「儂《わし》の頭を撫でる？　ほう、それで勘弁して呉れるか」

「大まけですが勘弁致しましょう」

「やれやれ、ではそれ」

ぬっと苦笑しながら頭を差出す。熊若丸は拳骨《げんこつ》を固めると、力任せに忠勝の頭をがんと殴りつけた。

「む！　撫でる筈《はず》ではないか」

「是が京極流の撫で方でございます」

けろりとしている。

「ははは京極流か、あっぱれあっぱれ。よく殴った、平八郎の頭へ手をあげた者はお許唯《もとただ》一人であろうぞ。その度胸を忘れるなよ」

云いながら思わず熊若丸の頭へ手を伸ばしたが、慌《あわ》てて引込め、

「ほほ、また叱《しか》られるぞ」

明るく笑って立上った。

これが後に二十四万石を抛《ほう》って癇癪《かんしゃく》を破裂させた京極忠高《ただたか》の幼時のことで、云ってみればこれが最初の癇癪玉だったのである。

二代将軍秀忠《ひでただ》から諱字《いみなじ》を貰《もら》って忠高となったのが慶長八年、同じく十一年には従五位下《じゅごいのげ》の侍従兼若狭守《わかさのかみ》に任官したが、相も変らず癇癪が直らなかった。

忠高の母常光《じょうこう》は賢母で、大坂の陣には寄手《よせて》と城中を往来し、和議を成立させた程の女丈夫であるが、この忠高の癇癪にはほとほと手を焼いた。

それで将軍秀忠の第四女保子《やすこ》が忠高の妻として輿入《こしい》れして来たとき、何よりも先に、

「ほかにお頼みはありませぬ、心懸りなのは忠高の癇癪、どうぞお許様の力で撓《た》めら

れるものなら撓めてやって下さいませ」

懇々と頼んだ。

保子はもとより利発の女であったから、常光夫人の言葉を胆《きも》に銘じ、よくよく忠高を抑えたので、その後大した過ちもなく過ぎた。

父高次の没後遺封を継いだ忠高は、大坂両陣に殊功を樹《た》て、逐年累進《るいしん》して寛永二年には従四位下に叙し右近衛権少将《うこんえごんのしょうしょう》に陞《のぼ》り、やがて出雲《いずも》、隠岐《おき》、石州で二十四万余石を領するに至った。

二

寛永八年の夏のことである。

備中狭野《びっちゆうさの》の城主松平河内守信敏《かわちのかみのぶとし》から使者が来て、一通の書状を呈出した。忠高が披《ひら》いてみると、

(近頃《ちかごろ》貴家へ仕官した梶井源左衛門《かじいげんざえもん》なる者は、当藩に於《お》いて布目玄蕃《ぬのめげんば》と申すを討って立退《たちの》いた不逞《ふてい》の男である。玄蕃の兄で主膳《しゆぜん》と申すが仇討《あだうち》を願い出ているので討たせてやり度《た》く思うに就いて、源左衛門を当方へお引渡しが願い度い)

文面の大意はそういうことであった。

梶井源左衛門はその年の春、百石を以《もっ》て忠高に抱えられた武士で、武芸に達し人品《じんぴん》骨柄《こつがら》秀《ひい》で、あっぱれものの役に立つべき奴《やつ》と、新参ながら忠高に愛されていた。

忠高はすぐに源左衛門を呼び出した。

「源左、斯様《かよう》な書面が参って居《お》る、読んでみい」

「は」

源左衛門は河内守の書状を読むと、静かに面《おもて》をあげた。

忠高が、

「玄蕃というを討ったのは事実か」

「は、討ったと申せばそれに相違はござりませぬが、武道の論がもとで互いの雌雄を決すべく、河州侯《こうしゅうこう》の許しを得て立合いましたもの、討つも討たるるも後怨《こうえん》をのこさずと、固く約束を仕っての上でござります」

「狭野を立退いたは如何《いか》なる理由じゃ」

「元来玄蕃は河州侯出頭《しゅっとう》の者にて、同族も多いことにござりまする故《ゆえ》、わたくしが居りまして万一にも騒動なんど起っては一藩の迷惑と存じ、退身致してござります」

「そうか」

忠高は頷いて、

「それだけ聞けば充分じゃ、退って宜《よ》い」

「は」

源左衛門は平伏したが、

「併《しか》し、御意は如何《いかが》にござりましょうや、相成るべくは狭野へ参り、主膳と勝負を致し度く存じまするが」

「宜い宜い、余に任せて置け」

源左衛門をさげて忠高は河内守へ書状を認《したた》めた。

（仔細《しさい》を糺《ただ》したところ、源左に非分ありとは認め難《がた》いし、また一旦《いったん》家臣とした者をおいそれと他家へ引渡すような、情を知らぬ仕方は当家の風ではないから、御申出はかたくお断りをする。併し仇討のことであれば、つけ狙《ねら》って討たるる分には一向差支《さしつか》えないことである）

書状を使者に持たせて帰すと、それなりいつか忠高はそのことを忘れて了《しま》った。

寛永十年江戸在府中のことである。

或る日登城して詰《つめ》の間《ま》にいると、つかつかと一人の老人がやって来て、

「若狭殿でござるな」

と声をかけた。

「如何にも忠高でござるが」

「儂は河内じゃ」

老人は傲然《ごうぜん》と名乗った。

その頃江戸城中で、若い領主達《たち》から毛虫のように嫌《きら》われている老人がいた、「横車の河内」と呼ばれて、我意の強い横紙破り、気の弱い者はこの老人を見ただけで逃げだして了う位、したがって当人益々《ますます》良い気持で、我物顔に押廻《おしまわ》っている。

――忠高はすぐに、

――ははあ是が例の横車だな。

と思ったから、慇懃《いんぎん》に辞儀をして、

「お見外《みそ》れ仕った。御無礼」

「ふん」

河内は鼻で笑って、

「梶井源左衛門は健在かな」

と云った。

忠高は訝《いぶか》しそうに老人を見上げたが、はっと先年のことを思出した。

梶井源左を引渡せと云って来た、あの時の松平河内守、――あれがこの横車の河内と同一人であったのだ。改めて相手を見直した忠高、曾《かつ》ての我儘《わがまま》な申分と云い、また眼前に思上った様子を見せつけられて、むらむらと癇がたって来たから思わず荒い調子が出た。

「左様、至極壮健で居ります」

「ふふん、なる程」

老人は意地の悪い冷笑をくれて、

「ま、宜《よ》かろう。結構じゃ、結構じゃ、——布目主膳もな、武芸出精《しゆつせい》にて時の来るのを待兼ねて居るのじゃ、いずれ面白《おもしろ》い勝負が見られることであろうよ、のう若狭殿」

人を喰《く》った態度である。忠高はそれ以上老人の顔を見ていたら、自分の癇癪がどう破裂するか分らぬと思って、

「多用でござれば是にて、——」

と立上って其場《そのば》を去った。

それ以来この老人は、忠高と顔を合せる毎《ごと》にねちねちと絡《から》みかかって、小意地の悪い皮肉や憎まれ口を叩《たた》いては、忠高の癇をつつき廻すのであった。

三

或る時のこと、……

城中詰の間で、七八名集って軍陣の話をしていると、松平河内守が席へ割込んで来て、高声に言葉を挿《はさ》んだ。

「戦陣の功名もさることながら、人の運不運は知れぬものじゃ。如何に抜群の功名をたてたところで、運の薄い者は出世も出来ぬ。一例を申せば本多平八郎殿よ、大小の合戦五十余度、大坂の陣で果てられる迄《まで》軍功は数知れぬ豪勇の仁であったが、結局は二十万石足らずの扶持《ふち》じゃ、ところが運の良いのになると親の代まで稟米《りんまい》三千苞《ほう》ばかりの小身であったものがさしたる戦功もなくして易々《やすやす》二十四五万石に経昇《のぼ》る」

じろり忠高に一瞥《いちべつ》をくれて、

「運じゃ、なに運が良ければ、その上にまたひきと云う奴もある。親のひきもあるし、また女房《にょうぼう》のひきもある」

明らかに忠高を諷《ふう》した言葉だ。

――うぬ！　と思ったが堪《こら》えて、そ知らぬ顔でいると、

河内守は振返って、

「左様ではござらんか若狭殿」

「――」

「葦毛《あしげ》の駻馬《かんば》に乗る術《すべ》は知らずとも、女房を乗り当てることさえ上手なれば、出世立身は望み次第、のう若狭殿」

「なる程」

忠高はもりあがって来る癇癪を抑えながら、努めて、冷やかに答えた。

「世間にはそのような物の観方《みかた》もござるよ、俗にねじけ者の僻《ひが》みと申してな」

「な、なに、ねじけ者の僻み？」

老人の面がさっと変った。

「僻みに相違ござるまい、それともまた論功行賞に当ってお上に依怙《えこ》の御沙汰《ごさた》があったと申されるか」

「儂はお上の事を引合に出しはせぬ」

「功を賞さるるのは将軍家の思召《おぼしめし》に依《よ》るところでござるぞ、是を非難するのは即《すなわ》ちお上に対して不平を懐《いだ》かるることではござらぬか、――僻みと申したは拙者の遠慮でござる、それがお気に入らずば理非の程をきっと糺《ただ》し申そう」

「――――」

さすがの横車河内、是には半句の返す言葉もなかった。一座の面々良い気持そうに、赧黒《あかぐろ》くふくれあがった河内守を見やっていた。併し、忠高は必ずしも良い気持ではなかった。秀忠の娘を妻にしている自分を、快からず思っている者は松平河内守一人ではないのである。現にその一座の中にも、河内の諷刺を痛快そうに見ている者があった。

「何と云う量見の狭い人々だ」

そう思う一方――妻のひき立てで、矢張自分は過分の立身をしているのかも知れぬ、という疑が起って、

「いっそ保《やす》を離別するか」

と考えるのであった。

併し、当時の大名達が、いずれも妾《しょう》を蓄えているに反して、忠高だけが妻一人を守って、在国中も女を近づけぬ程愛し合っている仲であったから、離別などとは思いもよらぬことであった。

「どうか遊ばしましたか、お顔の色が悪うございまするが」

邸《やしき》へさがると、保子が気遣わしげに忠高を見て、そっと笑いながら云った。

「癇をお立て遊ばしましたな」

「分るか」

忠高は苦笑した。

「大きな痼癪筋が二本、お額の両脇《りょうわき》に見えて居ります、何か御不快がござりましたか」

「つまらぬ事じゃ、もう納まったから案ぜずとも宜い」

妻の顔を見ているうちに、忠高はもやもやとした胸のわだかまりが霧のように晴れてゆくのを感じた。

その翌年の春のことである。

国入りをする為《ため》に、江戸を発足した忠高の行列が、途中保土ケ谷《ほどや》の宿をぬけ出て暫《しばら》くすると、供先に何か起ったとみえて停《とま》って了《しま》った。

「どうした」

「は」

駕籠《かご》脇の士《さむらい》が直《すぐ》に走って行った。

忠高の供先がだらだら登りの坂にかかった時である。松並木の蔭《かげ》から仰々《ぎょうぎょう》しい装束をした一人の武士が大剣を抜いて乱暴にも供先の中へ、

「弟の仇《かたき》だ、源左衛門出合え！」

と喚《わめ》きながら暴れこんで来た。

顔色も変っているし、すっかりうわずって言葉もよく分らぬ有様である。供先の

面々は驚いて抜刀しながら取囲んだ。

「狼藉者《ろうぜきもの》！」

先手頭《さきてがしら》の松木市郎右衛門が、馬を乗りつけて来て大音に、

「手に余らば討取れ」

と叫ぶ、乱暴者は金切声で、

「仇討、仇討でござる」

「なに仇討だ？」

四

「拙者は松平河内守の家臣、布目主膳と申す者でござる。弟玄蕃の敵梶井源左衛門、お供の中に在りとつき止めて推参仕《つかまつ》った。尋常の勝負お許しが願い度い」

蒼白《そうはく》な顔で主膳は仇討免許状を差出した。

「手前主人河内守も、この先のところに行列を駐《と》めて居ります」

「暫く待たれい」

市郎右衛門は馬をかえして、忠高《ただたか》に此始末《このしまつ》を語った。

忠高は言下に、

「不埒《ふらち》な下郎、作法も弁《わきま》えず、斯様《かよう》な途上に抜刀して供先を乱すなど赦《ゆる》せぬ奴《やつ》。構わぬからひっ括《くく》って了え」

「お言葉にはござりまするが、免許状を持って居り、また街道先十丁余のところに河内守殿が行列を駐めて居らるると――」

「なに河内守がいるとか」

忠高は嚇《かっ》となった。

「やり居ったな、――よし、馬曳《ひ》け」

「は！」

乗馬が来ると忠高はとび乗って、

「源左を呼べ」

「は」

近習《きんじゅう》の者が走って行ったがすぐに蒼惶《そうこう》として源左衛門を連れ戻《もど》った。

「源左か」

「は」

「布目主膳という奴が、供先へ仇討と名乗って出た、ちと仔細《しさい》あって此場で立合せねばならぬ、余が後見を致す故存分にやれ」

「は、御途上の妨げを仕り、何とも申訳ござりませぬ」

「勝てよ」

と云うと馬を進めた。

立合の事が定った。場所は坂を登りつめた右側の草原を撰《えら》み、河内守の行列は忠高の一行と相対して原の東西に居並んだ。

やがて支度をして主膳と源左衛門が、両方から進出て来て向合った。主膳は漸《よう》や《や》く落着を取戻したとみえて顔色は良く進退も立派である。源左衛門が近寄ると大音に、

「弟玄蕃の仇梶井源左衛門、覚悟」

と名乗る、源左衛門は静かに頷《うなず》いて、

「参れ」

と一言。

主膳は大剣を抜いて青眼につけ、鋩子尖《きっさき》をやや下げ気味にぐっと右足を寄せる。一刀に突を取ろうという構えである。――源左衛門はまだ抜かない、充分に体を浮かせて眤《じっ》と相手の眼《め》をみている。

「えい！」

主膳は第一声を放った。

「――」

「えい、おっ！」

第二声、源左衛門の右足が動きを起す、刹那《せつな》！　主膳の体が躍った。

「や――」

同時に源左衛門の左足が弾んで、きらりと剣光が空を切った。主膳は踏止まろうとするように一瞬踏鞴《たたら》を踏んだが、突を入れた体勢のまま、だだだだ、二三間のめって、草の中へどうと倒れた。

「あっ」

「やった！」

東西一時に息を呑《の》む。源左衛門は静かに懐紙を取出して剣に拭《ぬぐい》をかけていた。

河内守《かわちのかみ》の家臣が、思出したように駈《か》けて行って見ると、布目主膳は首を殆《ほとん》ど斬放《きりはな》されて即死していた。――それを聞くより、河内守は血相を変えて立上る。いま立去ろうとする源左衛門を、

「待て待て、逃げるか」

と呼止めた。忠高も床几《しょうぎ》を立った。

「此上にも何か御用か」

「無論のことじゃ」

河内守はつかつかと進出て、

「主膳が討たれた上は、布目の親族が居《お》るで、これに仇討をさせねばならぬぞ」

まさに横車である。

「無法なことを云《い》われるな」

忠高は鋭く、

「子の仇は親は討たず、弟の仇を兄は討たずと申す、主膳との立合でさえ表沙汰ならぬ儀であるのに此上親族の者との勝負など思いもよらぬことでござる」

「ははあ、ならんと申すか」

河内守は冷笑して、

「ならんとあれば儂《わし》も河内守じゃ、一度云い出して後へ引く訳にはゆかぬぞ、此上は腕ずくと致そうか」

「なに」

「家臣の仇は儂の仇も同様、これが河内のお国振りじゃ、用意さっしゃれ」

忠高の面上からさっと血の気が去った。

――我慢ならぬ。

と思った時、

「や、梶井！」

と叫ぶ声。

振返ると、二三人の者が源左衛門の傍へ走寄っている。

五

「どうした」

忠高が小走りに寄って見ると、源左衛門は草の上に端坐《たんざ》してみごとに切腹していた。

「や、源左！」

源左衛門は蒼白の面《おもて》をあげる。

「殿――、御前を汚《けが》し奉《たてまつ》り――」

「――――」

「申訳、ござりませぬ」

なつかしげに、眸子《ひとみ》をあげて忠高の顔を見守りながら、

「数々の御配慮、勿体《もったい》なく、かたじけのう、御情のほど七生まで、忘却は仕りませぬ」

「うむ」

　忠高は顔を外向《そむ》けた。

「やあ腹をしたか」

　のこのこやって来た河内守、

「笑止の者よな、それ程勝負が怖しければ、勘弁する法もあったにのう、流石《さすが》に若狭《わかさ》殿の御家風は違ったものじゃ、ははは」

「河州！　まだ申すか」

　忠高がたまらず出る。

「と、殿、暫《しば》らく」

　源左衛門が苦痛を忍んで叫んだ。

「源左を、犬死に遊ばしまするか――」

「む――」

　忠高は胸をしめつけられる思いで踏止まった。自分さえ亡《な》ければ此場が無事に納まるとみて、敢然自刃《じじん》した源左衛門の思切った、いじらしい覚悟がずんと心底にこたえたのである。

「源左、何も云わぬぞ、快く死ねよ」

「殿にも御武運、長々に」

「さらばだ」

馬を曳《ひ》かせる忠高は其場《そのば》を去った。

一年の在国が終った。冬から痛み始めた虫歯が、春になっても良くならず、参勤のために江戸へ発駕《はつが》する頃は殊《こと》に痛みのひどい時期であった。

旅程順よく大井川の手前、金谷《かなや》の宿へ着いたのが、三月十二日、二三日前から川上に豪雨が続いたので、忠高の行列が宿へ入る半刻《はんとき》ばかり前に渡《わたし》は川止となっていた。運の悪い時には悪いもので、是《これ》より一刻ほど以前、例の横車の河内が川を越していたのである。

島田へあがった河内守、自分のあとに京極《きょうごく》忠高が川止をくっていると知ったから、又しても悪戯《いたずら》がしたくなったらしい。

「ちとからかって呉《く》れよう、筆を持て」

料紙《りょうし》、硯《すずり》を取寄せると、何やらさらさらと走り書きにする。弓術師範で側近に召使っている瀬沼百太郎というのを招いた。

「是をな、矢文にして金谷宿へ射込んでみい、届くであろうが」

「は、仕りましょう」

「あいつ奴《め》、さぞ癇癪《かんしゃく》を起すことであろう、面《つら》の見えぬのが残念じゃ」

にやにや笑って、近習を従えて河原へ乗出し、床几を据《す》えて頑張《がんば》った。

川止に阻《はば》まれて金谷の旅館に入った忠高、折からまた痛み出した歯の療治にかかっていた。生来壮健で、それまで殆ど医薬の味というものを知らなかった忠高は、少しも験《ききめ》のみえぬ医療に些《いささ》か業《ごう》を煮やしていた。――その時も医師竹島似斎《じさい》が調じて来た薬湯を一口含むや、

「えい智慧《ちえ》のない」

と云いざま、金椀《かなまり》ごと庭へ叩《たた》きつけ、

「いつもいつも同じ薬湯、半年の余も用いて効のないものをいつ迄《まで》使う気だ」

「は――」

似斎が平伏するのへ、

「医を以《もっ》て仕えながら、歯痛ひとつ、満足に療治が出来ぬのか」

「申訳ございませぬ、早速――」

「ええもう宜《よ》い、退れ」

似斎は唾壺《だこ》を捧《ささ》げて怱々《そうそう》に退った。――それと殆ど入違いに、供頭《ともがしら》を勤める神崎武《かんざきぶ》太夫《だゆう》が入って来た。

「申上げまする」

「不快だ、急用でなかったら後にせい」

「は」

と平伏したが、持って来た一通の書面を差出した。

「川向うより矢文として、射て参りましたそうで、宿役人よりの届出にござります」

「矢文？――見せい」

忠高が受取ってみると、宛名《あてな》は正に自分、裏をかえすと松平河内守とあった。

「またか」

むらむらとこみあげて来る憎悪《ぞうお》、痛みをこらえながら封を切って読む。

(拝呈。貴、京極家の祖先は佐々木四郎高綱と承る。四郎殿はいみじき武勇の人にて宇治川の先陣に、あっぱれ急流を乗り切って一番乗の功名をたてられし事、正に三歳の童児も知るところ、熟々惟《つらつらおもんばか》れば泰平の世こそ有難《ありがた》けれ、斯許《かばかり》の出水に川を止められ、晏如《あんじょ》として惰眠《だみん》を貪《むさぼ》るを得るとは、借問す若狭守忠高侯、宇治川の戦にあって尚《なお》四郎高綱たるを得るや如何《いかん》。河内守)

六

「む！」

読みも終らず、忠高は書面をびりびりと引裂いて投捨てながら、

「武太夫丹波を呼べ！」

「は、――」

蒼惶《そうこう》として京極丹波が来る、忠高は癇に顫《ふる》える声で、

「丹波、忠高は京極の家を潰《つぶ》すぞ、家臣には済まぬが、武道の為《ため》だ何も云うな」

「殿――」

「聞かぬ、止めだて無用」

すっくと立った。

「鎧櫃《よろいびつ》を持て、馬の用意ある者はいずれも物具《もののぐ》を着けて余に続け」

「どう遊ばしまするか」

「川を乗切るのだ、支度を急げ」

そう云って奥へ入った。

癇癪が爆発した。長いこと抑えに抑えてきた癇癪が。川止は天下の法度《はっと》で、これを犯すことは関所を破るに等しい罪科である。勿論《もちろん》それを承知の爆発だ。

四半刻と経《た》たぬうちに、大鎧を着けた馬上の忠高を先に凡《およ》そ三十騎余り、いずれも

鎧物具して駿馬《しゅんめ》にまたがり、礫《こいし》を蹴《け》たてて河原へ乗出した。

遥《はるか》に見やれば、島田の川岸には松平河内守の一行が嘲《あざけ》るようにい並んで此方《こっち》を見戍《みまも》っている。忠高は水際《みずぎわ》へ来ると水勢を案ずる暇もなく、

「続け、一騎も後れるな！」

叫びざま、矢のように渦《うず》巻《ま》き流れる濁流の中へ、ざんぶとばかり馬を乗入れた。

続く三十余騎いずれも戦場往来の勇士、大坂両陣にめざましく働いて、旗本だけでも三百余級の首を挙げたという強者揃《つわものぞろ》いだ。

「殿に後れる勿《なか》れ！」

「一代の水馬ぞ、眼《め》に物見せてやれ」

わっとおめいて乗入れた。

金谷宿は勿論、島田宿の方でもそれを見るより、川止で宿泊中の諸侯、何事が起ったかと、それぞれ旅館を固め、河原へ人数を出して警戒に当った。

泰平の世に鎧武者三十余騎が、律を破って川を乗切るのだから、両岸の人々の驚きも一倍であったに相違ない。

——唯《ただ》眼を瞠《みは》り手を振って、あれよあれよと騒ぐうち、さしもの急流を一人の欠くる者なく、みごとに乗切って対岸へあがった。

さすがに横車の河内、胆《きも》を消した。

「是はいかん」

慌《あわ》てて床几《しょうぎ》を立って、後を振返り旅館の方へ逃げ出した。——と、見るより忠高、大音あげて、

「河内殿見参仕《つかまつ》ろう」

と叫んだ。

「四郎高綱の後裔《こうえい》、京極忠高の水馬、如何御覧《いかがごろう》じたか承り度い、河内守殿」

鼬鼠《いたち》のように、こけつまろびつ河内守は夢中で逃げて行く、背をまるめて、履物も脱ぎ捨てて、いやその早いこと、

「ははははは」

忠高は馬を煽《あお》って追い詰めながら、思わず腹を揺《ゆす》って笑い出した。

「はははははは、あっはははははは」

河内守は右へ左へ、恐怖に身を顫わせながらうろうろと逃げ廻《まわ》る。

忠高はその後を容赦もなく追いつめた。

「はははははは、あの態《ざま》、はははははは」

瘤瘡も消しとんだ。歯の痛みも忘れた、そして胸いっぱいに吐出す笑いが、晴れあ

がった大空に、明るく活々《いきいき》とひびき渡った。

法度を犯した律に依《よ》って、京極家は取潰し、二十四万石の領地を没収されたのは無論のことであった。

江戸邸へ入った忠高は、妻保子《やすこ》の顔を見ると流石《さすが》に悄然《しょうぜん》として、

「済まなかった、保――勘弁して呉れ」

「なんの」

夫人は静かに頭を振って、

「よう遊ばしました、憚《はばか》りながら御先祖の名を辱《はずかし》めぬお立派なお働きわたくしも嬉《うれ》しゅう存じます」

「おお、赦して呉れるか」

「はい」

と云って、にっこり笑いながら、

「二十四万石を抛《なげう》っての癇癪、さぞさっぱり遊ばしましたでございましょう」

「この通りじゃ」

忠高は胸を寛《ひろ》げると、大肌を手でぴしゃりと打ちながら声高く笑った。

松平河内守は、この事件では別にお咎《とが》めはなかったが、間もなく些細《ささい》な失策から国

替えになり、十七万石から一遍に二万石ばかりの小身におとされてしまった。

忠高はその後半歳あまりして世を去ったが、特旨に依って弟の子高和《たかかず》に家督を命ぜられ、播磨《はりま》の竜野《たつの》に六万石を賜って、京極家を再興した。

（「キング」昭和十年五月号）

竹《たけ》槍《やり》念仏

一

「面妖《めんよう》な坊主《ぼうず》だぜ」

「………」

「妙竹林《みょうちくりん》だ、慥《たし》かにやってやがる」

「何でございますか」

「分らねえかい――？」

甲州猿橋《さるはし》から大月へ向う合の宿、東の方からやって来た旅支度の二人の若者がある。

一人は素っ堅気の二十五六になる色の小白い温和《おとな》しそうな男、その伴《つ》れが妙なとりあわせで足捌《あしさば》き眼《め》の配り――どう見ても渡世人《とせいにん》だ。

「それ、あの坊主よ」

と渡世人の方が、五六間さきを行く托鉢僧《たくはっそう》を顎《あご》でしゃくった。

「と云《い》っても定吉さんは堅気者だから分るめえが、あの坊主めさっきから博奕《ばくち》を打っていやあがる」

「へえ――博奕を？」

「猿橋の茶店で休んでいたときあの坊主が前を通っただろう、あの時からどうも妙だなと思っていたんだ。見ねえ――今度はあそこの豆腐屋へ立つぜ」

と云っている間に、例の托鉢僧は町並にある豆腐屋の店先へ錫杖《しやくじよう》を停《と》めた。

「それ見ねえ、当ったろう」

「ですが辰次郎《たつじろう》さん、どうして豆腐屋の前へ立つのが分ったのでございますか」

「餅《もち》は餅屋さ。お！ 半日と出たな」

辰次郎は托鉢僧が喜捨を受けて歩き出すのを見ると、何を思ったか小走りに追いかけて行った。

「おいおい坊さん」

と声をかけた。托鉢僧は立停まって、網代笠《あじろがさ》の縁へ手をかけながら振返った。

「拙僧かな――？」

「如何《いか》にも拙僧さんだ」

「何ぞ御用か」

「さっきからずっと拝見しているが、だいぶ半目が出るようだね」

「――何を仰有《おつしや》る」

「隠してもいけねえ、此方《こっち》あ商売人なんだ、どうだい今度《こんだ》あ己《おい》らが丁と行こう」

網代笠の中で托鉢僧はぎくりとした。然《しか》しすぐ微笑にまぎらせて、

「どうも拙僧にはお手前の云うことがよく分らん、半とやら丁とやら、それは俗に袁《えん》彦道《げんどう》とか申す類《たぐい》の符牒《ふちょう》かの——？」

「ふざけなさんな」

辰次郎はせせら笑って、「猿橋から此方、おまえさんが托鉢に寄る家はみんなとっかかりから半目に当る家ばかり、お布施の出ねえ時は丁目の家のまえで頭あ下げていた、どうだい——違ったかい坊さん」

「あはははは煩悩彰眼雖不見《ぼんのうしょうげんすいふけん》」

「なんだと？」

「怒ってはいかぬ、拙僧自分をたしなめたじゃ。仏に仕うる身が托鉢中になんで左様な振舞をしましょうぞ、みなお手前が自分の眼で見る障碍《しょうげ》なのじゃ——鳥は鳥様に見る、あはははは皆是《これ》煩悩でござるよ」

「おっと待ちねえ」

「いや、御縁もあらば又——」

「待ちねえったら、おい、坊さん」

袖《そで》を振切った托鉢僧は、呆《あき》れている辰次郎を後に錫杖を鳴らせながら立去った。追

いついて来た定吉が――見ると辰次郎、腕組をして昵《じっ》と托鉢僧の後姿を見送っている。

「どうしました辰次郎さん」

「うーん」

辰次郎は唸《うな》った。「あの坊主は唯者《ただもの》じゃあねえぞ、己《おい》らの止めるのを振切って行った後恰好《うしろかっこう》、一分の隙《すき》もねえ構えだ。あの網代笠の下にゃあきっと戒名のある雁首《がんくび》が載っているぜ」

「左様でございますかねえ」

定吉は興も無さそうに、「それはまあ兎《と》も角《かく》、もう日が傾きはじめましたから、少し急ごうじゃございませんか」

「心得てるってことよ、此処《ここ》まで来りゃあ大月まではひと跨《また》ぎ、相手の勘八は谷村《やむら》から逃げも隠れもしやあしねえ、まあ己らにずんと任せて置きねえ」

「はい、それは分って居《お》ります」

「それからの」

辰次郎は声をひそめて、「大月へかかれば向うの縄張《なわば》り内だ、迂闊《うかつ》につまらねえ事を口走っちゃあならねえぜ」

「――はい」

「どこまでも吉田の浅間詣《せんげんまい》り、宜《よ》いな」

「大丈夫でございます」

「さあ行こう。だがあの坊主め――どうも納得のいかねえ野郎だ」

小首を傾《かし》げながら歩きだした。

二

「――無尽意菩薩《むじんにぼさ》。白仏言世尊観世音菩薩《びやくぶつごんせそんかんぜおんぼさ》。云何遊此娑婆世界云何《うんがゆうししやばせかいうんが》……」

吉田道を大股《おおまた》にやって来た例の托鉢僧は、声低に看経《かんきん》しながら谷村へかかる手前の辻《つじ》を左の方へ折れて行った。

谷村新田《しんでん》に一念寺という寺がある、相州藤沢遊行寺《そうしゆうふじさわゆぎようじ》を総本山とする時宗の末寺で、檀家《だんか》も少ないし参詣人《さんけいにん》も無く、ひどい貧乏寺で、つい先頃《さきごろ》までは大月の西念寺の住持がかけもちにしていた無住同様の破寺《やれでら》であったが、半年ほど前、本山から廻《まわ》されて一人の僧が住持として住むようになった、これが――例の托鉢僧である。

ところでこの住持、法名を自念と云うそうだが、不思議なことに住んで半年まだ誰《だれ》もその顔を見た者がない、寺にいても外へ出るにも決して頭の網代笠をとったことがないのだ、寝る時にはまさか笠のままでもあるまいが、貧乏寺のことで飯炊《めした》き一人いないからそれも分らぬ。

「妙なお住持さんだね」

「全くさ、殊《こと》に依《よ》ると鼻っ欠けでもありゃあしないか」

「それとも入墨者か」

などと飛んだ噂《うわさ》の出ることとさえある、併《しか》し当の自念は黙然として行い澄ましていた。

「——而為衆生説法《にいしゆじようせつぽう》。方便之力《ほうべんし りき》其事云何《ごじうんが》……。仏告無尽意菩薩《ぶつごうむじんにぼさ》」

錫杖《しやくじよう》を突きながら、黄昏《たそがれ》の道を寺へ戻《もど》って来た自念和尚《おしよう》、納所《なつしよ》の裏手へ廻って井戸水を汲《く》み、草鞋《わらじ》を解いて洗足、

「善男子《ぜんなんし》。若有国土衆生応以仏身得度者観世音菩薩《にやくうこくどしゆじようおういぶつしんとくどしやかんぜおんぼさ》——と来た、即現仏身《そくげんぶつしん》。而為説法《にいせつぽう》。応以辟支仏身《おういびやくしぶつしん》……か」

いつかお経が口拍子になって来た。

「猿橋で会った野郎は厭《いや》な野郎だ、得度者《とくどしや》。即現辟支仏身《そくげんびやくしぶつしん》——だ、而為説法《にいせつぽう》。応以声聞身《おういしようもんしん》。得度者《とくどしや》。即現声聞身《そくげんしようもんしん》…………と来らあ」

「あの……和尚さま」

いきなり背後から声をかけられて、自念は吃驚《びつくり》しながら振返った。丸顔のぽっちゃりとした愛くるしい娘が、風呂敷包《ふろしきづつみ》を持って微笑しながら立っている、

「おお是はおきいどの」

「お斎《とき》がもう無い時分と存じましたので、又すこしばかり持って参じました」

「それはそれは、いつも御親切にかたじけのうござるな、どうか納所の方へ――いますぐ参りまするじゃ」

「――はい」

と娘はいそいそ納所へ入って行った。

寺の東に当る百姓茂右衛門《もえもん》というのが仏性《ほとけしょう》で、自念が来るとから、米味噌《みそ》の喜捨についていた。初めは堅く辞退したが――和尚さまにあげるのではなく仏様への志だから、と云って茂右衛門は絶えず娘のおきいに持たせては喜捨を続ける、そこで今は断りもならず受けているのであった。

「やあ済みませぬのう」

自念が入って行くと、娘は甲斐々々《かいがい》しく米櫃《こめびつ》を出して、持って来た米を入れ、別の包みの麦を棚《たな》へあげなどしているところだった。

「それから此処《ここ》へお菜を少し」

「おお是はみごとな――」

「わたくしの手作りで美味《おい》しくはございませぬ、ほんのお口汚しに」

「何から何までお心添えかたじけない、お志有難《ありがた》く頂戴《ちょうだい》いたしまするじゃ」

「お恥しゅうございます」

娘は風呂敷をはたいて、畳むでもなく折るでもなく、手で揉《も》みながら暫《しばら》くもじもじしていたが、自念が奥へ去ろうとするのを見ると思い切ったように、

「あの――和尚さま」

しどろに声が顫《ふる》える、網代笠を衣《き》たまま自念は不審そうに娘を見下した。おきいは懸命に、

「あの――一念寺のお宗旨は、あのう……奥さまをお貰《もら》いなすっても、宜いのだそうでございますのね」

「左様、時宗では別に妻帯を禁じてはいませぬが、それがどうか致しましたか」

「いえ、あの――」

娘は一時にかあっと血が頭へせきあがるのを感じ、思わず両の袂《たもと》で面《おもて》を蔽《おお》うと、会釈《えしゃく》も忘れて走るように外へ去って行った。

自念は茫然《ぼうぜん》とその後姿を見送っていたが、やがてどかりと其処《そこ》へ腰を落し、

「――いけねえ」

と呻《うめ》くように呟《つぶや》いた、「ちっと前から様子がおかしいと思っていたら、やっぱりあ

の娘は己《おい》らに……ああ！」

自念は卒然と立上った。

そして駈《か》けるように本堂へやって来ると、燈明《とうみよう》をあげることも忘れ、数珠《じゆず》の音も荒々しく声高に誦経《ずきよう》を始めた。しかし忽《たちま》ち絶句して、手にした数珠を取落す、

「駄目《だめ》だ！」

と悲痛に云って突伏した。

三

「――仏様」

自念は仏前に身を顫わせて、「どうか私を叩《たた》き直《あつし》して下さい、昼は昼で托鉢をしながら、つい我を忘れて知らぬ間に独り博奕。また唯今《ただいま》はあの娘のひと言を聞いて、やくざな気持が暴れ出しました。私は娘の言葉を聞いたとたんに、自分もいつかあの娘を……いえ、どうか私を、私の性根を叩き直して」

と胸を絞るように叫ぶと――その時、寺の西にある竹藪《たけやぶ》のあたりで、

「ひ！」

と云う悲鳴が聞えた。

懺悔《ざんげ》で夢中だった自念の耳にも、鋭い悲鳴はぴんと響いた。はてな——と首をもたげるところへ紛れもない女の声で、

「誰か来て、助けて」

と云う叫び。それが正しく今帰って行ったおきいの声と気がつく、とたんに自念は本堂をとび出す、下駄を突っかける間もなく裸足《はだし》で、錫杖を右手に外へ——。

「誰だ——」

喚《わめ》きながら駈けつける。竹藪の前に男が三人、二人がかりで娘を抱きすくめようとしている、自念は嚇《かっ》として錫杖を執り直しながら、

「何をするのだ、馬鹿者《ばかもの》め」

と駈け寄る、鼻先へ、

「待ちねえ待ちねえ」

と傍《そば》に控えていた頭分らしい一人が、ぬっと自念の前へ立ち塞《ふさ》がった。

見ると是が大変な奴《やつ》だった。体は六尺に余り筋骨逞《たくま》しく、羅漢《らかん》が辛子を舐《な》めたような醜い赭《あか》っ面《つら》で、横鬢《よこびん》の禿《は》げあがった眼《め》の鋭い——まあ気の弱い者なら見たばかりでい、い、ひきつけを起しそうな男だ。これは谷村に住んでいる博奕打の貸元で美須屋《みすや》勘八という奴、子分の五六十人はあろうというくらいの勢いを持っていながら、渡世人仲間か

らも嫌《きら》われている有名なあぶれ者だった。

「待ちねえ和尚さん」

勘八は仁王立ちになって、「出家の身で錫杖などを抱え込み、おまえさん一体どうしようと云うのだ」

「それよりその娘を何とさっしゃる」

「はっはっは、この娘かい。こいつはの、男一人の寺から夕闇《ゆうやみ》まぎれにこっそり出て来やがったから、今ちいっと痛めているところなんだ」

「ば、馬鹿な事を」

「何が馬鹿な事だ、例え相手は坊主でも、一人住いの暗がりへ、お百姓衆の娘っ子が忍んで来るなんていけっ太え遣《や》り方だ、外の土地なら知らねえ事この勘八さまのお縄張り内で、そんな猥《みだ》らな真似《まね》は見逃せねえんだ」

「それはお前の思い違いじゃ、この娘さんは東の茂右衛門殿の家の者で、寺へ斎の物を喜捨に来て下すったのじゃ」

「そんな甘口をそうかと肯《き》く勘八様じゃあねえ、黙ってすっ込んでいねえとお前も一緒にしょ曳《び》いて行くぜ」

「無法な事を――」

「無法は初めから承知の上だ」

歯を喰《く》い反《そ》らして喚きたてた。

自念の総身がびりりと顫えた、思わず右手の錫杖をぐいと握り直したが――ぐっと歯噛《はが》みをしながら懸命に耐える、はち切れそうな怒りを抑え抑え、

「そう一概に云われては、拙僧も当惑をするが、では――どうであろう勘八殿、拙僧の方でお顔の立つように仕《つかまつ》るが、それで御勘弁は願えまいか」

「顔を立てる――と云うのか」

「多分には参らぬが、本山よりの祠堂金《しどうきん》が僅《わず》かばかりござる、それで今日のところはお見逃しに預りたいが」

「そんなら代物《しろもの》を見せねえ」

金と聞いて勘八舌なめずりをした。

自念は寺へ取って返したが、すぐに紙包を持って戻って来た。勘八は遠慮なく受取ってばりばりと包を明けて見る――山吹色の小判で三十両、意外な大金。

「へっへっへ、おい坊さん」

勘八は俄《にわか》に卑しく笑って、「一念寺は貧乏寺だと聞いていたが、寺の内証と娘の懐《ふところ》内《うち》は明けて見なけりゃあ分らねえ、大層まあ有福だね」

「それで御勘弁下さるかの」

「ならぬ勘忍駿河《するが》の帝釈《たいしゃく》、出来ねえところだが折角だ、ここは一つ眼をつぶってあげやしょう。やい――野郎共、もうその阿魔《あま》にゃあ用はねえ放してやれ」

「へえ、さあ行きやがれ」

突放されてよろめくおきい、自念は思わずそれを援《たす》け止めて、笠《かさ》の内から温く、

「もう大丈夫、安心さっしゃれ」

と労《いた》わるように囁《ささや》いた。

「それじゃあ和尚さん、あとはしっぽりおやんなせえ、またお邪魔にあがりますぜ。ああ勘八様はお慈悲な人だ、わはははは」

大口あけて笑いながら、勘八は子分を伴《つ》れて立去った。

四

「――和尚さま」

三人の足音が遠のくと、おきいは崩れるように自念の胸へ顔を伏せた。

「おきい殿」

「――どうしましょう」

娘はおろおろと、

「あの人に見込まれたからは、この後ともどんな難題を持ちかけられるか知れませぬ、今だから申上げますけれど、あの勘八は以前から度々わたくしに厭《いや》なことを云い寄って居《お》りました」

「そうだったか、それで今日も跡を跟《つ》けて来たのだな——なんと云う……」

「あんな男のこと故《ゆえ》、どんな事を世間へ触れ歩くか知れませぬ、わたくしは構いませぬが和尚さまがどんなに御迷惑をなさいましょう、それを思うとわたくし——」

「おきい殿！」

いじらしさに胸を衝《つ》かれて、我にもなく娘の肩を引寄せたが、はっと気付いて押放し、瞑目《めいもく》しながら口の内で低く、

「煩悩彰眼雖不見《ぼんのうしようげんすいふけん》」

と三遍唱え、やがて静かに云った、「御心配なさるな、根のない噂《うわさ》は弘まるより消えるが早いと申す、決して気に病まぬが宜《よ》い——さ、時刻も大分遅れたゆえ家で案じていよう、お帰りなさい」

「はい、それでは……」

残り惜しげな娘の眼を、わざと見ぬ振りに、自念は寺へと大股《おおまた》に戻《もど》って行った。

その夜は明けるまで、本堂から「念彼観音力《ねんぴかんのんりき》」と誦する声が絶えなかった。そして翌《あく》る日も、自念は托鉢《たくはつ》に出ずに終日仏前に看経《かんきん》を勤めて暮らした。

本来仏性《ぶっしょう》でない者が発心しての精進苦行、煩悩塵界《じんかい》に生きて来た身には、風声雨響にも心がゆらぐであろうに、ましてや火に油を注ぐような障碍《しょうげ》が次々と出て来ては、まだ固らぬ道心の兎《と》もすれば崩れかかるのは是非もなき事であろう——然《しか》し、自念は懸命に、妄念《もうねん》を払って得脱しようと、本尊仏の前を去らず、まる二日のあいだ食を絶って誦経に専念した。

そのあいだに幾度か、おい、おいの訪《と》う声も聞いた、眼のくらむような飢えも感じた、合掌した手や、端座した脛《すね》の痺《しび》れに、全身の骨まで徹《とお》る苦痛も味わった。

「なにくそ、是《これ》くらいの事で負けてどうする、昔の高僧智識《ちしき》は五十日も断食苦行したと云うではないか、これからだぞ!」

これからだぞ、と自分と自分に鞭《むち》打ちながら勤行《ごんぎょう》をつづけていた。

二日目の夜のこと、本堂の前に当って、不意に自念を呼ぶ娘のけたたましい声がした。ちょうどいま水を飲みに立とうとした耳へ、鋭く響く、

「和尚さま、大変です、どうか来て」

と叫ぶ声。ぎょっとした自念——また勘八が来たかと思って、ふらふらする足を踏

みしめながら出てみると、庭先に娘が、

「何処《どこ》かのお人が血だらけになって此処《ここ》に倒れています、どうか来て見てあげて下さいまし、早く」

急《せ》きたてるように叫んだ。

自念が下りて行って見ると、娘の足下に若者が一人倒れている、跼《かが》んでぐいと肩を押すと、低く呻きながら若者は半身をあげた、――娘の差出す提灯《ちょうちん》で、べったり血にまみれた顔。

「これ、どうなすった」

「お、お助け下さい」

若者は嗄《しゃが》れた声で絶え絶えに、「後から追って来る者がございます、どうか私をお匿《かくま》い下さいまし」

「おきい殿手を――」

自念はそう云って娘の手を藉《か》りると、若者を援《たす》け起して庫裡《くり》の内へ担《かつ》ぎ込んだ。行燈《あんどん》へ灯《ひ》を入れて、手早く若者の着物を脱がして見たが、着物が処々《ところどころ》引裂けているにもかかわらず、体には別に傷所はない、おきいの汲《く》んで来た水で血を洗う――頭に二カ所、それも血の割には浅傷《あさで》だった。

「是なら、なに大した事はない。おきい殿済まぬがそこの行李《こうり》から薬箱を出して、それに晒木綿《さらし》がある筈《はず》だから出して下され、このくらいの傷なら拙僧の手当てでも充分じゃ」

「あ、後から、誰《だれ》か来は致しますまいか」

若者は全身を慄《ふる》わせながら囁いた。自念は笠の内で微笑しながら、

「安心さっしゃれ、拙僧がいれば誰が来ようと最早大丈夫じゃ」

「有難《ありがと》う存じます、有難う存じます」

「さあ、少ししみるが動かぬようにの」

娘の手助けで、手際《てぎわ》よく傷の手当てをし、晒木綿できりきり頭を巻き終ると、自念は自ら床を延べて若者を寝かした。

「これで宜いから兎に角落着いてひと眠りさっしゃれ。なに大丈夫決して案ずることはない、訳は明日聞こう、ではゆっくり休むが宜い」

「和尚《おしよう》さま、わたくしは……？」

「誰か来でもすると面倒じゃ、おきい殿は早く帰らっしゃれ、――どうして又この夜分に寺へなど来られた」

「休みなしのお勤めゆえ、お粥《かゆ》など拵《こしら》えて進ぜるが宜い――と父が申しましたゆえ」

「それはかたじけない、が——勤行中は食を断つつもりなれば、左様な心配をして下さるな、では早くお帰りなされ」

「はい、それでは」

と娘は会釈《えしやく》して帰った。

五

「なに、相手は美須屋《みすや》勘八——!?」

「——はい」

その翌る朝だ。

傷の痛みがひいたというので、粥を啜《すす》らせた後、どうした訳でと聞くと若者の口を衝いて出た名が、又しても其《それ》だった。

「訳を聞こう」

「どうかお聞き下さいまし」

若者は起直って、「私は江戸八丁堀《はつちようぼり》の炭問屋、小倉屋五郎兵衛《ごろべえ》の甥《おい》で定吉と申します。私に一人の兄がございました、幼い頃《ころ》から勝負事が好きで十八九の年には到頭やくざ仲間に入って了《しま》いました」

「――うむ」

「そんな訳で、ながいこと音信不通で居りましたが、半月ばかり前のことでございます、兄とは同じ渡世《とせい》の辰次郎《たつじろう》というのが参りまして兄が殺されたとしらせて呉《く》れました」

辰次郎の話を手短に記せば。

定吉の兄吉之助《きちのすけ》と辰次郎は一年ばかり旅を廻《まわ》って甲州へ入り、谷村《やむら》の美須屋勘八が大賭場《とば》を張っていると聞いて、或《あ》る夜ふらりと客になった。ところが其《そ》の夜ひどく当って、一刻《いっとき》ばかりの内に百二三十両も勝ったのである――その帰り途《みち》、良い機嫌《きげん》で笹《ささ》子川《ごがわ》の流を聴きながら二人がやって来ると、不意に暗闇から十四五人の人数がとび出して、

「賭場荒しだ、たたんで了え」

と襲いかかった。

辰次郎はとっさに身を躱《かわ》して、笹子川の崖《がけ》を転げ落ちたが、吉之助は長脇差《ながどす》を抜いて向ったため膾《なます》のように斬殺《きりころ》されて、勝った金は勿論《もちろん》、胴巻までそっくり掠《さら》われて了った。

「幾らやくざ同士とは云え、話を聞けばあんまり卑怯《ひきょう》な遣り方です――博奕《ばくち》打ちでも

兄は兄、現在手にかけた相手を知ってみれば、弟として例え一太刀でも恨んでやるのが兄への功徳《くどく》と……辰次郎さんも勧めますし私も覚悟をきめ、お店へは内証でぬけてきました」

「辰次郎という人も一緒にか」

「はい――実はゆうべも申上げようかと存じましたが、三日前に猿橋《さるはし》の宿はずれで、和尚さまにお会い申しました」

「――と、云うと？」

「托鉢においでなすった途中で、貴方《あなた》に話しかけた者のあるのをお忘れでございますか」

「おお、それではあれが」

「その辰次郎でございました」

自念はその奇遇に驚くよりも、話の先が知り度かった。定吉は口を継いで、

「あれから大月に宿を取って、二日ばかり美須屋の様子を窺《うかが》い、ゆうべ何やら祝い事があるとか、酒盛りをして早く寝ると聞きましたので、辰次郎と一緒に思い切って踏込んだのですが――私という足手まといがいた為《ため》か、残念ながら子分達《たち》に取巻かれて辰次郎は斬殺され、私は生命《いのち》からがら逃げだしました」

「うーむ」

「堅気育ちの意気地なさ、敵《かたき》を前にしながら一太刀恨むことも出来ず、逃げだした自分が今では口惜《くや》しくてなりませぬ――お察し下さいませ……」

聞いている自念の拳《こぶし》が、膝《ひざ》の上でぶるぶると顫《ふる》えだした。我慢しても、我慢しても突上げて来る怒りだ、

「――畜生、あの外道め……」

食いしばった歯のあいだから思わず洩《も》れる呻き。とたんに！　はっと気がついた自念は、驚く定吉には眼もくれず、いきなり立って本堂へ走り込んだ。

「いけねえ、いけねえーッ」

胸を摑《つか》んで仏前に坐《すわ》る、「此処《ここ》で挫《くじ》けちゃあ何にもならねえ、ええ、頑張《がんば》れ」

と夢中で数珠《じゅず》を押揉《おしも》みながら、声を張上げて誦経《ずきょう》を始めた。

凄《すさま》じい声だ、骨身を削る声だ、心の内に涌《わ》き上る妄念を掻消《かきけ》そうとする必死の声だ、併《しか》し――最早それは残念ながら長くは続かなかった。

「うーむ」

誦経の声がやんだ。

「ああ、畜生、駄目《だめ》だ、もう駄目だ、己《おい》らにゃあ是以上の我慢は出来ねえ」

破れるように叫ぶと、手にした数珠がびっと断《き》れ、五十四の水晶珠《だま》が霰《あられ》のように飛び散った。

自念は庫裡へ戻って来た、

「定吉さん——とか云《い》ったね」

「はい」

「これから出掛けるんだ、少し傷には無理だろうが起きなせえ」

がらりと変った僧の態度に、定吉はきょとんとして見上げるばかり。

「ど、どう致しますので——？」

「どうする？　お前さんの兄貴と辰次郎さんの敵を討ちに行くのさ」

「げ、そ、それは」

「心配しなさんな、己《おい》らが立派に討たせてやらあ、美須屋勘八の五人や十人、束になって来ても驚くこっちゃあねえ、さあ支度だ」

自念はがっちりと立った。

六

半刻ばかり後だ。

美須屋勘八は子分を三人ほど伴《つ》れて谷村の地はずれ、俗に地蔵畑という、小さな地蔵堂の境内へ入って来た——西側は崖で、その下には笹子川が泡《あわ》を嚙《か》んで流れている。

「美須屋殿、ようおいでじゃな」

勘八と子分達がお堂の前へ来ると、網代笠《あじろがさ》を冠《かぶ》って錫杖《しゃくじょう》を右手に、ぬっと一念寺の和尚が現われた。

「や、お前は一念寺の——」

「自念でござる」

勘八は驚いたらしい。

「それじゃあ呼出しの状を寄来《よこ》したのはお前さんかい」

「左様さ、おきい殿の筆跡を借りる方が分りが早いと存じてな、ちょいと仏家の方便というやつを用いましたじゃ、お当が外れて誠にお気の毒、まあ赦《ゆる》さっしゃれ、あはははは」

「人を茶にしゃあがるな」

勘八は喚《わめ》きたてた、「偽《にせ》手紙など使やあがって何の用だ、此方《こっち》は忙がしい体だ、用があるならさっさと云え」

「催促までもなく申上げるがの」

自念はにやりとして「今日は美須屋殿を男と見込んで御無心があるのじゃ」

「無心だと――？　この坊主《ぼうず》め、このあいだの金でも惜しく成りやあがったのか」

「いや、金なら此方から進上じゃ」

「気味の悪い声を出しやあがる、金でねえ無心たあ何だ、云ってみろ――だがの、美須屋勘八は鬼と云われた通り者だ、下手な御託をつかやあがっても迂闊《うかつ》と甘口に乗る相手じゃあねえぞ、何だ無心てえのは？」

「実はな……」

自念は落着き払って云う「誠に申兼ねたがお手前の首が頂戴《ちょうだい》し度いのじゃ」

「な、な、何だと――？」

「定吉さん、此方へ出ておいで」

自念が振返って呼んだ。

お堂の蔭《かげ》から定吉が、襷鉢巻《たすきはちまき》に裾《すそ》をからげ、右手に脇差を抜いて現われた、頭の巻木綿と何方《どっち》が白い――という蒼白《あおざ》めた顔、膝っこぶしはもうがたがた慄えている。

「や！　汝《うぬ》あ昨夜《ゆうべ》の若造だな」

「騒ぎなさるな、このお方の兄さんで吉之助という人が、この春お手前の手にかかって殺されなすった、その敵が討ち度いと云わっしゃるのじゃ、どうか一つ厭《いや》であろうが肯《き》いてやって頂き度いがの、どうだろう」

勘八はだだっと二三歩さがった。

「き、貴様は何者だ、坊主！」

勘八は裂けるように、「笠をぬげ、執り成し恰好《かっこう》——唯《ただ》の坊主じゃあねえ筈だ、笠をぬいで面《つら》あ見せろ」

「脱いでも宜《よ》いかの」

「——」

自念はさっと網代笠をはねた。

謎《なぞ》の顔が現われた、半年のあいだ誰《だれ》一人として見たことの無い顔が——若い、まだ二十七八であろう、色の浅黒い鼻筋の通った、眉《まゆ》の濃い唇《くちびる》の緊《し》まった顔、然《しか》も剃《そ》りあげた大額にはありありと三日月形の向う疵《きず》。

「脱いだらどうする」

自念の声ががらりと変った、「笠を脱《と》ったらどうするんだ、美須屋勘八——手前《てめえ》が井戸の蛙《かわず》でも、渡世人なら名ぐれえは聞いていよう、如何《いか》にも己《おい》らは唯の坊主じゃあねえ、戒名を名乗ってやるから耳をかっぽじってよく聞いて置け、江戸で相政《あいまさ》、上州《なわ》で国定、駿河《するが》で清水と極めのついた、次郎長親分の身内でも、大政小政の両兄哥《あにい》は縄張《ば》り持ち、己なんざあ下《した》っ端《ぱ》だが向う不見《みず》の半太郎と、ちったあ海道筋に名を売った男だ、荒神山《こうじんやま》の大喧嘩《げんか》で額に受けた向う疵、遠慮は要らねえずっと這《は》い寄ってとっくり拝み奉《たてまつ》れ――やいやい、何をへどもどしやあがるのだ。綽名《あだな》にとった向う不見が崇《たた》り、大親分の勘当を受けて発心した半太郎、飛んでもねえ洒落《しゃれ》っ気から頭を丸め、一年ばかり辛抱して来たが、やくざの風上にも置けねえ手前の行状を聞いちゃあ、黙ってお経を読んでいることあ出来ねえ、土地の蛆虫《うじむし》、世間の蚰蜒《げじげじ》、どうでも首を貰《もら》わにゃならねえ。やい勘八、度胸を定めて地獄へ堕《お》ちろ」

「何を云やがる、清水の身内とありゃ相手に不足はねえ、若造諸共《もろとも》引導を渡してやるから、さあ――来《き》やあがれ」

「その口を忘れるな、そーれ!!」

びゅっと錫杖をしごいた。

「野郎共、ぬかるな!!」

喚いて置いて、勘八――抜討ちにぱっと斬《き》りつけた。半太郎は躱しもせずに錫杖を返して横殴りに払う、苛《いら》って勘八が、

「――野郎!」

と突っかかる。その時手下の者が、抜きつれて左右から詰寄った。

七

「定吉さん、逃げていねえよ」

半太郎は後へ叫んで、「さあ来い、こう長脇差《ながどす》の光るのを見ちゃあ嬉《うれ》しくって耐《こら》えられねえ、腹の底からぞくぞくとして来やあがる、やっぱり無頼《やくざ》はいいもんだ――それ!!」

びゅん！　と風を切る錫杖。

「ぎゃっ！」

息をついていた子分の一人が、脳天を砕かれて血反吐《ちへど》を吐きながらすっ飛ぶ。

「やりやあがったな」

と勘八が、捨身の無法。

「だあーっ」

と踏込んで来る出端《でばな》、体を開いて、のめるやつを後ろざまに頸《くび》の根へ、錫杖の石突《いしづき》を返してびゅん！　と一本、

「うっ！」

呻《うめ》いてつんのめる、踏込んだ半太郎、

「定吉さん、兄貴の敵《かたき》だ早く止《とど》めを刺しねえ」

と脾腹《ひばら》へもう一撃、

「この外道面《げどうづら》め」

「――――」

「定吉さん、止めだ」

慄えながら定吉が、隠れていたお堂の横から走って出る、半太郎は錫杖を執り直して、残った二人の子分の方を振返った、

「やい三下、何を慄えていやあがる、手前《てめえ》っちの親分は己《おい》らが仕止めた、口惜《くや》しかったら斬って来い、来ねえか」

「――な、何を……」

「屁《へ》っぴり腰をして態《ざま》あねえぞ、親分が親分なら子分も子分、二人っきりじゃ心細くてかかれめえ、早く帰《けえ》って身内を集め、束になって押して来い――己《おら》あ逃げも隠れもしねえ一念寺で待っているから、死装束でもしてやって来い」

何と云われても、相手は口答えひとつ出来なかった。半太郎は鼻で笑って、

「済んだかい、定さん」

と振返る、「うん、宜し宜し、形だけで沢山だ、それで兄さんも浮ばれるだろう――済んだら行こうぜ」

気の上ずっている定吉を援《たす》け起こし、

「待っているぞ」

とひと言。木偶《でく》のように突っ立っている子分の者を後に、半太郎は定吉を促して悠々《ゆうゆう》と街道の方へ立去った。


「……或値怨賊繞《わくちおんぞくにょう》。各執刀加害《かくしゅとうかがい》。念彼観音力《ねんぴかんのんりき》。咸即起慈心《げんそくきじしん》……か」

一念寺の本堂。仏前へ手行李《てこうり》をひろげて、半太郎はいま法衣と着物の着換え中だ。

――吉田道で定吉に金を与え、江戸へ帰らせると、その足で戻《もど》って来たばかり。

「或遭王難苦《わくそうおうなんく》。臨刑欲寿終《りんぎようよくじゆしゆう》。念彼観音力《ねんぴかんのんりき》。刀尋段段壊《とうじんだんだんね》――とくらあ、ねえお釈迦《しやか》さん、お前《めえ》さんとも随分つきあって来たが、己《おい》らあたった今から盃《さかずき》を返すぜ、お経の文句に嘘《うそ》あねえと云うが、まるで駄《だ》ぼらばかりじゃねえか、観音力を念ずれば怨賊《おんぞく》も慈心を起し、悪者の抜いた刀あ段々に砕ける――？　へっ！　お前さんも商売だろうが、嘘の灰汁《あく》がちっとばかりひど過ぎるぜ」

腹へきりきりと晒木綿《さらし》を巻く、

「世の中にゃ悪い奴《やつ》がいて、お経の百万遍をあげたってへ、、、えちゃらな面あしている、そんな野郎にゃあ大蔵経《だいぞうきよう》をひっくり返して見せるより、脇差に物を云わせる方が早仕舞だ、或囚禁枷鎖《わくしゆきんかさ》。手足被杻械《しゆそくひちゆうかい》。念彼観音力《ねんぴかんのんりき》。釈然得解脱《しやくねんとくげだつ》——かね、置きゃあがれ」

半太郎は着物の裾をからげてきりりと上締め、襷をかけ坊主頭に鉢巻をすると、悪口を続けながら足拵《あしごしら》えをして、ふいっと出て行ったが間もなく手頃の竹を一本伐《き》って来た。

「呪詛諸毒薬《しゆそしよどくやく》。所欲害身者《しよよくがいしんじや》。念彼観音力《ねんぴかんのんりき》——どっこいしょ、と」

戒壇に腰を下して、竹の枝を払い、穂尖《ほさき》を作って竹槍を仕立てた。

「退き口は富士、お山開きにゃあ早《はえ》えが、清水港へは一本筋だ、大政の兄哥《あにい》にお詫《わ》びを頼んで、伸び伸びと無頼《やくざ》本性——ええ畜生、もう沼津の鰻《うなぎ》と剣菱《けんびし》の匂《にお》いが鼻に来やあがる、念彼観音力《ねんぴかんのんりき》……だ、心残りはおきい坊だが、何方《どっち》にしたって添い遂げられねえ因縁とすれやあ、結句こうなるのが互いの仕合せよ」

半太郎の眼《め》は一瞬うるみを帯びた——が、思い切って頭を振ると、すっくり立上って竹槍《たけやり》に素振りを呉《く》れた。

「おきいさん、おさらばだぜ」

とあっさり呟《つぶや》いた時、どっと前庭の方へ人の駈込《かけこ》んで来る足音がした。

「来やあがったな」

と半太郎にやり笑って、「数珠《じゆず》を繰っての念仏看経《かんきん》、これからは数珠無しの竹槍念仏――どれお勤めを始めようか」

大股《おおまた》に出て行って、正面の明り障子をぱっと蹴放《けはな》す、庭へ詰めかけていた頭数――ざっと二三十の群が、

「わあーっ」

とどよめいて左右に散った。

広場へ仁王立ちになった半太郎、南を仰げばくっきりと澄みあがった空に、まるで手招きでもする如《ごと》く富士の山が晴れて見える。――あの向うには清水港があるんだ！ 群がる敵を前に、半太郎の唇はにんまりと微笑を描いた。

（「キング」昭和十一年八月号）

風車

　　　一

——話が正式に決るまで先方の名は云《い》えぬそうだが、北国筋で松平姓を賜わってい
る大藩というのだから想像はつくだろう、なんでも政治向の改革に就《つ》いて相当の人物
を求めているとの事だ、初めは二百石だが才腕に依《よ》って五百石まで出すと云っている。

——そんな旨《うま》い話ならなぜ貴公が申込まぬのだ。

——そう思わぬ訳ではないが、どうもこれ相当の人物という柄《がら》ではないからな。

そう云って椙井《すぎい》勝三《かつぞう》は自嘲《じちょう》するように笑った。訥々《とつとつ》とした話し振と如何《いか》にも好人物
らしい笑声とが、金之助《きんのすけ》の耳に快く甦《よみが》えって来る、

「篤実《とくじつ》な奴《やつ》だな、相勝は」

「……は？」

「昨夜の椙井勝三さ、他の連中と違ってあれは珍しく実直な奴だ」

「…………」

おつゆは聞き流して、

「お汁《しる》をお代え致しましょうか」

「もう宜《よ》い」

金之助は飯茶碗《めしぢゃわん》を置いた、「北国筋で大藩松平と云えば加賀の前田であろう、加州の二百石ならそこらの小大名の五百石には当る、先《ま》ず梶原《かじわら》金之助の仕官口としても安くはあるまい」

「お茶をお注《つ》ぎ致しましょうか」

「うん注いで呉《く》れ、もう間もなく相勝が迎えに来るだろう」

おつゆは金之助の言葉を避けるように、食膳《しょくぜん》を片付けて台所へ立った。

梶原金之助は大坂の与力の二男で、出世の途《みち》を求めるために江戸へ出て来てもう二年になる。――男振も十人並以上だし、剣は諏訪《すわ》派をよく遣うし、学問も衆に秀《ひい》でていたが、坊ちゃん育ちで至極のんびりしていた。叔父の藤田三右衛門《ふじたさんえもん》というのが備前池田家の江戸留守役をしていて、生活費は其処《そこ》からたっぷり送って来るから、衣食や酒にも事を欠かぬし、身辺の世話をさせるおつゆという娘まで雇って暢気《のんき》に暮していた。

そんな調子なので、貧に窮した浪人たちが頻《しき》りに出入りする。彼等《かれら》は金之助のお坊ちゃん気焔《きえん》を尤《もっと》もらしく拝聴しながら、酒食にありついたり、旨い仕官口があるからなどと云っては金を引出して行くのである、……若《も》しおつゆが側《そば》にいてそれを抑えなかったとしたら、金之助自身が疾《と》うに貧窮していたに違いない。彼女はその長屋の家主松兵衛《まつべえ》の亡妻の姪《めい》であった、金之助が長屋へ居を定めると同時に、月々の手当を定めて女中代りに来たのであるが、初めから金之助の気性《き》をよくのみこんで、母ともなり姉ともなりつつ面倒をみていた。

おつゆは背戸《せど》の日蔭《ひかげ》に咲く無名の花のような娘である、よく見ると顔立も美しく、殊《こと》にその眸子《ひとみ》と唇許《くちもと》には類稀《たぐいまれ》な魅力をもっていたが、いつも人眼《ひとめ》を憚《はばか》るように、ひっそりと片隅《かたすみ》へ身を寄せているという風なので、誰《だれ》もその美しさをみつける者がなかった、朝夕一緒にいる金之助さえそれに気がつかなかったのである。人間の眼も案外信用の出来ないものだ。

茶を飲終って金之助が起《た》った時、北側の窓の彼方《かなた》でにわかに若い女達《たち》の笑いさざめく声が嬌々《きようきよう》と聞えた、

「ええうるさい、また騒ぎ居《お》る」

金之助は窓を明けた。

二坪ほどの小庭を置いて黒塀《くろべい》がずっと伸びている、何処《どこ》かの大名の別墅《べつしよ》とも思われる広い屋敷で、時折女中たちの遊び戯《たわむ》れる声が華《はな》やかに聞える、此方《こちら》から見ると塀の中は梅林になっていて、いま満開の花が風と共にすばらしい香気を送ってくる、

「お呼びでございますか」

金之助の声を聞いておつゆが入って来た、

「うるさく騒いでいるというのだ、何処の大名の別墅か知らんが、女共が朝からああ騒ぐようでは家政が紊《みだ》れている証拠だぞ」

「そんなに声高に仰有《おっしゃ》って、若し聞えては悪うございます、……それより、釣《つり》にお出掛けなさいましたら？」

「いやもう相勝が来るだろう」

「――――」

「今日一緒に仕官先へ目見得《めみえ》に行く約束だから、そろそろ紋服を出して置いて貰《もら》おうか」

「……はい」

温和《おとな》しく笑いながら、おつゆは膝《ひざ》をついたまま動かなかった。――金之助はちらとその面《おもて》を見やって、

「おまえ相勝を疑っているな？　岡崎《おかざき》兵馬や呑平安《のんべいやす》みたいに、相勝も拙者を騙《だま》したと思っているのだろう、――馬鹿《ばか》な、あいつは実直な奴だ、昨夜の話振りを見ても分るし、今まで一度として迷惑を掛けた事がない」

「でも昨夜は十両お持帰りなさいました」

「あれは目見得の引出物に遣うので、こんな場合の慣例なんだ、相勝も出来たら自分で都合したいのだがと云っていたではないか」

「……露地の表に岡崎様が待っていらしったのを御存じでございますか」

二

「兵馬が——？」

「はい、御一緒にお帰りなさいました」

金之助は眉間《みけん》を一本やられた感じだった。

岡崎兵馬なる浪人は、他の連中と同じように是《これ》まで度々不義理を重ね、今では此処《ここ》へ足踏みの出来ぬ男である、それが昨夜相井勝三と組んで来た……それだけで事情は明白なものだ。

「仕様がない……釣に行こう」

金之助はぶすっと云った、

「道具を出して呉れ」

「はい、もう揃《そろ》えてございます」

「餌《えさ》はどうだ」

「先刻買って参りました」

「じゃあ……その、あれだ。——出掛けるぞ」

おつゆの唇《くちびる》が美しい微笑を刻んだ。……と、そのとたんに、裏の屋敷の方でわっと嬌声があがり、同時に窓からぱっと何かが飛込んで来たと思うと、がらがらッと、茶道具を散乱させ、襖《ふすま》に当って金之助の足許へ転げ落ちた。

「——まあ！」

おつゆは吃驚《びっくり》して跳退《とびの》いた。

突然の事で金之助も呆《あき》れながら見ると、勢いで梅の花片をちらちらと巻込んで来たのは、蹴鞠《けまり》に使う鞠であった。——日頃《ひごろ》から騒々しいと思ってもいたし、折悪《おりあ》しく椙勝の事でむかむかしているところだったから、

「不埒《ふらち》な女共！」

と金之助は鞠を拾うや、

「宜し、武家の作法を教えて呉れよう」

「まあ！　梶原さま」

「ええ止めるな」

窓へ足を掛けてさっと庭へ跳下りる、――足をあげて黒塀の一部を蹴放した、ばりばりッと云って引裂ける隙《すき》から、中へ踏込んでみると一面の梅林で、その向うに広庭がひらけ、七八人の奥女中たちが茫然《ぼうぜん》と立竦《たちすく》んでいる、

「この鞠は貴公たちの物か！」

金之助は声いっぱいに喚《わめ》きたてた。

「――――」

「貴公たちの鞠か、そうで無いのか」

喚きながら二三歩踏出した時、――女たちの後から一人の少女が進み出て来た。髪容《かみかたち》と衣装で直ぐ高貴の乙女だということが分った。年は十七か八であろう、すばらしく美しい、金之助はひと眼見るなり、まるで撃たれたように、大きく眼を瞠《みは》りながらたじたじと退《さが》った。

「お赦《ゆる》し下さいませ」

乙女は威の備った声音で、

「婢《はした》たちが戯れの蹴鞠でございます、お住居をお騒がせ致しましたでしょうか？」

「い、いや、別にその」

「わたくしから不調法のお詫《わ》びを申します、どうぞ御勘弁なさいまして」

「決して、決して其《そ》の儀は」

金之助はひどくまごついた、

「その御会釈《ごえしやく》では却《かえ》って痛入ります、拙者としては唯《ただ》、その、ま、鞠をお返しに参った許《ばか》りなので、悪しからず、どうぞ」

塀を蹴破って鞠を返しに来る奴もあるまい、顔を赧《あか》くしながらしどろもどろにそれだけ云うと、鞠を相手に返して逃げるように塀外へ跳出した金之助、引裂けた板をそっと押着けて置いて、汗を拭《ふ》きながら家の中へ入った。

どうなる事かとはらはらしていたおつゆは、無事に済んだのでほっとしながら、

「まあよく穏かに済ましていらっしゃいましたこと、余り御様子が烈《はげ》しいので、どんな間違いになるかと……」

「美しい、実に美しい人だ」

金之助は呻《うめ》くように云った、

「番士ぐらい出て来るかと思ったら、いきなり姫君の御出ましで、さすがの拙者も兜《かぶと》を脱いだよ、あの美しさには正に敗北だ」

「——そんな美しい方でしたの？」

「梶原金之助二十六歳の今日までついぞ曾《かつ》て女など眼についた覚えはなかった、然《しか》し

今日こそ初めて美しい人を見た、世の中にはあんな美しい人もいるものかと思うと眼の覚めたような気持がする」

「……わたくしも拝見すれば宜《よろ》しゅうございましたこと――」

おつゆは淋《さび》しそうに呟《つぶや》いた。

彼女は自分が美しい娘ではないと信じている、生れも育ちも卑しいし、孤児だし、才芸の嗜《たしなみ》もないことを知っている。――だから、眼前で他人の美しさを賞められる事は何よりも辛《つら》かった、殊に金之助の口から聞くことは悲しかった、おつゆは危く涙が溢《あふ》れそうになるのを、そっと隠しながら云った、

「あの、釣にお出掛けなさいましては」

「うん行こう、今日は幸先《さいさき》が宜いからきっと大漁に違いない、酒をたっぷり買って置いて呉れ」

金之助の眼は活々《いきいき》と輝いていた。

三

今日もまた金之助は、日が暮れてから空《から》の魚籠《びく》を提げ、ひどく酔って帰った。露地を入って来ると、自分の家の表に浪人態《てい》の男が二人立っている、それを押退け

て入ると家主の松兵衛がおつゆと何か話しているところだった。

「是はお帰りなさいまし」

「家主か、——何だ表に来ているのは」

「お帰り遊ばせ」

おつゆは甲斐々々《かいがい》しく釣道具を受取りながら、

「あの、此家《このいえ》を移って頂きたいと申すのですけれど」

「いや儂《わし》がお話し申すよ」

松兵衛は愛想《あいそ》笑いをしながら、

「真《まこと》に勝手なお願いで御立腹かも知れませんが、向う側に空いている方へお移りを願えませんでしょうか、実は表に来ておいでのお武家様が、是非この家を借りたいというお話で、店賃《たなちん》も倍増しという……」

「駄目《だめ》だ、断るぞ！」

金之助は上へあがりながらにべも無く云った。

「例え借家でも一旦《いったん》借りた以上は拙者の城廓《じょうかく》だ、訳もなくおいそれと明渡す事が出来ると思うか、第一ここは隣の梅がよく匂《にお》うし、棟端《むねはず》れで閑静でもある、移る事はならんぞ」

「そうでもございましょうが、此方様《こちらさま》も折角の御懇望で」

「挨拶《あいさつ》も申さず失礼ながら」

浪人者の一人が進出て、「仔細《しさい》あって是非この家を所望仕《つかまつ》りたい、御迷惑でもござろうが枉《ま》げてお移りが願えまいか」

「貴公なんだ！」

「いや御立腹では恐れ入るが」

「如何にも立腹だ。何処の何者だか知らんが第一そんなに此家を望むのは不審だぞ、仔細があるという其の仔細を聞こうではないか、此処の床下に金の延棒でも埋っているのか、それとも他にもっと深い悪企《わるだく》みがあるのか」

「ああいや、それ程仰《おお》せらるるなれば強《し》いてとは申さぬ、我々は向うを借りる事に致すから」

「待て、急に止《よ》すというのも怪しいぞ」

「決して左様な事はござらん、いずれ改めて御挨拶に参上仕る、御免」

相手はすっかり怯《おじけ》気づいた様子で、家主を急《せ》きたてながら立去った。——金之助はその後へぺっと唾《つば》を吐いて、

「だらしの無い腰抜共、折角売った喧嘩《けんか》を買いもせず、尻尾《しっぽ》を巻いて逃げ居るとは浪

人の値打も下ったもんだ」

「……直ぐ御膳《ごぜん》の支度を致しましょうか」

おつゆは逆らわぬように云った。

「酒を呑《の》む」

「召上っていらしったのでございませんか」

「呑み足らん、つけろ」

金之助はどっかと坐《すわ》ったが、ふと床に活けてある梅をみつけて、

「あの梅はおまえの手《て》活《いけ》か」

と訊《き》いた。おつゆは慌《あわ》てて、

「まあ、申上げるのをすっかり忘れて居りました、お出掛けの直ぐ後で、隣のお屋敷からお女中が届けて参りましたんですの」

「隣から――?」

「お姫《ひい》さまがお愛し遊ばしている『朧夜《おぼろよ》』という梅とか、先日の不調法のお詫びに一枝、お笑草にという御口上で……それから、この短冊《たんざく》が添えてございました」

「どれ見せい」

受取った短冊には美しい筆跡で、

わがやどの梅のはつ花咲きにけり
　待つ鶯《うぐいす》はなどか来なかぬ

と金槐集《きんかいしゅう》の一首が認《したた》めてあった。――歌の意味は悲しく頼りなげなものだ。どのような身分の人であるか知らぬが、あの美しさで、広い邸宅に住み、多くの女中たちに傅《かしず》かれながら、何を悲しげに待つと云うのであろう、

「――待つ鶯はなどか……」

昵《じっ》と短冊の文字を覓《みつ》めている、金之助《きんのすけ》の横顔から、おつゆは淋しげに眼《め》を外らしながら酒肴《しゅこう》の支度に立った。――金之助は膳拵《ぜんごしら》えが済むまで短冊を手から離さなかった。

「どうぞ召上って――」

「うん」

「今日はよい日並でしたのに、一尾もお釣りになりませんでしたの？」

おつゆはつとめて微笑しながら給仕に坐った。――然し金之助はその笑顔には眼もくれず、

「使いの者は他に何も云わなかったか」

「……はい、別に何も――」

「どうも訳ありげな歌だ」

金之助は短冊を置いて酒を呑み始めた。おつゆは話題を外らしたい様子で、

「今日は何方《どちら》へお出《い》でなさいました」

「橋場の河岸《かし》だ、……この酒は味が変っているではないか」

「お口に合いませぬか」

「不味《まず》い！」

「では買い替えて参りましょう」

「それには及ばぬ、少し考えたい事もあるから外へ行って呑んで来る、金を出して呉《く》れ」

金之助はぷいっと立った。

四

おつゆは蒼白《あおざ》めた顔を伏せたまま動かなかった。——金之助は不審げに、

「どうしたんだ、金を出して呉れないのか」

「お金はございませんの」

「無い？　まだ月半ばにもならないのに、もう無くなって了《しま》ったのか」

「先日椙井《すぎい》様に差上げたのがお終《しま》いでございました」

「そんなら叔父にそう云《い》って」

「――いいえ」

おつゆは静かに面《おもて》をあげて、

「叔父さまの方は去年の暮からおつゆがお断り申上げてございます」

「な、何だと、それはどういう訳だ」

金之助はむずと坐った。――おつゆの表情は曾《かつ》て見たことのない、強い意志にひきしまっていた。

「それは、叔父さまからお仕送りのある限り、貴方《あなた》のお身が定らぬと存じたからです、この儘《まま》では貴方の御才能が朽ちきって了うと存じたからでございます」

「おつゆ、おまえ金之助に狎《な》れて差出がましい事を申すぞ」

「そのお叱《しか》りは後で伺います」

おつゆは驚くほど冷静に云った、「わたくしは貴方さまの召使でございます、決してそれ以上に狎れた考えはございません、けれど貴方さまは誤っていらっしゃいます、仕官の口にしましても、二百石以上でなければならぬといつも仰有《おつしや》いますが、主家さえ頼むに足りたなら足軽《あしがる》でも結構ではございませんかしら」

「拙者に生涯《しようがい》軽輩で終れと云うのか」

「御出世はそれからの事、貴方さまなら決していつまで埋れていらっしゃる筈《はず》はございません、太閤《たいこう》さまも草履取から御立身遊ばしたではございませんか」

「馬鹿《ばか》を云え、あれは戦国の世の事だ、泰平の今日そんな夢が見ていられるか」

「お言葉ではございますが、戦国の世にも草履取は何千人といた筈です、けれど太閤殿下と云われる迄《まで》に出世をなすったのはお一人でございます。泰平の世だから足軽は生涯足軽だというお考えは、万人が万人考えることではございませぬか。おつゆは貴方さまをそんな人達と同じお方とは思いませぬ、貴方さまもそうはお考えになりませんでしょう?……叔父さまのお仕送りをお断り申したのは差出た仕方でございました、また愚かな身で御意見がましい事を申上げて、さぞ御不快でございましたでしょう、――どうぞお赦《ゆる》し下さいませ」

「もう宜《よ》い、黙れ」

「……はい」

「床を取って呉れ、寝る」

金之助は外向《そむ》いたまま立上った。

おつゆが次の間へ夜具を延べるのを待兼ねて、金之助は母に叱られた子供のようにもぐり込むと、蒲団《ふとん》を頭から引被《ひきかぶ》って眼を閉じた。――色々な考えが胸いっぱいに渦《うず》を巻いている。日頃《ひごろ》あんなに温和《おとな》しいおつゆの何処《どこ》に、今宵《こよい》のような強い意力がひそんでいたのか。然《しか》も云い廻《まわ》しこそ拙《つた》なけれ、この言葉は的確に真実を刺止めていた。……草履取は何千人もいたが太閤は唯《ただ》一人しか出なかったという、その一言は金之助の胸をずばりとたち割ったのである。

――そうだ、己《おれ》は馬鹿だった。

金之助は闇《やみ》の中で唇《くちびる》を嚙《か》んだ。

――大望ある者が禄高《ろくだか》を云々《うんぬん》するなどとは不心得だった、自分の腕に覚えさえあれば足軽仲間からでも出世は出来る筈だ、二百石を望むのは己の才能を自ら二百石に売るのと同じではないか。……然もそれは叔父の仕送りがあるからこそ云えたのだ、ああ。

物事が判《はっ》きりと見えて来た、中でもおつゆの姿が、まるでいま初めて見るかのような鮮かさで、眼前の闇に浮上って来た。

「――おつゆ」

金之助が卒然と闇の中から呼ぶ、

「は、はい」

おつゆの声は妙に狼狽《うろた》えていた、

「叔父の方を断ったのは去年の暮だと云ったようだな」

「……はい」

「今日までどうして過して来たのか」

「それは、あの、倹《つま》しく致しまして。二人だけでございますから――」

「そうか」

金之助は暫《しばら》く黙っていたが、

「明日は波木井《はぎい》を訪ねるぞ」

「………」

「それから、当分酒はやめだ」

おつゆは静かに頰笑《ほほえ》んだ、そして眼にいっぱい涙をうかべながら何度も独り頷《うなず》いた。

隣の部屋からは、いつか金之助の健康な寝息が聞え始めた、おつゆは行灯《あんどん》の火をかき立てながら、一度納戸《なんど》へ押入れて置いた風呂敷包《ふろしきづつみ》を取出してひろげた、――中からは赤や紫や緑の美しい紙片が現われた、「一文風車」の内職である、この正月から暮しの足しに、金之助には知らさず、夜毎《よごと》々々おつゆは風車を作っていたのである、

――是《これ》で今夜から。

とおつゆは胸の中で呟いた。

――本当にこの風車がお役に立つようになった。

五

それから二日めに、例の浪人者二人は前の空店《あきだな》へ移って来たが、恐る恐る挨拶《あいさつ》にやって来て金之助の態度の変っているのに驚いた。

実のところ、あの翌《あく》る朝から金之助はがらりと変った、おつゆが食事拵《ごしら》えをしているあいだに、箒《ほうき》を持って露地の掃除をしたり、もっと変った事は朝食が済むと直ぐ、隣町にある剣術道場へ出掛けて行ったことだ。――そして午《ひる》近くに帰った時には、高頬と手首をひどく赧《あか》く腫《は》らしていた。

「まあひどい、どう遊ばしました」

おつゆが驚いて訊《き》くと、

「いや、何でもない」

さすがに些《いささ》か気恥しげに、「波木井に頼むにも腕がなまではいかんと思って、久し振りに竹刀《しない》を持ってみたのだが、武芸というものは恐ろしい、暫く怠けている内に自慢の諏訪《すわ》派がすっかり腐っていた」

「そんなにひどく腫れて、さぞお痛うございましょう、何かお薬を」

「いや大丈夫、是は薬をつけるより叩《たた》き固めるのが早道だ。然し驚いたよ、こんなに腕が鈍っていようとは思わなかった、当分みっちり鍛え直しだ」

箸《はし》を持つのも痛そうに、午飯を掻込《かきこ》むと直ぐ、金之助は再び道場へ出掛けて行った。

おつゆの一言を胆《きも》に銘じた金之助は、こうして先《ま》ず腕から仕上げ直すため、半月ほどは殆《ほとん》ど道場通いに夢中だった。素《もと》より諏訪派の剣を執っては抜群の才を持っていただけに、心を打込めば更生するのも早く、やがてその道場では誰《だれ》も手に立つ者がない迄に腕を取戻《とりもど》した。

斯《か》くて二月も終りに近づき、世間は雛《ひな》の支度に春めいて来た或《あ》る夜半のこと——。

ぐっすり熟睡していた金之助は、何か唯ならぬ物の気配を感じてふっと眼を覚ました。森閑と寝鎮《ねしずま》っている夜のしじまの中に、雨戸をこじ明ける忍びやかな音が聞える。

——夜盗か。

と起上ったが、この貧乏長屋を盗賊の狙《ねら》う筈もなし、何者であろうと大剣を取って壁際《かべぎわ》へ身を引いた。

雨戸が巧みに外された。星月夜の仄明《ほのあか》りを背にして、厳重に身拵えをした武士が一人、二人、三人、五人、足音を忍ばせながら座敷へ上って来る。

——前へ越して来た浪人共だな。

金之助は息を詰めた。

——さてこそ何か仔細《しさい》があるぞ。

若《も》し自分を狙うのなら一打にと、大剣の鯉口《こいぐち》を切って眤《じっ》と身構えた。然しそうでは無かった。彼等《かれら》は誰も気付かぬと見てか、中間《なかのま》を通り抜けて窓へ行くと、其処《そこ》でも音のせぬように雨戸を明け、互いに合図し合いながら、一人ずつ庭へ下りて行った、——数えると八人である。

金之助は初めて分った。

——そうか彼等は裏の屋敷を狙っていたのだ、それであんなに此家《このいえ》を借りようとしたのだな。矢張り盗賊の群に相違ない！

頷くと共に、素早く窓から庭へ下り、いつか蹴放《けはな》した塀の破れからすっ、、と屋敷の中へ身を入れた。——ところが其処には二人の男が張番をしていたのである、金之助が入るのと、二人が抜討に左右から斬《き》りつけるのと殆ど同時であった。

「えイッ」

「おッ」

だっと烈《はげ》しく体がもつれた。必殺の剣をどう躱《かわ》しどう斬ったか、二人の男は悲鳴と共に顚倒《てんとう》し、金之助は脱兎《だっと》の如《ごと》く広庭へ走り抜けていた。

屋敷の棟《むね》をめがけて馳走《ちそう》三十歩、広縁の雨戸が外れていて、屋内にけたたましい叫喚と、床を踏鳴らす音が聞える、――金之助は跳躍して広縁から座敷へ踏込んだ。と其処には此家の宿直侍《とのいざむらい》と見える若者が三人、例の浪人三名と凄《すさま》じい死闘を演じている、

「おのれ盗賊！」

喚《わめ》くと共に、走り寄った金之助は、いきなり一人をたっと背から斬放した。

「――御助勢仕《つかまつ》るぞッ」

「あっ！」

浪人者が驚くより疾《はや》く、宿直侍の一人がひきつった声で、

「お願い申す、奥に、姫が」

「や！」

「姫の御命を狙う奸賊《かんぞく》でござる、此処は構わず奥へ姫をお願い申す」

「――心得た」

金之助は叫ぶなり、襖《ふすま》を蹴放して奥へと馳入《はせい》った。局口《つぼねぐち》を入って、仄暗く灯《ひ》の点《とも》った寝殿にかかるとたんに、四五名の腰元たちに囲まれて姫が……転げるように走って来るのとばったり会った、

「姫！　御安堵《ごあんど》遊ばせ」

金之助は叫びながら一歩出た。

「梶原《かじわら》金之助御守護を仕ります」

「おおそなたは……」

「早く、腰元衆、姫を彼方《あちら》へ」

押しやって置いて、殺到して来る兇漢《きようかん》三名の前へ、金之助は敢然と立塞《たちふさ》がった。

六

「おつゆ、起きるんだ起きるんだ」

恐ろしく元気な声で呼起されたおつゆは、寝過したのかと驚いて起上り、中間を覗《のぞ》いて見ると、——窓はまだ白みかかった許《ばか》りというのに、行灯《あんどん》の光の下で金之助がせっせと荷拵えをしている。

「まあ、どう遊ばしますの?」

「まあ早く起きて来い、いよいよ金之助も世間へ出る時が来たぞ、——おまえが寝ているあいだにすばらしい番狂わせがあったんだ」

「何だかまるで分りませんが」

おつゆは手早く着替えをして出た。

「裏の屋敷の正体が知れたよ、信濃国《しなののくに》で四万八千石の大名の姫君だ、いやその姫君の隠れ家だったんだ。精《くわ》しい事は分らないが、御正室と妾腹《しょうふく》と二人の姫がいてお定まりの家督争いという事になったらしい、裏に在《おわ》すのは御正室の姫で、さる大名の御二男が養子として入婿《いりむこ》する事に決っているのを、妾腹の姫を守立てる一味が、そうはさせじと御命まで狙いはじめた、そこで姫君は……松姫と仰有《おっしゃ》るのだが、騒擾《そうじょう》の鎮るまで安全な場所へ身をお退《ひ》き遊ばしていたのだ」

「そう早口に仰有ってはわたくしにはよく分りません」

「後で悠《ゆっ》くり考えれば宜い、拙者もあらましの事しか知らないのだ。――それでつまり、姫君は此処《ここ》へ暫く隠れて在したのだが、事態不利と看《み》た妾腹方の奸臣共は、遂に非常手段に訴えて一挙に姫を弑殺《しさつ》し参らせようと踏込んだのだ」

「それは、裏のお屋敷でございますか」

「然も一刻《いっとき》ばかり前の事だ」

「――まあ」

「拙者は盗賊だと思って馳つけたのだが、旨《うま》く間に合って姫君は御無事、斬込んだ奸物は残らず斬伏せてやった」

「ちっとも、存じませんでした」

「直ぐ帰ろうとしたが、奥家老が出て来て是非とも随身《ずいじん》して呉《く》れという話よ、姫君も世に出るまでの守護を頼むという仰《おお》せで、当分は無禄《むろく》の御奉公と話が定った」

「それは、何よりな……」

「夜が明けると直ぐ、麻布《あざぶ》の中屋敷へお立退きだそうで、拙者も一緒に御警護をして行かねばならぬ」

おつゆの顔がさっと蒼白《あおざ》めた、――金之助は話のあいだに身支度を終えて、

「ところで――」

と向直った。

「これでやっと拙者の体は定ったが、おまえはこれからどうする」

「……わたくし？」

「松兵衛の処《ところ》へ帰っても、あの因業爺《いんごうじじい》と一緒の暮しは辛《つら》かろうが」

「宜《よろ》しゅうございます。わたくしの事なら宜しゅうございます」

おつゆは明るく笑いながら、然し、しどろもどろの声で云った。

「実は、わたくしも、考えていました。いつかお話し申しましたでしょう？　尾張《おわり》の在に叔母が一人ありますが、その叔母が、此方《こちら》へ来るようにと、何度もそう云ってよこしていたのです。わたくし、実はもう、行くからと、返辞を出してあったのです」

「そうか、それなら安心だ」

金之助は頷《うなず》いて懐《ふところ》から袱紗包《ふくさづつみ》を取出し、その中の小判を数枚摑《つか》んで差出した。

「急ぐので礼も満足には云えぬ、長いあいだよく面倒をみて呉れた、何も云わぬ、ほんの寸志で恥しいが、支度金として貰《もら》って来たものの裾分《すそわ》けだ、取って呉れ」

「いえ、そんな、飛んでもない」

「辞退するなら怨《うら》むぞ、――おつゆ」

「……はい」

「信じて呉れるか」

金之助は小判と共におつゆの手を持添えて云《い》った。

「金之助はな、何千人の草履取の中の、唯《ただ》一人になってみせるぞ」

「……はい」

「身分の栄達はせずとも、心だけは必ず太閤《たいこう》に成って見せるぞ、分るか」

「ほほほほほ」

おつゆは高々と笑った。「可笑《おか》しゅうございますわ、今更そんな事を仰有るなんて、初めから分っているではございませんか、さ――お出《い》で遊ばせ、朝日と一緒に門出をなさるなんて御運めでたい瑞祥《ずいしょう》でございます」

「ではさらばだ、健固を祈るぞ」

「貴方《あなた》さまも、どうぞ……」と云ったが、

「あ、暫く」と背へすり寄って、

「お衿《えり》が折れて居《お》りますから」

声の明るさとは凡《およ》そ逆に、わなわなと震える指で、折れても居ない衿を静かに正し、その手をそっと逞《たくま》しい肩へ辷《すべ》らせながら、

「はい、宜しゅうございます」

云うと共に、上端《あがりはな》へ崩れるように坐《すわ》って了《しま》った。

四半刻（三十分）の間もない別れであった。夢のようなとは此事《このこと》であろう。金之助の遠ざかり行く足音を聞きながら、おつゆは茫然《ぼうぜん》と呟《つぶや》いていた、「――風車……風車が廻《まわ》る」

七

それから五日めの朝、馬上の武士が家主松兵衛《まつべえ》の家を遽《あわただ》しく訪れた。――見違えるように立派になった梶原金之助である。

「松兵衛、おつゆは居るか」

「おお、是は梶原様」

「おつゆはどうした、まだ居るか」

「何か彼女《あれ》が不埒《ふらち》でも致しましたか、いえ実は私も腹を立てているところで、貴方様がお立退《たちの》きなすった直ぐ後、ふいっと出たまま行衛《ゆくえ》が知れません、孤児だと思って今日まで五年も面倒をみてやりましたのに、まるで恩も義理も知らぬ畜生でございます」

「尾張在に叔母があるとか申したが、それへ参ったのではないのか」

「出鱈目《でたらめ》でございます、何の尾張どころか天涯《てんがい》きって叔母も親類もありはしません、なにしろ虫も殺さぬ面をしてあんな奴《やつ》とは知りませんでしたよ、全く考えると腹が煮えて……」

止めどもない饒舌《じょうぜつ》を後に、茫然と表へ出た金之助は、——馬の口を取りながら、くっと空を仰いで呟いた。

「おつゆ、おまえ何処《どこ》にいるんだ、なぜ金之助を見捨てたんだ。……あの時は何の気もなく別れたが、別れてみて初めて分ったぞ、金之助にはおまえが要るんだ、それはおまえが一番よく知っていたんじゃないか——おつゆ、おまえは金之助を捨てて平気なのか」

滂沱《ぼうだ》たる涙が金之助の頬《ほお》を濡《ぬ》らした。――彼の仰ぐ空に白雲がひとつ春光を浴びて、西へ西へと流れていた。

「そうです、あたしは笑って門出をお祝い申しました、若《も》し泣きでもしたら、あの方はきっと……」

芝西久保《しばにしくぼ》の松音寺の門前に、一文風車を作って売るささやかな店がある。――その女主人が、通い内職に来ている若い娘たちを相手に、しめやかな話を続けていた。

「きっと――そのお武家さまはおまえを嫁になすったことね」

娘の一人が云った。

「どうして一緒にいらっしゃらなかったの、そのお武家さまもきっとおまえを想《おも》っていらしったのだわ」

「わたしは出来るだけの事をしました、卑しい生れつきで愚な女でしたけれど、幾らかはお役に立ったと思います、それで宜《よ》いのです、あの方が世に出れば立派なお武家様です、わたしのような者がいては御出世のお妨げになるかも知れません、例えお妨げにならずとも、わたしは、自分で自分をよく知っています、――そして、矢張りお別れしてよかったと思います」

「それでは余り悲しいじゃないの、ねえ皆さん」

「初めのうちは」と女主人は眼《め》を閉じて云った。

「わたしも泣いて泣いて泣き暮しました、でも今ではその涙が、わたしをこうして落着かせて呉れています、――おまえ方は気付いてはいないかしら」

「なんでしょう、何がありますの？」

「毎月十七日には、この店を閉めて休むでしょう……それはね、笑わずに聞くんですよ」

女主人は微笑しながら、

「あの方が御主人の御名代で、この松音寺へ御参詣《ごさんけい》においで遊ばすんです」

「まあ――」

娘たちは嬌然《きようぜん》と眼を見交わして叫んだ。

「知らなかったわ、ひどいおかみさん」

「どんな方ですの？　教えて」

「……お馬に召して」

女主人は歌うように云った。

「お槍《やり》を立てて、あの頃《ころ》より少しお肥《ふと》り遊ばして、でも眼は同じようにまるで子供で……立派な立派なお姿なんです」

「――――」

「わたしは、窓の中からそっと見ている、そっと、……もう悲しくはない、千人の草履取の中から、あの方は唯一人の人にお成り遊ばした。是でいいんです」

女主人はぽっと頬を染めながら、軒先の青空を見て云った、

「風車が廻る、……風車が」

五年後の秋のことであった。

（「婦人倶楽部《クラブ》」昭和十三年十二月号）

驕《おご》れる千《ち》鶴《づる》

一

「御覧あそばせ、孔雀《くじやく》夫人が尾羽根をいっぱいにひろげてお通りですわ」

「まあ本当、大層な御威勢ですこと」

針をふくんだ声音である。

「孔雀夫人って、それ誰《だれ》のこと？」

「いま向うの橋を渡っているお方、あなた御存じないの？　梅香《うめか》さま」

「あら、あれは千鶴《ちづる》さまではありませんか」

備後国《びんごのくに》福山城の奥庭にある古稀園《こきえん》は、いま菖蒲《しようぶ》の花盛りである。――毎年五月二日には、藩主阿部《あべ》豊前守《ぶぜんのかみ》正固《まさかた》が泉殿で宴を催し、また目見得《めみえ》以上の家臣たちには、奥と表との差別を除いて見物を許すのが例であった。

日頃《ひごろ》きびしく隔絶されている城中の男女が、この日だけは公然と相見ることができるので、その賑《にぎわ》いは極めて華かなものであった。着飾った女中たちは菖蒲の花と妍《けん》を競いながら、風情《ふぜい》なまめかしく逍遥《しようよう》し、若侍たちもまた心ときめくさまに、その群を縫って右往左往する。――聞けがしの嬌笑《きようしよう》や、羞《はじら》いの眸《ひとみ》や、思わせぶりな囁《ささや》きや、それとなき秋波《ながしめ》が、行交う若人たちのあいだに陽炎《かげろう》の如《ごと》くゆれあがるかに見える。

泉池の中の島に三人、もういずれも二十四五と思われる女中のひと組がいて、いま向うの八橋《やつはし》を渡ってゆく美しい婦人を妬《ねた》ましげに見やりながら蔭口《かげぐち》をしていた。

「千鶴さまだなんて、――」

唇《くちびる》の薄い、少し眼《め》の吊上《つりあが》った一人が皮肉な調子で云《い》った。

「そんなに気安く云っては失礼ですよ、以前は朋輩《ほうばい》でも今は御家老の御内室さまでございますからね」

「まあ、ではあの噂《うわさ》は本当でしたの？」

「本当ですとも、あなたがお宿下りのあいだに虫明三右衛門《むしあけさんえもん》さまへお輿入《こしい》れをしてからもう半月になりますわ」

「わたくしには分りませんわ、千鶴さまともある方が、あんな御老人と……」

「御老人でもお禄高《ろくだか》は二千石、筆頭家老という御身分ですもの、竹の柱に茅《かや》の屋根、手鍋《てなべ》さげてもなどという心意気は昔流ですって」

「当節は身分とお金さえあれば、お年寄でも蹇《あしなえ》でもお構いなしですって」

「まあ呆《あき》れた、千鶴さまってそんな方でしたの」

噂の主は橋を渡りきった。

肌《はだ》の色の冴《さ》えた、肉付の緊《しま》った痩形《やせがた》の体つきである、少し険はあるが表情の多い眼《め》許《もと》だ、話をするとき唇をきゅっと左へひき緊める癖が、あざやかな魅力でもあり、またどうかすると驕慢《きようまん》な印象を与える、……恐らく向うの女中たちの蔭口を耳にしているのであろうが、澄んだ眸《ひとみ》を正しくあげ、小扇を額にかざして寛《ゆる》やかに歩を運ぶ姿は、どこかに驕《おご》れる孔雀という感をもっていた。

橋を渡りきったところで、四五人づれの若侍たちに会った。

「棘《とげ》のある花はなんとか云ったな」

またしても誹謗《ひぼう》の声である。

「緋牡丹《ひぼたん》の値を高く売る無風流」

「黄白《こうはく》に富んだ翁《おきな》の花いじり——か」

「外面如菩薩《げめんにょぼさつ》、内心二千石」

明らさまな嘲笑《ちようしよう》のなかを、千鶴はやはり悠々《ゆうゆう》と臆《おく》した様子もなく通過ぎてゆく。

驕れる孔雀。

人々のこの憎しみはなにゆえであろう。

千鶴は孤児である。家は阿部家譜代《ふだい》の年寄格であったが、千鶴が十二歳のとき父鹿《か》島太郎左衛門《しまたろうざえもん》が死し、養子を定《き》めぬうちに母も亡《な》くなったので自然と家名は絶えてしまった。それ以来ずっと、先君伊予守正右《いよのかみまさすけ》の側室だった恵光院《えこういん》の侍女として育ってきたのである。

すぐれた美貌《びぼう》と、利発できかぬ気の千鶴は恵光院の寵《ちょう》を一身に集めていた。

——いまに良き婿《むこ》を選んで、鹿島の家名を再興してやろうぞ。

折にふれてはそう云われていたし、事実また年頃になると、恵光院はひそかに婿選びをしていたのである。

そのあいだにも千鶴の才色は福山城きっての評判となり、しかるべき家柄《いえがら》の求婚者も三五にとどまらず、なかには僅《わずか》な機会をねらって付文をしたり、うちつけに言寄ったりする者もあったが、彼女はどれにも相手にならず、超然として二十四歳という年を迎えてしまった。

——お綺麗《きれい》だから望みが高いのね。

——とてもお偉いんだわ。

——福山の赫夜姫《かぐやひめ》、というおつもりよ。

そういう女中たちの噂は嫉妬《しっと》であったろう。

——心驕っているのだ。

——人を人とも思わぬ眼だ。

――才色に慢じているのだ。

そういう若侍たちの言葉は手の届かぬ花を憎む心である。……人々は千鶴が、高慢と共白髪《ともしらが》で終るつもりだろうと噂した。

二

しかしその予想は裏切られた。

その年の春のはじめ、恵光院がふと問糺《といただ》すようにして、本当に独身《ひとりみ》を通す気なのかと訊《き》いたとき、千鶴は初めて心を決めた如く、

――実は嫁に参りとうございます。

と答えた、嫁《とつ》ぎたい相手は国家老虫明三右衛門であるという。

三右衛門は早く妻に死なれ、子供もない鰥夫《やもめ》でもう五十七歳の老人であった。……一城の才色と謳《うた》われた千鶴が、自ら望んで嫁したいというには余りに意外な相手である、恵光院はなにか訳があるのかと繰返して訊いたが、千鶴は静かに微笑して、

「――筆頭のお国家老ではあり、家柄にも申分がなければ、良人《おっと》として恥かしくないように存じますので」

と云うばかりだった。

恵光院のお声懸りで談《はなし》は障りなく纏《まとま》った。そして四月中旬の吉日を選んで千鶴は虫明家へ嫁いだのである、——女中たちは元より、かつて求婚した者、また想いを通わせていた若者たちは、この結果を知って唖然《あぜん》とした。

——そうだったのか、あの娘には恋も情も必要ではなかったのだ、二千石の食禄と筆頭家老の栄職、つまりあの娘の欲しかったのはそれだったのだ、栄耀栄華《えいようえいが》だったのだ。

人々は初めて千鶴の本心を見たと思った。

驕れる孔雀。

悪評が如何《いか》に根強くひろがっているかは、前章に記した通りである。無遠慮な嘲笑のなかを、千鶴は眼も動かさず通っていく、——八橋を渡ると間もなく径《みち》は小松林の丘を登る。その丘の彼方《かなた》に泉殿があるのだ、主君正固の宴には恵光院も臨席しているので、彼女はそこへ挨拶《あいさつ》に出ようとしているのだった。

径が小松林の中ほどへさしかかった時、

「——千鶴どの、しばらく」

と声をかけながら、右手の松林のなかから一人の若侍が出てきた。松の木蔭伝いに、そこまで跟《つ》けてきたのであろう。色白の神経質な顔が、思い詰めた心のうちを語るかのように痙攣《ひきつ》っている、――振向いた千鶴は、それが小姓組の中村真之助《しんのすけ》という若者であるのを認めた。

かつて、最も熱心に恋心を通わせた青年たちの一人である。

「お驚きにならなくともよろしい、決して無躾《ぶしつけ》なことはいたしませんから」

「別に驚きはいたしません」

千鶴は冷やかに笑った。

「なにか御用でございますか」

「お輿入れのお祝いを申上げようと思ったのです、国家老の御内室になられてさぞ御満足なことでしょう。貴女《あなた》がそういう人だということも知らず、心のありたけを燃した拙者などは実に馬鹿《ばか》げた道化者でした、貴女にもさぞ笑止なことだったでしょうな」

「わたくしそれほど貴方《あなた》を存じあげておりませんでしたけれど」

「結構です、まるで見も知らぬと仰有《おつしや》らないのがせめてもの御好意だと思いましょう、貴女に想いを通わせる者は数えきれぬほどあった、いや――この福山城の若者で貴女に想いを懸けぬものはなかったと云うべきだ、けれどそんなことは貴女にとってなんの意味をもなさない、貴女に必要なのは富と名だった、恋も誠もない相手に、貴女はそのたぐいまれな才色を売ったのだ、二千石という富、筆頭家老の妻という名の代償として、貴女は自分を売ったのだ」

「それが祝いのお言葉ですか？」

千鶴はきゅっと唇を左へひきしめながら遮《さえぎ》って云った。——真之助は刺すように笑って、

「拙者は、貴女がおのれに恥ずべきだと申上げたかったのです」

「……御親切に——」

「貴女は富と名とを得られた、結構です、改めてお祝いを申上げさせてください、しかし——その富と名が、いつまで貴女の手にあるかどうかは自《おのずか》ら別だ」

真之助の眼は憑《つ》かれたような、険しく歪《ゆが》んだ光を湛《たた》えて千鶴の眸をひたと覓《みつ》めた。

「千鶴どの、拙者の名は中村真之助と云います、もしお忘れになっていたらどうかよく覚えていてください」

「その必要がございましたら……」

「ありますとも、大いに必要があります、それも決して遠い先のことではないでしょう、——お引留めして失礼しました、お仕合せを切に祈ります」

真之助は踵《きびす》をかえして逃げるように去っていった。

——千鶴は見返りもせず、泉殿の方へ静かに歩いていった。

三

虫明三右衛門は若き妻千鶴の部屋で酒を飲んでいた。

五十七歳にはなっていたが、三右衛門はまだ髪も艶々《つやつや》と黒く、皮膚のひき緊った、骨太の逞《たくま》しい体つきをしている。殊《こと》に一文字の濃い眉《まゆ》と、力の籠《こも》った双の眼光には、福山十二万石の国老として、主君正固にも一目置かせるだけの威力を充分にもっていた。——また、青年の頃から剣を執っては家中屈指の腕があり、今でも起床百振りの木剣は欠かしたことがない。

「——もう一杯やらぬか」

「いいえもう、そんなに頂いては酔ってしまいますわ」

「恵光院様はお強いそうではないか、そのお相手をしていたのだから儂《わし》などでは歯痒《はがゆ》いくらいであろう」

「お強いのは旦那《だんな》さままでございますわ」

千鶴はやさしく睨《にら》みながら、

「まだ少しもお色に出ませせぬもの」

「儂は昔から酔わぬ方だ。そう……酒を口にしはじめたのはずいぶん古いことだ、まだ前髪の時分であったろう、口にしはじめるとから今日までほとんど盃《さかずき》を手から離したことがないと云ってもよいほどだが、それでもかつて美味《うま》いと思ったことがないし、また酔ったということも覚えぬ」

「召上っておいしくございませんの？」

「苦いな、――世間の如く苦い」

三右衛門の眼は笑うと子供のように邪気のない光を帯びてくる。

「だが、今宵《こよい》の酒は美味いようだ」

「い、いようでございますか？」

「――この部屋へも」

三右衛門は千鶴《ちづる》の笑顔から眼を外《そ》らして部屋の内を見廻《みまわ》した。

「十なん年ぶりかで坐《すわ》る、……索漠《さくばく》たる生活だった、二十九歳で国老職になって以来、儂の生活はまるで荷車を曳《ひ》く牛のようなものであった、家居の温かさも覚えず、人情に溺《おぼ》れることも知らず、――苦い酒を無理に呑《の》んで一時の疲れを紛らすだけが、張詰めた心をゆるめる唯《ただ》一つの法でしかなかった。むろん……それが残念だとは思っていない、これからも荷車が曳けるあいだは牛になって通すつもりだ。しかしいま儂にはひとつの感慨がある」

「――」

「それは、老職の家でなく平武士の家に生れてきていたらという気持だ」

千鶴は黙って三右衛門の横顔を見ている。

「これまで一日も盃を離したことのない酒が苦く、いまこうして口にしながら初めて、酒が美味いとはこのようなものかと思う、――色彩《いろどり》美しい衣装と、香料の温かく匂《にお》う妻の部屋に坐って、筋骨の凝《こり》のほぐれるのを恍惚《こうこつ》と味う、……これは儂が五十七年のいまになって初めてめぐりあうことのできた仕合せだ」

「でも、平武士にお生れなさいましたら、必ずそれができていたでございましょうか」

「すくなくとも」

三右衛門の眼は寂しげな光を湛えた。

「これだけ好きな酒を、美味く呑めたことだけはたしかであろう。美味いと思ったら、い、ようだなどと云わずに美味いと云い切る自由はあったと思う、もうひとつ重ねて云えば、――おまえが嫁いできてくれた気持にも、幾らかの愛情があったのではないかと考えることができるだろう。はははははは」

千鶴は唇をきゅっと左へひきしめ、静かに三右衛門の盃へ酌《しゃく》をしながら、

「それでは、もし旦那さまが平武士であったら、千鶴は嫁いで参らなかったであろうと仰有いますのね」

「恐らく、しかしそうであったら儂はおまえの眼にさえ触れることなしに終ったであろうからな。むろんその方がよいというのではないぞ、——索漠たる儂の生涯《しょうがい》の道を、おまえは美しい花苑《はなぞの》へ導いてくれた、これは全く予期しない仕合せだ、そして儂の身分がこの仕合せの手引をしていることも、今の儂にとっては有難《ありがた》いことなのだ」

「——」

「ではもし……」

千鶴は妖《あや》しいと思えるほど冷やかな眼をして云った。

「わたくしが心からお慕い申してきましたと申上げましたら、旦那さまはそれをお信じくださいますかしら？」

「五十七年も生きてくると、嘘《うそ》と真《まこと》のけじめだけははっきりと分る。……おまえは儂のために花苑を与えてくれた、儂はそれに対して儂にできるだけのことで酬《むく》いたいと思う」

「ほほほほほ」

千鶴は静かに笑って、

「ではわたくしうんと我儘《わがまま》をしてよろしゅうございますのね」

「世間では驕《おご》れる孔雀《くじゃく》と云《い》っておる」

「この次にはなんと云いますかしら」

千鶴は昂然《こうぜん》と眼をあげて云った、「なんとでも云うがよいのですわ、千鶴は虫明三《むしあけさん》右衛門《えもん》の妻ですもの、筆頭国家老の妻であってこそ驕れる孔雀という名もふさわしくはございません？」

「美しい眼が怒っているな」

三右衛門は微笑しながら云った。

「その眼を見る者があったら、こんどは怒れる孔雀と云うであろう」

「――申上げます」

襖《ふすま》の外で家扶《かふ》の声がした。

四

「なんだ」

「江戸より源吾《げんご》が帰着仕《つかまつ》りました」

「そうか、——すぐ会おう」

家扶の去る気配といっしょに、三右衛門は盃を措《お》いて立った。

「馳走《ちそう》であった、今宵は少し遅くなるから構わず寝てくれるがよい」

「——はい」

三右衛門は妻の部屋を出た。

書院には貝原《かいばら》源吾が、旅装のまま端坐《たんざ》していた。よほど道を急いできたらしく、若い顔面に著しい疲労が見える。

三右衛門は坐りながら、

「遠路大儀であった、挨拶は措いてまず要件を聞こう、なにか火急の事でも出来《しゅったい》したか」

「は、矢作彦兵衛《やはぎひこべえ》が割腹仕りました」

彦兵衛は江戸邸《やしき》勘定方の俊才である、——三右衛門の大きな眼《め》がきらりと光った。

「……なにゆえの切腹だ」

「浜殿御造築を阻止することができなかった申訳のためでございます」

「なに、浜殿御造築とな？」

「御存じではございませんのか、殿より江戸表へ御墨付が参りました」

「いつのことだ」

「去月二十日にございます」

三右衛門は脇《わき》にあった小机を引寄せ、硯《すずり》の蓋《ふた》をはね料紙をひろげながら、

「仔細《しさい》を申せ」

と云って筆を取った。

阿部《あべ》家の江戸邸は芝田村町にある。寛永年中に賜わったもので、地割が狭く極めて不便なものだ、そのうえ根岸にある下屋敷も同様なので、かねてから替地を願っていたところ、三年まえに芝新銭座の浜へ千二百余坪の土地を賜わった。――阿部家は内福の家であるし、殊に当代の正固はまだ若く、華美贅沢《ぜいたく》を好んでいた人であったから、この土地へ「浜殿」と称して豪奢《ごうしゃ》な別墅《べつしょ》を造営しようとした。

この地続きに松平肥後《まつだいらひご》、松平陸奥《むつ》、脇坂淡路《わきさかあわじ》などという大藩の屋敷があったが、水を隔てて御浜御殿に相対しているため、いずれも建物などは華美にわたらぬよう遠慮してある。それにもかかわらず、正固は「浜殿」と唱え、建物も三層楼を備えた壮大な設計であった。

時は明和三年。

武家、町人とも、富の偏在が著しくなった時代で、世間には多くの浪人者や窮民の

群が飢餓に追われているし、特殊なものを除いた社会の一般はひどい不況に悩まされていた。

幕府では田沼意次《たぬまおきつぐ》が側用人《そばようにん》になって積極的に政治の改革を始めつつあった。

民間では山県大弐《やまがただいに》が幕政を論難して王政復古を公然と唱導しはじめていた。

こういう時期に、幾万金を投じて「浜殿」を造築するなどは、求めて幕府の譴責《けんせき》を買うようなものである。国許《くにもと》、江戸表ともに心ある老臣はこの計画に反対し、正固に迫ってついに取止《とりや》めとさせた。——若き藩主がこれを快しとしなかったのは云うまでもない、それ以来は硬骨の老臣たちから遠のき、阿諛佞弁《あゆねいべん》の徒を近づけて藩政を怠ることが多くなった。

佞臣は江戸にも国許にもいた。

当然の結果として、硬骨の臣と阿諛の徒《ともがら》とは両立相対峙《たいじ》する状態となった。——現在、国許に於《お》ては、御側頭《おそばがしら》の麻倉藤十郎《あさくらとうじゅうろう》が中心となって国老一派の勢力を抑え、藩政を壟断《ろうだん》しようと暗躍を続けているのだった。

いちど取止めとなった「浜殿」造築を、今になって再燃させたのは、むろん正固の意をむかえんとする麻倉一味の企てに違いない。

「お墨付には、明年御出府までに落成するようとの御厳命でございます」

「中津、海野《うんの》ら老職はどうしておる」

「お墨付の到着にて、御老職がたにももはやどうすることもできず、御出頭一味（佞臣の徒）は早くも工事請負《うけおい》として武蔵屋《むさしや》八郎兵衛《はちろべえ》を呼出し、二万金お下げ渡しと決定仕りました」

「そうか。要件はそれだけだな」

三右衛門は筆を置いた。

「海野様のお申付にて、取敢《とりあ》えず以上だけ御注進のため下りました」

「――彦兵衛を殺したのは残念だ」

「御意にございます、しかし」

源吾は眼をおとしながら、

「そのため、武蔵屋へのお下げ金は一時延期に及びました」

「延期ではない取止めだ」

三右衛門は静かに云った。

「事に依《よ》れば非常手段にも及ばねばならぬ」

五

「お人払いを願います」

「それには及ばぬ」

「お人払いを願います！」

三右衛門の声は静かであったが、金屛風《きんびょうぶ》がふるえるほどの底強い力をもっていた。

正固《まさかた》は酔っていた。

酒宴の席から来たのである。

三右衛門は巳《み》の上刻に登城して目通りを願ったが、許されなかったので待っていた、午食《ひる》をつかい、夕食《ゆう》をつかい、すでに戌《いぬ》の上刻である。——ようやく現われた正固の左右には、麻倉藤十郎と腹心の者が侍していた。

「……三右衛門」

正固は酔に蒼《あお》ざめた顔に、皮肉な冷笑をうかべながら云った。

「人払いをしなければ云えぬことなら聞くに及ばぬぞ。政治は其方《そち》どもの切盛に任せてある、横着があろうと専断があろうと予の知ったことではない……よいか、その代り予のことも構うてくれるな」

「恐れながらその儀は相成りません」

三右衛門は押迫るように云った。

「お上は阿部家十二万石の御領主でございます、御先祖正勝公《まさかつ》以来の御家名はもとより、幾百千の家臣領民共の運命は、かかってお上の御存念にあるのでございます、御一身の我儘は許されませぬ」

「おのれ、許さぬとは過言ぞ！」

「――お鎮《しず》まり遊ばせ」

三右衛門はぐっと膝《ひざ》を進めた。

「今日お目通り願いましたのは、一遍の御諫言《ごかんげん》を申上げるためではございませぬ、三右衛門めは臣下ながら、茜閣院様《ゆうこういん》（先代正右）より後見職を仰付《おおせつ》けられ、その旨《むね》は幕府へも申達してございます、もしお上に於てこのうえとも自儘放埓《ほうらつ》を遊ばすなれば御家の大事、三右衛門自殺して茜閣院様へ申訳を仕らねばなりませぬ、……後見職の自害する場合、幕府がどのような御沙汰《ごさた》に出るか、お上にも御存じでございましょう！」

「ぶ、――無礼者、予を若年と侮《あなど》って……退れ！　聞く耳もたぬ！」

「浜殿御造築は何卒《なにとぞ》お取止めくださいますよう」

「――」

「御日常に就《つ》いてもお改め願わねばならぬ数々の事がございます、些細《ささい》なものと存じて今日まで相控えておりましたが、いったんお取止めとなった御造築の事を、老職共へはお沙汰もなく直々お墨付を以《もっ》てお命じ遊ばす――かようなことに立到《たちいた》るようではお側の者共にもきっと申付けなければなりませぬ！」

正固は二男である。

長子正表《まさよし》は幼くして死し、二男の彼が家を継いだ。そしてその下に三男正倫《まさとも》があり聡明英智《そうめいえいち》の評判よく、現に江戸表で家臣の人気を集めている。――二男は向う不見《みず》だと云われる通り、正固は短慮でこらえ性がなかった。

「――不快だ！」

と云うとそのまま座を蹴《け》って奥へ去った。

三右衛門はそれを見送りながら、顔色を変えていた麻倉の様子を認めてにっと微笑した。

正固は苦労を知らぬ青年である、佞臣共の追従《ついしょう》に負けるのも、酒色に溺《おぼ》れるのも、苦労知らずで抑える者のない我儘からくる、三右衛門はよくそれを知っていた。しかし今日まで敢えて苦言を呈さなかったのは、いま正固に向って云った通り、そんなことは取るに足らぬ些事だとしていたからである、多くの家臣のなかには硬骨漢もあり軟弱漢もある、阿諛佞弁の徒だからといって必ずしも御家のために悪いとは定らないし、硬骨一徹の士にも厭《いと》うべき人間はある、――清冽《せいれつ》の水にのみ魚の育たぬ如《ごと》く、善悪併せ近づけて以てその利すべきところを識《し》るにいたらなくては一国の主人たる資格とは云えない。

その意味から三右衛門は、今日まで大抵のことは黙過してきたのだ。

そしていま家臣としては出過るところまで辛辣《しんらつ》に直諫した。正固がどれほど不快に思おうとも、三右衛門の自殺するという決死の言葉に偽りのないことは分った筈《はず》だ、今日まで後見職として寛大であっただけ、それだけ強く、正固の心の真唯中《まつただなか》を射止めた筈である。――くどくどした千万言よりも、いまの正固に必要なのはこの決死の一言であったのだ。

――藤十郎めも震えたであろう。

三右衛門はそう思った。そして近習番《きんじゆうばん》の者を呼んで、

「江戸詰勘定方の矢作彦兵衛、お墨付と老臣共評議のあいだに立ち、役目の義理に責められて、割腹仕ったと、御前へ申し上げてくれ」

そう云って退座した。

下城したのはもう十時《よつ》を少し廻っている頃《ころ》だった、雨催《あまもよ》いのやや蒸暑い夜で、そよとの風もない闇《やみ》が提灯《ちようちん》の火ひとつを押包んだ。――供は石浜伝一郎と下郎だった。

馬場脇へさしかかった時、三右衛門はふと立止ったと思うと、

「六助、灯《ひ》を消せ」

と命じた。

この闇に灯を消してどうするか。下郎が不審《いぶか》り顔に振仰ぐ。

刹那《せつな》！　三右衛門は肩衣《かたぎぬ》をはねて、

「伝一郎、曲者《くせもの》だ」

叫びながらぎらりと大剣を抜いた。――伝一郎は咄嗟《とっさ》に三右衛門の前へ踏出していた。

六

玄関へ出迎えた千鶴《ちづる》は、三右衛門の衣服が夥《おびただ》しい血で汚れているのを見てさすがに色を変えた。

「――まあ、旦那《だんな》さま」

「騒ぐには及ばぬ、返り血だ」

三右衛門は平然と笑って、

「あとで呼ぶから、それまでに身《み》の廻《まわ》りの物を片付けておくがよい、すぐにもここを立退《たちの》かねばならぬだろう。見苦しからぬように注意してくれ」

「――はい」

「なにも案ずるには及ばぬぞ」

そう云って奥へ入った。

千鶴の膝はがくがくと戦《おのの》いた、どうしても抑えることができなかった、――返り血と聞いたとたんに刺客を思い、刺客という言葉はすぐに中村真之助《しんのすけ》を連想させた。菖蒲《しょうぶ》の日に彼は、

――遠くないうちに自分の名を思出すことがあるだろう。

と云った。

千鶴は侍女と共に部屋へ戻《もど》って、手早く身辺の整理にかかったが、眼先には中村真之助のひき歪《ゆが》んだ、神経質な顔がちらついて仕方がなかった。

――本当に真之助であろうか。

――恋の遺恨で闇討をしたのであろうか。

――いやそうではあるまい。

恋の遺恨だけではない筈だ、真之助はあのとき千鶴に向って、……その富と名とが、

いつまで貴女《あなた》の手にあるかどうかは自《おのずか》ら別だと云った。

千鶴は恵光院に侍していたから、正固をめぐって家中に二派の勢力があることを知っている、そして一方の勢力が最も怖れる中心人物として虫明三右衛門を目標にしていることも、同時に三右衛門がそれらの勢力を傾倒しても動《ゆる》がぬ確固たる存在であることも、よく知っていた。

——その動がぬ存在に変化が起った。

——真之助はあの日、すでに今日の事あるのを知っていたのだ。

千鶴の考えはようやく落着いた。

——これは自分から起った事ではない。

このあいだにも、次々と客が詰掛けてきた。

老臣格のうち三右衛門と腹心の者ばかり八名、書院に集って密談を交わしていたが、四半刻《しはんとき》足らずでいずれも早々に帰去った。

次いで家来たちが呼寄せられた。

千鶴の呼ばれたのは最後であった。——三右衛門は白の単衣《ひとえ》に白の袴《はかま》を着けていた。そして入ってきた千鶴が、それを見て不吉な予感に額を蒼白くするのを眼敏《めざと》く認めて、

「はははは心配するな、死装束ではない」

と明るく笑った。

「暑いのでこんな恰好《かっこう》をしているのだ、尤《もっと》も不意討を喰《くら》った時の用心でもあるが、――さて手短かに片付けよう、坐《すわ》ってくれ」

「…………」

「面倒なことは抜きにする、一言にして云《い》えば儂《わし》は窮地に追詰められた、御家の患《わざわい》を剔抉《てっけつ》しようとして先手を打たれたのだ。――下城の途中闇討を仕掛けられ、よんどころなく四人を斬《き》ってしまったが、これはどっちにしても三右衛門を仕置にかける罠《わな》なのだ、そこで儂はひとまず立退くことにした」

「お立退き遊ばした後は……」

「後の事は方策を立てておいた、江戸表へも使者をやったし、当地のことは今宵《こよい》集った者共でどうにもするだろう、――それから、おまえの身上だが」

三右衛門は手筐《てばこ》を引寄せながら、

「家老の妻として、誇ある一生を送らせようと思ったのに、かような事に立到ってそれも空《あだ》となった、おまえにはなんとも気の毒でならぬが、これも武家の義理と思って諦《あきら》めてくれ」

「はい、……」

「ここに金子《きんす》が五百両ある、軽少だがこれを持って当地を立退いてくれ、嘉右衛門《かえもん》が案内するであろうから、万事は彼に任せて、儂の身の落着くまでしばらく辛抱していてもらいたい」

「はい、……」

「このままおまえを朽ちさせるようなことはせぬ、必ず身の立つように計うぞ」

「有難《ありがと》う存じます」

「これで用談は済んだ」

三右衛門はほっと肩を揺上げながら、

「別れに美味《うま》い酒を一盞《いっさんち》馳走《そう》してもらおうか、肴《さかな》はなにもいらぬ、おまえの酌《しゃく》で初めて美味いと思った酒を、もういちど味わって別れたいのだ」

「お支度をいたします」

千鶴は静かに立っていった。——如何《いか》にも静かである。三右衛門はなにか物足らぬ、侘《わび》しい気持でその後姿を見送った。

七

備中《びっちゅうのくに》国浅口郡鴨方《かもがた》の城下から二里、高倉山のふところへ段上りに深い松林が続いている、その松林の奥で、いちばん近い村里からも十丁余り離れた丘の上に松谿寺《しょうけいじ》という黄檗宗《おうばくしゅう》の寺がある、――福山を立退いた虫明三右衛門は、老僕《ろうぼく》平五郎と共にこの寺内の庵室《あんしつ》へ隠れた。

鴨方藩池田家の老職で鎌田次郎左衛門《かまたじろうざえもん》というのが三右衛門の友で、松谿寺は鎌田家の菩提寺《ぼだいじ》であり、住職無徹《むてつ》とは三右衛門も知音の間柄《あいだがら》であったから、ここを当分の隠れ家としたのである。

庵室は寺のうしろの丘にあった。前庭は明るい砂地で広く、松の梢越《こずえ》しに遠く瀬戸の海が見える。背戸《せど》はまた一段高くなっていて、松のあいだを厨口《くりやぐち》まで、筧《かけい》が清冽《せいれつ》な水を余るほどひいてくる。

前も後も松だ。

右も左も、見るかぎりの松である。

「これは仙境《せんきょう》だ」

三右衛門は初めての日、むやみにひろがっている松林を見て、頭の芯《しん》へしみいるような松籟《しょうらい》を聞いて、五十七年の俗塵《ぞくじん》をいっぺんに洗落としたような気持がした。

こんなところに住んでいたら、人間は良くなるだろうと思った。

利欲を知らず、権勢を知らず、名聞を思わず、起居寝食をおのれの好むままに、詩書でも読み畑でも作って自在に暮したら、人間本然の相《すがた》にかえってさぞ楽しい一生を送れるだろうと思った。

けれどもそう思ったのは四五日のことで、三右衛門はすぐに退屈してきた。十二万石の家老として、藩政の切盛に没頭してきた彼には、こうした閑寂な生活にひたれる素地が養われていなかったのである。——松林のさびた色もいいが、こうむやみに松ばかり多いと鼻についてくる、松籟も耳をとめて聴くほどだとよかろうが、こう庵室をひっくるんで縦横無尽に音も絶やさず聞えると迷惑である。

十日ほどたったある夜、厨口で妙な音がした。

「——なんだ」

寝そびれていた三右衛門は、平五郎がなにかしているのかと思って声をかけた。立っていってみると老僕は寝ているし、厨の物音はまだ忍びやかに聞えていた、——三右衛門は引返して大剣を取り、抜足で厨へ下りると、外の気配を窺《うかが》ってさっと雨戸をひきあけた。

二十日ほどの月が空にあった。

雨戸を明けると同時に、松の影がむらむらと砂上に斑《まだら》をおとしている。その影を乱して、大きな獣が三疋《びき》、身を翻《ひるがえ》して逃去るのが見えた。

「――鹿《しか》だ！」

月光を截《き》って奔《はし》ったのは鹿であった。

三右衛門は思わず苦笑した。大剣を持出した自分の心も苦々しいし、厨口へ鹿が餌《えさ》をあさりにくるほど山家なのかということが、まざまざしい寂寥感《せきりようかん》を誘ったのである。

「どうもおれは腹からの俗人らしい」

三右衛門は人の心と心が鎬《しのぎ》をけずる、烈《はげ》しい手応《てごた》えのある世間を想《おも》いつつ寝た。

その翌《あく》る日のことだった。

後の丘を歩き廻って庵室へ戻ると、無徹和尚《おしよう》が縁先で煙草《たばこ》を喫《す》っていた、――三右衛門よりは十歳も年長で、いつも白い無精髭《ぶしようひげ》を生やしている肥えた老僧である。

「――これはようこそ」

「どうじゃ、少しは山居にもお馴《な》れかな、ゆうべは鹿が見舞ったそうで」

「どうも少し驚かされました」

「せめて一頭でも仕止めてくだされば今日は美味い酒が呑《の》めたものを、惜しいことをしたものじゃ、庫裡《くり》の方へ来たなれば一頭も生けては帰さぬところだが、ははは、鹿めも承知とみえてなかなか庫裡へは参らぬじゃ」

無徹は笑いながら立って、

「ときに、男手ばかりでは不自由と思ったでな、煮炊《にた》き濯《すす》ぎ物などをするように女子《おなご》を一人つれて参った、使うてやらっしゃれ」

「これで別に不自由はござらぬが」

「そうでない、こんな山の中で松ばかり見てござると、いまに仙人にでもなってしまうか知れぬ、まあ少しは俗臭を側《そば》に置くも薬でござろう、――や、それではまたお邪魔に」

　飄々《ひょうひょう》として坂を下りかかったが、

「ああ、酒が足らんじゃったら遠慮のうそう云っておこされ、寺であるお蔭《かげ》に酒だけは不自由せんでな、はははははは生臭じゃ生臭じゃ」

「驚いた和尚だ」

三右衛門も思わず笑ってしまった。

縁へあがって、机の前へ坐って、茶を呼ぼうと思っていると、襖《ふすま》を明けて入ってきた者があった。……三右衛門が振返ると、若い女が茶器を手に微笑している。

千鶴であった。

「――なんだ、……どうしてこんな処《ところ》へ」

「洗濯婆《せんたくばば》でございます」

呆《あき》れている三右衛門の前へ、千鶴は静かに茶を運んだ。

髪は水髪に束ね、脂粉の装いもなく、木綿の衣服に木綿の帯、まるで村郷《むらざと》の女房《にょうぼう》といううつつましい姿である、けれどそれがかえって美貌《びぼう》に冴《さ》えを与え、表情の濃い眸《ひとみ》を活々《いきいき》とうきだしている、黒ずんだ木綿の裾《すそ》から覗《のぞ》く素足の白さは、緋羽二重《ひはぶたえ》からこぼれるよりも嬌《なま》めかしく阿娜《あだ》であった。

「御帰参まではお側を離れませぬ」

千鶴はもういちど微笑しながら云った。

「お城へお戻り遊ばせば、また二千石御家老の妻になります、その日の来るまでは尾羽根のない孔雀《くじやく》、辛抱をいたします」

八

秋になった。

遠く見える瀬戸の海が日毎《ひごと》に藍色《あいいろ》を深め、松林のなかには燃えるような蔦紅葉《つたもみじ》が眼《め》立《だ》ってきた。

夜になると鹿の声が聞えた。

空高く雁《かり》の渡るのも見た。

松籟は朝から夜を徹して庵室をめぐり、筧をはしる水音は夜半の耳をおどろかした。……けれど三右衛門はいつかその自然のなかに住馴れて、ひと頃《ころ》の寂しさはもう感じなくなってきた。

千鶴はよく仕えた。

驕《おご》れる孔雀と云われたあの誇らかな姿を思うと、まるで人が違ったようである。焚木《たきぎ》折り、落葉掻《か》き。

象牙《ぞうげ》のような指を惜し気もなく、山水にひたして濯ぎ物をするし、美しい髪を灰にまぶして炊きもする、朝は夙《はや》く、また夜は更《ふ》けわたる風を聴きながら、暇《ひま》があれば老僕の着物まで縫い繕いを惜しまない。

——これが一城の才色と云われた女か。

三右衛門はそう思うと辛《つら》かった。

「千鶴、おまえいつまでこんな山の中にいるつもりだ、儂への義理を想ってくれるなら無用なことだぞ、おまえの美しさを日毎に削るかと思うと儂はかえって迷惑だ」

「わたくし義理など考えたこともございませんわ」

千鶴は笑って答える。

「ただお城へ帰る日を楽しみにこうしてお側にいるんですの、わたくしもういちど、筆頭家老の妻として御城内を歩いてみたいんですの、孔雀夫人と云われて大勢の眼の的になることは、そう誰《だれ》にでも与えられる仕合せではございませんもの……だから辛抱いたしますの」

「しかしその日が再び来るかどうか」

「きっと参りますわ。来るまでは一生でも待つつもりですから」

「そのうちにはおまえも年をとる」

「そうしたら老いたる孔雀で我慢いたします」

千鶴の笑顔は浮々としていた。

——そうかも知れぬ。

彼女の高い気位としては、驕れる孔雀と云われながら三十日足らずで失踪《しっそう》したことは屈辱であったろう、もういちど城へ帰って、悪評を見返してやりたいと念《おも》うのは当然である。

——だがその日が来るであろうか。

三右衛門は惘然《ぼうぜん》と歎息《たんそく》した。

秋十月の七日。

一騎の早馬が松谿寺の山門を驚かした。——福山城からの急使石浜伝一郎である、千鶴と共に裏山にいた三右衛門は、老僕の知らせで急いで庵室へ戻《もど》った。

「御会釈《ごえしやく》は御免蒙《こうむ》ります」

伝一郎は息を喘《はず》ませながら云った。

「江戸表へ御出府あそばしたお上には、九月三十日を以《もつ》てにわかに御隠居を仰出《おおせいだ》され、正倫《まさとも》君お世継と決定仕《つかまつ》りました」

「おお……」

三右衛門は思わず感動の声をあげた。

「御隠居とまでは思いもよらなかった、……しかしようこそ御決心遊ばされた」

「精《くわ》しくは御帰城のうえ申上げまするが、早速三右衛門を帰参させよとの御諚《ごじよう》にござりますと、伝一郎め取敢《とりあ》えず急使に立ちました。老職御一同、即刻の御帰藩をお待ち申しまする」

「大儀であった、皆にも御家のため大慶と伝えてくれ」

「して御帰城は何日に相成りましょうか」

「この通りの身軽じゃ、明日は帰ろう」

「では立帰ってお迎えの用意を」

と伝一郎はすすめられた茶をも辞して、そのまま馬を煽《あお》って帰去った。――考えて

いたよりは思い懸けなく、運は豁然《かつぜん》と眼のまえにひらけた、三右衛門はにわかに体中へ力の盛上るのを感じながら、

「――千鶴」

と呼びながら立った。

返辞がないので、襖を明けると、千鶴は部屋の中に悄然《しょうぜん》と坐《すわ》って、泣いていた。

「千鶴、聞いたであろう、城へ帰れるぞ、帰れるのだぞ福山へ、泣くやつがあるか」

「……おめでとう存じます」

千鶴は静かに両手をおろした。

「どうした、嬉《うれ》しくはないのか」

「旦那《だんな》さまは――お帰り遊ばしますか」

三右衛門は千鶴の表情が全く変っているのを知って驚いた、言葉の調子にも、眼の色にも、かつてこれまで見たことのない、ぎりぎりにつきつめたものが感じられる。

三右衛門は膝《ひざ》を直した。

「千鶴、おまえなにか隠しているな」

「………」

「城へ帰るのが厭《いや》なのか」

「――はい」

千鶴は濡《ぬ》れた声で云った。

「わたくしはここにいとうございます」

「なぜだ」

「――お分りくださらないのでしょうか」

千鶴の眼は怨《うら》むような色を帯びた。

「旦那さまは今でも、千鶴が二千石と家老の妻の名を欲しいために嫁《とつ》いだと思召《おぼしめ》しますか、栄耀栄華《えいようえいが》がしたいために嫁いだとお思いでございますか、……半年のあいだお側に仕えていても、まだ千鶴の心がお分りにならないのでございますか」

「……千鶴、おまえ――」

「わたくしは旦那さまをお慕い申していたのです、十二万石の家中をしっかりと押え、お家のために御老年を忘れて活々とお勤めあそばす、男々《おお》しいお姿を拝見しましたのが十八の年でございました。それから六年のあいだ片時もお姿が忘れられず、心のありたけでお慕い申していたのでございます」

堰《せき》を破った奔流のように、千鶴の言葉は情熱と怨みを籠《こ》めて三右衛門の胸をうった。

「恵光院《えこういん》さまにも、世間にも、わたくしの恋は分ってもらえぬものと、それは覚悟をしておりました。でも旦那さまにはいつか分って頂けると信じていました。……わたくしの口からは申上げられませぬもの、申上げてはかえって嘘《うそ》になります、――現にいつぞやの夜も、そう申上げましたら御不快そうにお笑い遊ばしました。笑われるのがあたりまえでございましょう、でも……悲しゅうございました」

驕れる人は驕れる面を脱いだ。

孔雀の羽根をとれば鶴の清楚《せいそ》な姿であった。

今こそ三右衛門の眼には見える、――千鶴が一城の才色と謳《うた》われていたことと、自分が二千石の国家老であったことと、また親娘《おやこ》ほど年齢が違っていたことと、この三つのものが千鶴の恋を濃霧のなかに包んでいたのだ。

いつかは分ってもらえるという仄《ほの》かな望みのために、千鶴はおのれに似もつかぬ批判を甘んじて受けていたのだ。

驕れる孔雀の名を。

三右衛門はいま、千鶴の噎《むせ》びあげる声を聞きながら、この松林のどこへ家を建てようかと考えている、――あえて慰めらしき言葉をかけぬのは、初めて見る千鶴の泣きぬれたさまがみずみずと美しく、止めるにはあまりに惜しかったからである。
裏山に鶫《つぐみ》の声が明るく聞えていた。

（「キング」昭和十四年七月号）

武道用心記

一

建野竜右衛門《たてのたつえもん》は備前岡山《おかやま》藩の大横目《おおよこめ》で、三十五六歳の頃《ころ》から銀白になった髪の毛と共に、家中きって横紙破りの定評があった。

息子の新十郎は江戸詰になって七年、妻は既に亡《な》く、この岡山の屋敷には娘の双葉《ふたば》がいるきりで、近年いささか身辺が淋《さび》しい様子だ。……しかし横紙破りは相変らずで、いま甥《おい》の真之助《しんのすけ》を叱《しか》っている有様にもよくそれが表われている。

富安《とみやす》真之助は三年前に江戸詰となったのだが、持前の癇癖《かんぺき》が祟《たた》って江戸を失策《しくじ》り、いま国許《くにもと》へ帰って来たところである。

「……今年になってからも是《これ》だ」

竜右衛門は書面を手にしながら、

「正月に沼田一郎次とやり、二月に村岡太兵衛《たへえ》、古河仁右衛門、三月が無事だと思うと四月にはまた沼田とやり、林忠平、六所久之進に鈴木文吉とやっている」

「…………」

「どうしてこう喧嘩《けんか》をするんだ」

「……………」

「この調子ではいまに岡山藩の家中はみんなおまえの喧嘩相手になってしまう、いかん、是ではいかんぞ真之助」

「なにしろ……癇に障るのです」

「癇はおまえの持病だ」

「そうかも知れませんが……江戸は駄目《だめ》なのです叔父上、人間の気風も悪いし、それに天気も悪いし」

「天気が悪い、……天気が悪くったって仕様がないじゃないか。そんな風だから何事も旨《うま》くゆかないのだ、第一おまえは我慢というものを知らぬ、人間はなにより我慢が大切だ。例えばいま梅雨でじとじと雨が降っているだろう、……おまえ是をどう思う」

真之助は庭の霖雨《りんう》をちらと見やって、

「鬱陶《うっとう》しいです、むしゃくしゃして来ます」

「それその気持が癇の起る種だ」

竜右衛門はしたり顔に云《い》う。

「鬱陶しいと思うからむしゃくしゃして来る、ああ良い雨だ、こう見ていると腹の底までさっぱりする、百姓はさぞ喜んでいるだろうと考えてみろ、物事は気の持ちようでそう思えば鬱陶しさなどすっ飛んで了《しま》う」

「……そうでしょうか」

「また不愉快なことが起ったらこう思え、いい気持だ、なにも不平はないじゃないか、ああさばさばした気持だ……こう三遍云ってみろ、そうすれば自然と心が明るくなる。他人に対してもそうだ、あいつは厭《いや》な奴《やつ》だと思うからいかん、あの男にも良いところはある、誰《だれ》がなんと云っても己《おれ》はあの男が好きだ、なかなか好人物じゃないかと考えるがいい、つまりそれが堪忍《かんにん》であり我慢というものだ」

「……申上げます」

襖《ふすま》の向うで家士の声がした。

「源吾《げんご》か、なんだ」

「御役所より使者がございました」

「よし直《す》ぐ参る」

と云って竜右衛門は手にした書面を巻きながら、

「国許の役目は大番組だ、このまえと違って気風の荒い連中が揃《そろ》っているから、いま云ったことを忘れずに、熟《よ》く熟く堪忍して勤めなければならんぞ」

「はい、出来るだけそう致します」

「出来るだけではない、出来ないところも堪忍するのが真《まこと》の武士だ、もし是から喧嘩をするようなことがあったら、理非を問わず勘当する、よく心得て置け」

真之助は神妙に低頭した。……竜右衛門は立ちながら言葉を柔げて、

「一番町の家は掃除をさせて置いたが、井戸の具合はどうだ、後ろの土塀《どべい》は直さぬといかんな、あのままでは手が附けられん」

「はい、梅雨でも明けましたら早速」

「全くこの雨にはくさくさする」

と云いかけたが慌《あわ》てて空咳《からぜき》をしながら、

「役所から使が来たから今日は是で、……また参れ」

そう云い捨てて廊下へ出た。

別間へ行ってみると、下役の者が汗を拭《ふ》いていた、よほど急いで来たらしい。

「どうした、なにか急の御用でもあるか」

「一大事が出来《しゅったい》致しました」

下役はまだ息を喘《あえ》がせながら、「昨日から西大川の河口沖に大坂奉行所の流人船《るにんぶね》が船繋《ふながか》りを致して居《お》ります」

「知っている知っている」

「その船の流人共が暴《あば》れだし、警護の役人を斬《き》って船破りをしたうえ、御領内へ逃込んだとの急報にございます」

「そ、それは。……よし直ぐ行こう」

竜右衛門は慌てて立った。

二

大横目の役所はごった返していた。

仔細《しさい》を聞くとこうである。

その前日、つまり安永七年六月二日に、大坂奉行所の流人船が城下から二里南、西大川の河口へ碇泊《ていはく》した。

これには七人の重罪人が囚《とら》われていた。

一人は出雲《いずも》の者で鯛目《たいめ》の鬼七、四人は大坂者で、生首の佐平、伝吉、観音《かんのん》新助、それに獄門鉄五郎、二人は京の者で重右衛門、弥介《やすけ》という。……いずれも隠岐島《おきのしま》へ流される途中の者であった。

ところが今朝、まだ未明の頃。

この七人が不意に船牢《ふなろう》を破って、警護の役人や船夫たちを斬伏せたうえ、小舟を奪って逃亡したのである。

この事件が河口にある福島の船番所へ知れたのは午《ひる》に近い頃であったが、それは流人船の側《そば》を通りかかった荷足船《にたりぶね》が、人の呻《うめ》き声を聞きつけて初めてそれと分ったので、それからようやく騒ぎが広まったという訳なのだ。

「斬られた役人たちはどうした」

「動かせる者だけ城下へ運びまして、すぐさま手当をさせて居りますが、大丈夫と思われる者五名、あとは存命覚束《おぼつか》なしという医者の診たてでございます」

「厄介《やっかい》な事が起ったものだ」

竜右衛門は舌打をして、

「それで、罪人共が御領内へ逃込んだというのは、見た者でもあるのか」

「彼等《かれら》が乗って逃げました小舟が、七日市の三岐岸《みつまたぎし》に捨ててございましたし、つい先刻、内田村の農夫弥次郎と申す者が、今朝まだ暗いうちに獄衣姿の七名づれが城下の方へ走って行くのを見たと訴え出て居ります」

「城下へ……、なんで城下へなんぞ」

竜右衛門は益々《ますます》不機嫌《ふきげん》だった。

備前領で船破りをしたのなら、そのまま少し行って備中領《びっちゅう》へ逃込むべきだ、そうすれば僅《わず》か三里か五里のところで捜査の手はよほど暇取《ひまど》る、なぜそうせずに備前領へあがったのか。……しかも城下の方へ入込んだというのだからなんとも解《げ》せなかった。

「奉行へは達してあるな」

「はい、街道口も手配を致しました」

「町廻《まわ》りの人数《にんず》倍増しだ」

と云って竜右衛門は立ちかけたが、

「ああ作事方《さくじかた》へ使を頼もう、すぐに仮牢を作って置かなければならぬ」

「……牢を？」

「捕えても大坂から受取りに来るまでは日数が掛る、そのあいだ当藩の牢へ入れて置くという訳にもいかんじゃないか、福島の船番所の近くへでも建てることにしよう、……急ぐぞ、どんなに遅くとも日暮れ前には出来上るようにするんだ。儂《わし》はちょっと出て来る」

竜右衛門はせかせかと出て行った。

城下街は次第に殺気立って来た、……横目の出役《でやく》の他《ほか》に足軽《あしがる》が二百人あまり出た、町々村々でも警戒の人数を要所々々へ出した、海上には船手を配った。

日が暮れてから間もなく、美作口《みまさかぐち》から越智孫次郎《おちまごじろう》が馬を飛ばして来た。

孫次郎はまだ二十七歳であるが、大坂蔵屋敷で抜群の腕を認められ、去年国詰になるとすぐ大横目の筆頭心得に任ぜられたもので、竜右衛門がひどくお気に入りの若者だった。

「船破り二人を召捕りました」

「やったか！」

家へも帰らず、役所で弁当をつかっていた竜右衛門は、孫次郎の急報に箸《はし》を投出して現われた。

「何処《どこ》で捕えた」

「美作道の高津へかかるところでした、いま曳《ひ》いて参りますが、取敢《とりあ》えず調べたところに依《よ》りますと、京の者で弥介、重右衛門という二名、他の五名とは北ノ庄《しょう》で別れたと申します」

「お手柄《てがら》、お手柄であった」

竜右衛門は機嫌よく頷《うなず》いて、

「其奴《そやつ》らを責めたら同類の行先も見当がつくであろう、ぬかりなきよう頼むぞ」

「承知仕《つかまつ》りました」

孫次郎は端麗に微笑した。

間もなく捕えられた二人が曳かれて来た。竜右衛門が自ら訊問《じんもん》に当ったが、京の者で重右衛門に弥介ということは相違なく、しかし五人とは北ノ庄で別れたまま行先は全く知らなかった。ただ、遠国する様子はみえなくて、どうも城下へ入るらしかったということだけが分ったのである。

「なんのために城下へ入るのか」

竜右衛門は忌々《いまいま》しげに呻いた。

「人騒がせな奴等だ、山伝いに備中へ行けばよいに、訳が分らぬ。……ともかく近辺にいるとあれば手配を厳重にして出来るだけ早くひっ捕えろ」

横目役は徹夜を命ぜられた。

三

翌《あく》る日も朝から霖雨であった。

一番町の富安真之助の家には、朝から双葉が客に来ていた。……客というより、女手がないので帰国の荷解きを手伝うためである。

双葉は十八歳、美しいというより愛くるしいという感じの娘だ。

「うん、いい雨だ、いい雨だ」

真之助は縁側に立ち、庭の緑をけぶらせて降る雨を眺《なが》めながら、恐ろしい渋面を作って呟《つぶや》いていた。

「なんていい雨だ、気持がさばさばする、己は雨が好きだ、大好きだ、雨は大好きだ」

「……なにを仰有《おつしや》ってるの」

双葉が不審そうに出て来た。

「雨が大好きだなんて、変ねえお従兄《にい》さま、先《せん》にはあんなにお嫌《きら》いだったのに、いつからこんな鬱陶しい雨がお好きになりましたの」

「うん、なに、……江戸ではみんな、その、こんなことを云うんだ」

「お禁厭《まじない》ですの」

「まあ、つまり、そんなものだ」

真之助は急いで話題を変えた。

「ときに船破りの流人共はどうした」

「ゆうべ二人捉《つかま》えたのを御存じでしょう、あれからまだなんの事もない様子ですわ、父はお役所へ詰めたきり戻《もど》りませんの」

「もうこんな処《ところ》にはいやせん」

真之助は眉《まゆ》をひそめて、

「捉れば命のない罪人が、それでなくてさえ危険な城下町などにいつまでうろついているものか、それより早く他領へ手配をするがいい、叔父上も案外手ぬるいことだ」

「そんなお話はもうたくさん」

双葉は甘えるように従兄《いとこ》を見上げた。

「ねえお従兄《にい》さま、それよりわたくし御相談したいことがありますの」

「いやに改まってなんだい」

「本気で聞いて下さらなければいやですわ」

「……云ってごらん」

双葉はまたちらと従兄を見上げたが、今度の眸子《ひとみ》は見違えるほど艶《つや》やかな光をもっていた、乙女の眸子がそういう光を帯びて来る話題はひとつしかない、真之助は武骨者であるがその視線を見逃すほど鈍くはなかった。

「ははあ、そうか」

「なんですの、……いや、お従兄さま」

双葉は自分で恥ずかしいほど赤くなるのを感じた。

「縁談だな、そうだろう」

「……ええ」

「誰だ相手は、まさかこの真之助ではあるまいな」

「わたくしもうお話し致しませんわ、そんなことを仰有るなら、……本気に御相談したいと思っているんですのに、ひどいお従兄さま」

「よし、それなら今度こそ本気に聞こう」

「本当に真面目《まじめ》に聞いて下さる」

「心配なんだね、……その縁談の相手が」

「どう云ったらいいのでしょうか」

双葉は襷《たすき》をそっと外した。……二の腕の羽二重のような肌《はだ》を、紅絹裏《もみうら》が舐《な》めるように滑って落ちるのを見て、真之助の逞《たくま》しい胸が微《かす》かに波をうった。

「向うの方はお従兄さまも御存じの越智孫次郎さまですの」

「……越智、それは意外だな」

「去年の秋に大坂から岡山へお帰りで、それから間もなく父のすぐ下を勤めるようになり、折々うちへもお見えなさいますの。……お如才のない、よくお気のつくいい方ですし、父がたいそうなお気に入りですから、わたくしにも文句はないのですけれど」

「……けれど、どうしたというんだ」

「なんですかわたくし」

双葉の声は此処《ここ》へ来てひどく迷わしげになった。

「どことなくあの方が好きになれませんの。初めはそうでもなかったのですけれど、三度五たびとお会いするうちにだんだんそんな気持がし始めたんです、……ではどこが厭《いや》かと云われるとべつに是《これ》と云って取立てて厭なところはないのですが、性が合わないとでも云うのでしょうかしら。此頃《このごろ》ではなんだかお顔を見るのも気味が悪いように思いますわ」

「それはなあ双葉、嫁入り前の娘たちが誰でもいちどは考えることじゃないのか、相手が嫌いなのではなくて、嫁に行く、人の妻になるということが不安になり、まだまだ娘でいたいという隠れた気持がそう思わせるのじゃないのか」

「富安のお従兄さまはそうお思いになって」

「孫次郎は頭の良いやつだ、あの若さで大横目《おおよこめ》の筆頭心得になるくらいだから、将来の出世のほども思われる。……それに男振もなかなか好《い》いじゃないか」

「お従兄さま迄《まで》そんなことを仰有るとすると分らなくなりますわ」

「もっと落着いて熟《よ》く思案してごらん、嫁入り前には気持も動揺するものだ、ひとつの事を思詰めると他が見えなくなる、とにかく……」

云いかけて真之助は庭の方へ振向いた。

卒然と、人の馳廻《はせまわ》るけたたましい跫音《あしおと》が起り、垣《かき》の破れる音に続いて、なにか罵《ののし》り騒ぐ切迫した叫声が聞えて来たのだ。

「……なんでしょう、お従兄さま」

双葉はそっと従兄の体へ身を寄せた。

四

叫声は近づいて来た。

「船破りだ」

「流人共が逃込んだぞ」

「御油断あるな」

馳廻りながら、附近の屋敷へ知らせる声であった。

「きゃっ、、」

と云《い》って双葉が真之助の腕へ縋《すが》り付いた。……横庭からふいに下僕《げぼく》の勘助が現われたからである。

「旦那《だんな》様、流人の奴《やつ》が此方《こちら》へ逃込んで来たと申します」

「なにか見違いだろう」

「いえ秦野《はたの》様の薪《たきぎ》小屋に隠れていたのだそうで、刀を振廻しながら此方へ逃込んだということでございます」

「では裏木戸を明けて置け」

「……明けるのでございますか」

「旨《うま》くゆけば逃込んで来るだろう、おまえたちは部屋へはいってじっとして居《お》ればよい」

勘助は雨のなかを跳んで行った。

「お従兄さま」

双葉は恐《こわ》そうに、

「逃込んで来たらどうなさいますの」

「そんなことはいいから片付け物の方を頼む、早くしないと午食《ひる》になるぞ」

双葉が部屋へ入ると、真之助は大剣を取って来て縁先へ坐《すわ》った。

「よく降りやがる」

舌打ちをしたが直《す》ぐに、

「だが百姓は喜んでいるだろう、……いい降りだ、いい雨だ、己《おれ》は雨が大好きだ、大好きだ、雨は大好きだ」

ぶつぶつ口の内で呟いていた。

しかし何事もなかった、馳廻っていた人たちもやがて遠くへ去り、再び無限のように雨滴《あまだ》れの音が家の四方を取巻いてしまった。……その静かさのなかで、不意に、真之助はきりきりと胸が痛みだすのを感じた。

——喰物《くいもの》でも悪かったのかな。

初めは本当にそう思ったほど、肉体的な痛みでさえあったが、間もなくその原因は朧《おぼろ》げながらかたちをもって来た。

ふしぎな自覚である、今日まで曾《かつ》て一度もそんな感じはなかったのに、今しがた嫁にゆくと聞いてから、自分にとって従妹《いとこ》の存在がどんなに大切なものであったかということに気付いたのである、真之助は狼狽《ろうばい》した。……嘘《うそ》も隠しもなく本当に今まではそんな感じで従妹を見たことはない、年も八つ違いで、まだ彼女が自分のことを双葉と云えず、舌っ足らずにおた、おたと云っていた頃から殆《ほとん》ど朝夕一緒に育って来た、従妹というよりは実の妹のような気持で可愛《かわい》がって来たのである。

それが今、……他人の嫁になるという事実にぶっつかって、初めて、今日まで自分の胸のなかに育っていた愛情が、いつかぬきさしならぬものに変っていたことを知ったのだ。

片付け物を終って双葉が帰るとき、真之助はもう平気で従妹の顔を見ることが出来なくなっていた。

それにしても、

――わたくしあの方が好きになれませんの。

と云った双葉の言葉は大きな誘惑である、孫次郎が好きになれないと訴える言葉の蔭になにか表白しようとするものがあったのではないか。……そう思うと真之助の心はぐらつき始めた。

――若《も》しや双葉も。

という気持さえ起って来る。

「いかん、なんという馬鹿《ばか》な！」

真之助は我に返って吐出すように云った。

「もう話も凡《およ》そ決っているという今になってなんだ、そんな未練がましいことを考えるなんてうろたえ過ぎるぞ、……確《しっか》りしろ」

確りしろと何度も呟くのだった。

頭の芯《しん》にまで黴《かび》が生えるような雨と、生れて初めて感ずる懊悩《おうのう》のうちに二日経《た》った。このあいだにも船破りの流人騒ぎはまだ片がついていなかった、厳重な手配にもかかわらず、四日の夜には西川町の備前屋伊右衛門《いえもん》という大きな雑穀問屋へ押入って、金子《きんす》五十両あまりと米、味噌《みそ》などを盗んだ者があった。……それが例の流人たちの仕業であるか、それとも騒ぎにつけこんで他の者がやった仕事か、備前屋の者がひどく狼狽していたので何方《どちら》とも分らなかったが、城下街の恐怖はそのため一層ひどくなって来た。

六月六日の夜のことである。

帰国してから初めて登城した真之助が、夜になって下城して来ると、片側屋敷の河《か》岸《し》でふと怪しい人影を認めた。……侍屋敷のながい築地《ついじ》のはずれに、ぴったり身を寄せていたのが、真之助の姿を見ると鼬《いたち》のように暗がりへ消えたのである。

「――勘助」

気付かぬ風で四五間行ってから、真之助は提燈《ちょうちん》を持って供をしていた下僕《げぼく》にそっと云った。

「おまえひと足先に行け、怪しい奴がいるから見届けて来る、向うの橋の袂《たもと》で気付かれぬように待っていろ」

五

真之助は穿物《はきもの》を脱いでいた。

曲者《くせもの》のひそんでいた小路を、逆の方から忍足に近寄って行くと、さっきと同じ場所に同じような恰好《かっこう》で凝乎《じっ》と身を跼《かが》めている姿が見えた。なにかを狙《ねら》っているらしい。

真之助があいだ二間ほどに近寄って、呼吸を計る刹那《せつな》、相手はふっと振返って、

「――あっ！」

叫びながら立つ、

「動くな」

真之助は大声に、

「動くと斬《き》るぞ」

云いつつ詰寄った、気合の籠《こも》った態度に圧倒されたか、相手は一瞬そこへ立竦《たちすく》んだが、真之助の手が伸びようとするとたん、

「わっ！」

というような喚《わめ》きと共に、いきなり抜打ちに斬りつけて来た。……しかしそれは法

もなにもない無茶なもので、真之助が僅《わずか》に体を躱《かわ》すと、そのまま雨水の溜《たま》った道の方へ烈《はげ》しく転倒した。

「おのれ、手向いするか」

「——畜生」

「やめろ、神妙にせぬと本当に斬るぞ」

相手は肩で息をしながら、抜身を構えて起上ると、窮鼠《きゆうそ》の勇で再び突っ掛けて来た。

「えい！」

真之助はひっ外しながら、たたらを踏む曲者の背へぱっと拳《こぶし》を当てた。

「——あっ」

はずみを喰《くら》って道へのめり伏す、踏込んだ真之助は利腕《ききうで》を逆に捻上《ねじあ》げた。すると曲者は狂気のように、

「助け、助けて下さい」

と喉《のど》も裂けんばかりに悲鳴をあげた。

「お手向いは致しません、妹の仇《かたき》が討ちたいのです。仇さえ討てば名乗って出ます。どうかそれまでお見逃し下さい、お慈悲でございます、お慈悲でございます」

意外な言葉だった。

「……妹の仇。それは真《まこと》か」

「お疑いならなにもかもお話し申上げます。その代りどうか、どうか見逃してやって下さいまし、妹の仇さえ討てば此世《このよ》に望みのない体です。必ず名乗って出ますから」

「……起《た》て」

真之助は手を放して云った。

「仇討ちという言葉は聞捨てにならぬ、しかし偽って逃げでもしたら斬るぞ」

「は、はい、もう決して逃げは致しません」

「この暗がりではどうにもならぬ、拙者の家まで参るがよい、仔細《しさい》を聞くまで決して無慈悲なことはしないから安心しろ」

「……あ、有難《ありがと》うございます」

男は泣いている様子だった。

真之助は男を導いて、元の場所へ戻《もど》り、穿物を拾って鶴見橋の袂まで行った。……待兼ねていた勘助は、近寄って来た主人が、泥《どろ》まみれになった獄衣の男を伴《つ》れているので、

「あ、――だ、旦那様」

と思わず驚きの声をあげた。

真之助も提燈の光で、初めて男が船破りの一人であるのを知った。

「騒ぐな勘助」

「……へえ」

「おまえの合羽《かっぱ》を脱いで貸してやれ」

勘助は訳が分らぬという顔で合羽を脱ぎ、命のままに男の背へ掛けてやった。家の裏手から入り、濡《ぬ》れた着物を着替えさせて、居間の灯《ひ》をあいだに向合って坐ったのはそれから半刻《はんとき》ほど後のことだった。

男はまだ二十八九であろう、栄養の悪い瘦《や》せた体つきで、身ごなしや眼《め》の動きにも永い囚獄生活を経て来た者の落着かぬ色が焼着いていたが、頰《ほお》から唇許《くちもと》へかけて、どことなく育ちの良い俤《おもかげ》がうかがわれた。

「おまえは船破りの流人《るにん》だな」

「……はい、名は、伝吉と申します」

「妹の仇を討つと云ったが、相手はこの城下の者なのか」

「仰有《おっしゃ》る通りでございます」

「拙者は富安真之助という者だ、次第に依《よ》っては仇討の介添もしてやる、精《くわ》しくその訳を話してみろ」

「有難う存じます」

伝吉という若者はきちんと膝《ひざ》へ手を重ねて、

「それではお聞き苦しゅうございましょうが、お情けに甘えて申上げます。……唯今《ただいま》も申上げました通り私の名は伝吉、家は大和屋と申しまして大坂天満筋《てんますじ》に数代伝わる米問屋でございました」

と話しだした。

六

大和屋は天満筋でも一流の米問屋として、明和末年までは指折りの豪商で、諸藩の蔵屋敷にも多くの顧客《とくい》を持っていたが、伝吉の父伝左衛門が相場で失敗を続け、安永四年の夏に急死すると俄《にわか》に家運が傾きはじめた。

この傾きかかった家を継いだ伝吉は、どうかして昔の大和屋に立直そうと思い、そのためにはあらゆる無理を冒して働きだしたのである。……ところがそのとき、岡山藩の蔵屋敷から、

――当家の廻米《かいまい》仕切を一手に任せてもよい。

という話が持込まれて来た。

その当時、岡山藩が大坂蔵屋敷へ廻《まわ》した米は一年に凡そ五万俵を前後し、加賀、薩《さつ》摩《ま》に次ぐ大出廻りを持っていたのである。

これだけの廻米を一手に仕切ることが出来れば、大和屋の家運を盛返すことも難事ではない。しかしそれには条件があった。……その話を持込んで来た蔵屋敷留守役が、伝吉の妹お津多を嫁に貰《もら》いたいというのである。

家運の挽回《ばんかい》に狂奔していた伝吉は、このすばらしい餌《え》を前にして理性を失っていた。

「……正式の祝言《しゅうげん》は国許へ帰ってから、然《しか》るべき仮親を立ててするという、相手がお侍様ですからその言葉を疑いもせず、ふたつ返事で妹をお屋敷へ差上げました。ところが廻米仕切の話は一向に運ばず、そのうえ上役に道を通すのだからと云って三十両、五十両と金の無心ばかり続きまして、……遂には身動きの出来ぬようなことになったのです。これはいけないと気がついた時はもう手後れでございました。……身重になった妹のお津多と一緒に、なにもかも思惑違い、忘れて呉《く》れ……というたった一本の縁切り状が届いて来たのでございます」

伝吉の拳《こぶし》は膝の上でわなわなと震えた。……若し本当に人の眼から血の涙が出るとしたら、いま伝吉の頰に溢《あふ》れる涙は鮮血に染まっていたに違いない。

「みんな初めから企《たく》んだ仕事でした、そのお侍は私から捲上《まきあ》げた金で出世の道を明けたのです。私たちは阿呆《あほ》のように騙《だま》されたのでございます。……妹は、妹は。……捨てられた身重の体を恥じて縊《くび》れて死にました」

「……死んだ。……」

「私はその晩、夢中で池田様の蔵屋敷へ押込みました。ひと太刀でも恨んでやろうと思ったのです。けれど町人の悲しさ、たあいもなく手籠《てご》めにされて奉行所へ曳《ひ》かれ、……そのまま一年の牢舎《ろうや》暮しをしたうえ、こんど隠岐島《おきのしま》へ流罪と定ったのでございます」

「その、その、相手は誰《だれ》だ、相手はなんという奴《やつ》だ」

堪《たま》りかねて膝を乗出した真之助は、伝吉の返事を聞いてあっ、と声をあげた。

「……越智孫次郎《おちまごじろう》と云いました」

「越智！　越智孫次郎」

「御存じでございますか」

真之助はさっと色を変えた。

伝吉の話は熱鉄のように真之助の肺腑《はいふ》を刺した。このような複雑な事情の下には、町人と武士との差があらゆる条件を蹂躙《じゅうりん》する、どんなに非人情であっても、孫次郎のしたことが確然と罪を構成しない限り伝吉の理窟《りくつ》は通らないのだ。……さればこそ、島送りの途中、この岡山へ船繋《ふながか》りしたのを命のどたん場に、脱走して仇を討とうとしたのだ、恐らく七生を閻王《えんおう》に賭《と》したことだろう。

真之助はしかし、相手が孫次郎であると聞いた刹那《せつな》、燃えあがっていた義憤が一時に冷えあがるのを感じた。

従妹《いとこ》の婿《むこ》に定ったと聞いた許《ばか》りである。

これが他《ほか》の者だとしたら、首に縄《なわ》をかけて伝吉の前へ引摺《ひきず》り出したであろう。

だが孫次郎ではそれが出来ない。

真之助は自分が双葉《ふたば》に愛情を持っていることを自覚して了《しま》った。孫次郎を除いて双葉を自分の妻にしようという避け難《がた》い考えが、胸の底にひそんでいるのも知っている、……伝吉に力を貸すことは、自分の未練な慾望《よくぼう》を遂げる手段になるではないか。

「……他の者はどうしたのだ」

「はい、岩井村に丸山とかいう丘がございますが、その丘の蔭《かげ》の小舎《こや》に隠れて居《お》ります」

「いまの話はみんな知っているのか」

「みんな無頼漢《ならずもの》ばかりでございますが、私の身の上に泣いて呉れまして、船破りの手助けをしたうえ、一緒に孫次郎を覘《ねら》っていて呉れるのでございます」

真之助は黙って立上ると、

「真に気の毒な話だ。本来なれば助太刀もすべきだが、残念ながら出来ない事情がある」

「……はい」

「いま着替えの衣服を持たせるから姿を変えて行くがいい、一心岩を徹《とお》す、人間と人間だ、死ぬ覚悟ならきっとやれる」

「……はい」

「神明の加護を祈っているぞ」

そう云い捨てて、真之助は外向《そむ》いたまま部屋を出て行った。

七

その翌々日の朝のことである。

久し振りに雨がやんで、雲の切目から時々青空が覗《のぞ》くのを、食事のあとののびやかな気持で、縁の柱に凭《もた》れながら呆《ぼ》んやり眺《なが》めていた真之助は、

「……旦那《だんな》様、到頭やりましたぞ」

と喚《わめ》くような声に振返った。勘助が汗を拭《ふ》きながら庭先へ入って来る。

「なにをやったんだ」

「中山の辻《つじ》で船破りの流人めが一人斬《き》られたのでございます。今朝明け方のことだったそうで、肩から胸へこう……」

「勘助、おまえ見たのか」

「いいえ、話に聞いた許りでございますが……」

云いかけて下僕《げぼく》は、はっとその口を噤《つぐ》んでしまった。主人の顔色で前々日の夜のことを思出したのである。

「……斬ったのは誰だ、聞かなかったか」

「越智さまだという噂《うわさ》でございます」

「……やっぱり、そうか」

斬られたのは伝吉だ。

――落着かなくてはならない、己《おれ》は癇持《かんもち》だからな、落着くんだ。

真之助はふくれあがる忿怒《ふんぬ》を抑えながら、手早く身支度をして、すぐ戻ると云い残したまま家を出た。

役所へ行ったが、ゆうべ徹宵《てつしょう》の出役で家へ帰っていると聞き、斬られた流人が伝吉であることを確かめてから、その足で西川町の越智の屋敷を訪れた。……孫次郎はいま寝ていたところだと云って、渋い眼《め》をして客間へ出て来た。

「邪魔をして済まなかった」

「いや、貴公とは久方振りだ。帰国したことは建野《たての》老から聞いていたが、知っての通りつまらぬ騒ぎで訪ねる暇《ひま》もない」

「それはお互いのことだ」

真之助は努めて静かに、

「騒ぎというので思出したが、貴公ゆうべはお手柄《てがら》だったそうだな」

「手柄どころかお叱《しか》りを蒙《こうむ》った、流人共は必ず生捕りにしろと建野老からの厳しい申付けなので、出来るなら抜くまいと思ったのだが案外手強《てごわ》く向って来られたため、つい抜いたのがはずみで斬って了った」

「しかしその方が貴公には好都合ではないか」

「……好都合だって」

「拙者はそう思うがなあ」

孫次郎の端麗な顔が、疑わしげな色を帯びて来た。真之助はその隙《すき》を逃さず、

「実はなあ越智、拙者の許《もと》へ貴公に会わせて呉れと訪ねて来た者があるんだが、会ってやって呉れぬか」

「……どんな者なのだ」

「女だ、子供を抱いている」

「…………」

「大坂の者でお津多というそうだ」

総髪が逆立つとはこのことであろう、孫次郎の顔から一時に血がひき、頬から額へかけての皮膚が眼に見えるほど痙攣《ひきつ》った。

「どうだ、会ってやらぬか」

「知らぬ、左様な女は知らぬ、貴公は」

「孫次郎！」

真之助は拳を握った。

「貴公どうしてそんなに震えるんだ。お津多という女が会いたいというだけじゃないか、知らぬなら知らぬでいい、なにかの間違いだろうから会えば済むことだ、……向うでは抱いている子を貴公の胤《たね》だと云っている、捨てては置けないぞ」

「いや、会う必要はない」

孫次郎の声はしどろであった。

「しかし貴公は建野の双葉と婚約をしているそうじゃないか、そういう話があるのに、妙な女が貴公の子だという者を抱いてうろうろしたらまずかろう、……会ってやれ」

「いや、な、なんと云っても、そんな素姓も知れぬ女などに会う必要はない」

「素姓は知っているよ」

真之助の眼はきらりと光った。

「ゆうべ中山の辻で貴公が斬ったろう、大坂生れの伝吉、大和屋伝吉の妹だ」

「……富安！」

「ちょっと待って呉れ」

真之助は不意に相手を遮《さえぎ》り、空を向いてぶつぶつと呟きだした。

「……己は孫次郎を嫌《きら》いじゃない、嫌いじゃない、嫌いじゃない、こいつにも良いところはある、なかなか良いやつだ。己はちっとも癪《しゃく》に障ってなんぞいない、胸はさばさばしてる、こういう話も時には面白《おもしろ》い、面白い、頗《すこぶ》る面白いくらいのものだ、殴りたいとなんぞは思わない、ちっとも殴りたくはない」

語尾はぶるぶると震えて来た。どうやら竜右衛門《たつえもん》の教えの禁厭《まじない》も利《き》かないらしい。

「拙者は帰る！」

真之助は卒然と立上った。

「邪魔をしたな、孫次郎。……だがひと言だけ断って置く。双葉との縁談はこの真之助が不承知だ、理由は云わぬ方がいいだろう。貴様に若《も》し少しでも武士の血があるなら、死ぬ時期と場所だけは誤るなよ」

「富安、……その女は、貴公の家にいるのか」

孫次郎は蛇《へび》のように光る眼をあげて云った。

八

「いたらどうする」

「いろいろ誤解があるようだ、会って熟《よ》く話してみたら拙者の気持も分ると思うが」

「そして斬るか、伝吉のように」

真之助は叩《たた》きつけるように、

「だがその手数には及ばぬ、会いたかったら仏壇へ香を炷《た》いてやれ、お津多は貴様の子を腹に持ったまま縊れて死んだぞ」

「………」

「重ねて云うが死ぬ時期を誤るなよ」

そう云って部屋を出た。

真之助は癇持である、これまでそのために何度も喧嘩《けんか》をした、彼の腹の虫は、彼の意志に反して随時随処に暴れだす、数々の失敗は多くその癇の虫のせいであったが、時には本心から怒りを爆発させたこともないではない……しかし今日ほど、今ほど怒ったのは初めてである。彼は伝吉の愚直さを怒り、お津多という娘の腑甲斐《ふがい》なさを怒り、孫次郎の狡猾無慙《こうかつむざん》さを怒り、その孫次郎に一指も出さずして帰る自分を怒った。彼を一本のギヤマンの罎《びん》とすると、いま中に塡《つま》っているのは忿怒だけなのである。骨も肉も血も、引裂け、爆発したがって沸騰《ふっとう》している忿怒そのものなのだ。

家へ帰った真之助は、昼なかだというのに酒を呷《あお》って寝床へもぐり込んで了った。

——いくら孫次郎が卑劣者でも、ここまで悪事が露顕したら覚悟をするだろう。

念ずるのはそれだけだった。

孫次郎が自決して呉れれば、恥ずべき事は凡《すべ》て闇《やみ》に葬《ほうむ》ったまま解決することが出来る、どうかそうなって貰《もら》いたい、……けれど、真之助のそう念《おも》う心は、その夜のうちに叩き潰《つぶ》された。

夜の十時頃《ごろ》であったろうか、飲み直した酒がまたしても酔いそびれて、夜具のなかを輾転反側《てんてんはんそく》していると、

「旦那様、お起き下さいまし」

と勘助の唯《ただ》ならぬ声がした。

「なんだ、起きているぞ」
「建野様からお使で、お嬢様が此方《こちら》へみえなかったか、行先を御存じなさらぬかとい
う……」
半分も聞かず真之助はとび起きていた。着替えもそこそこに玄関へ出ると、建野の
若い家士が外へ馬を置いて待っていた。
「どうしたのだ」
「あ、御無礼を仕《つかまつ》ります。実は日の暮れがたに大横目《おおよこめ》役所から使がありまして、旦那
様がお召しだと申し、お嬢様を案内して行ったままお戻《もど》りがございませぬ」
「使に来たのは慥《たし》かに役所の者だったか」
「私も見知りの近藤太兵衛《こんどうたへえ》と申す者なのですが、……余りお帰りが遅いので役所へお
迎えに参りましたところ、旦那様はそんな使を出した覚えはないという仰《おお》せ、直《す》ぐ使
に来た者を探しましたが、……」
「いなかったのだな、其奴《そやつ》！」
「はい、それで近藤にはすぐ手配を致し、こうして念のために」
「遅い！　馬鹿《ばか》げているぞ」
真之助は草履を突掛けながら、

「大横目が役所へなんの用で娘を呼ぶか、そのくらいの事は三歳の童児でも分るぞ」

「しかし旦那様はあれからずっと役所にお詰切でございましたし」

「やかましい、無駄口《むだぐち》を叩くひまに貴様は越智の家へ行って見て来い、いるかいないか確《しか》と見届けて役所へ知らせるんだ、馬は借りる」

言葉の半分は門の外であった。

——あの野郎！

あの悪魔外道《げどう》野郎。卑劣漢。犬侍。人非人《にんぴにん》の畜生の破廉恥漢《はれんちかん》め。真之助はそれが当の相手でもあるかのように、馬へぴしぴし鞭《むち》を当てながら大横目役所へ煽《あお》り着けた。

「……叔父上！」

呶鳴《どな》りながらとび込むと、

「真之助か、双葉の行衛《ゆくえ》が知れたぞ」

と竜右衛門が叫び返した。

「分りましたか、何処《どこ》、何処です」

「孫次郎めが拐《いざな》い居ったのじゃ、あの越智の痴者《しれもの》が……」

「そんなことは分ってます、何処ですか、双葉は何処にいるんですか」

「まだそこまで分らんのだ」

「なにを仰有《おつしや》る、双葉の行衛は分ったのですか分らないのですか」

「いま近藤太兵衛を捕えたのだ、本町はずれの三岐《みつまた》に倒れているのをみつけたのだぞうだ。調べてみると孫次郎めと共に双葉を伴《つ》れて備中へ脱走しようとしたが、その三岐で不意に四人の暴漢に襲われ、太兵衛は其場《そのば》へ打倒されたが、孫次郎と娘はそのまま四人のために何処かへ連去られたという話だ」

「四人、……若しや、それは船破りの流人たちではありませんか」

「太兵衛もそう申して居る。慥かに四人とも」

「叔父上、双葉は取戻して来ます」

九

真之助は凱歌《がいか》のように叫んだ。

「双葉は必ず取戻して来ます、その代り叔父上、改めて真之助が妻に申受けますぞ」

「なにを、この……」

と云ったときは、もう真之助は脱兎《だつと》のように走りだしていた。

四人というのは船破りの一味だ、彼等《かれら》は伝吉の話に同情し、その仇討《かたきうち》のために力を藉《か》していたと聞いている。伝吉が殺されたと知って、彼等は不幸な友の遺志を継ぎ、飽くまで孫次郎を跟覘《つけねら》っていたに違いない、……孫次郎はその罠《わな》のなかへ自らとび込んで行ったのだ。

彼等の目的は孫次郎にある。しかし、だからといって双葉が安全であるとは云えない、命を投出している無頼漢《ならずもの》四人、美しい乙女を前にして黙っているか。

「ああ八幡《はちまん》！」

真之助は苦痛の呻《うめ》きをあげた。

岩井村まで二十丁足らず、丸山の丘は夜目にも著《しる》くこんもりと森のかたちを見せている。馬は丘へ駆登り、森のなかへとび込んだ。すると一段あまり行ったところで、ちらちらと灯《ひ》の動くのが見えた。

――まだいる。

半分救われた気持で馬をとび下りると、光をめあてに走った。丘が北側へだらだら下りになる、その窪《くぼ》みの蔭《かげ》に一棟《ひとむね》の古い小屋が建っていた。もと森番でも住んでいたか、雨露に曝《さら》されて朽ちかかってはいるが、丸太で組上げた頑《がん》丈《じょう》な造りである……灯の光はその南側の小窓から漏れているものだった。

真之助は忍足に近寄った。

小窓から覗《のぞ》くと、月代《さかやき》も髭《ひげ》も茫々《ぼうぼう》と伸びた男が四人、土間にあぐらして、蠟燭《ろうそく》の灯を囲みながら冷酒を呷《あお》っている。……そのすぐ後ろに、孫次郎と双葉《ふたば》とが、手足を縛られ、猿轡《さるぐつわ》を嚙《か》まされたまま壁際《かべぎわ》へ身を凭《もた》せていた。

真之助は静かに戸口へ廻った。……そして押戸をぱっと明けながら、

「やあ、みんな揃《そろ》っているな」

平然と声を掛けつつ一歩入った。……不意を衝《つ》かれて四人があっ、と起《た》とうとする。

「騒ぐな！」

と真之助は絶叫した。

神髄に徹する気合である、起とうとしたまま四人は思わず居竦《いすく》んだ、その隙《すき》を寸分ものがさず、

「おまえたちに用はない、伝吉から聞きはしなかったか、拙者は富安真之助だ」

「……あああの」

「船破りの罪は重いが岡山《おかやま》藩の知ったことではない、拙者は伝吉から仔細《しさい》を聞いた、不幸な友達のために命を張って力を貸したおまえたちは、そこらの卑劣者に比べると遥《はる》かに立派な人間だ、……拙者は自分の眼の前でおまえたちを縛らせたくない、立退《たちの》いて呉れ」

「……あなたが、富安さんなら」

と一人が恐る恐る云った。

「改めてお願いがございます。伝吉からお情深いことは熟く聞きました、どうか肯《き》いてやって下さいまし」

「出来るなら協《かな》えてやる、云ってみろ」

「伝吉の仇を討たせて下さいまし、私共の手でこの越智孫の野郎を斬《き》らせて下さいまし、この通りお願い申します」

四人は土間へ手をついた。

真之助は無言のまま、つかつかと踏込んだと思うと、素早く双葉の足の縛《いましめ》を切放って抱起した。……四人は気を呑《の》まれて身動きもしなかった。

「願いというのはそれだけか」

「……へえ、もう、もう一つございます」

別の一人が云った、「私共はもう覚悟を決めて居ります、これ以上逃げ隠れしたところで仕方がございません、伝吉の仇を討ちましたら旦那の手でどうかお縄《なわ》にして下さいまし」

「無礼者！　なにを申すか」

真之助は大声に呶鳴った。

「拙者は不浄役人ではないぞ、その願いは筋違いだ、ならん！　第一……おまえたちには礼をいわなくてはならんのだ、この娘は拙者の妻になるべき者で、そこの卑劣者に誘拐《ゆうかい》されたのだ、おまえたちはそれを救って呉れたんだぞ。……それ、寸志だ」

真之助は懐中から紙入を取出して四人の前へ投げた。……四人は呆《あき》れて、

「それでは伝吉の仇も討てませんか」

「拙者が云うのは、おまえたちを縛る手は持たぬということだ、無礼な！　二度とそんなことを申すと捨置かんぞ。……それから、こんな小屋は焼払う方がいいな。分ったか、分ったらさらばだ」

云い捨てて、真之助は双葉を抱くようにしながら小屋を出た。……外はまたしとしとと霖雨《りんう》が降りだしていた。

真之助は確《しっか》りと従妹《いとこ》の肩を抱き寄せた。

「いまの言葉を聞いたろうな」

「………」

「おたは真之助の妻になるのだぞ、孫次郎は悪い奴《やつ》だ、いや、いやあながち悪いとも限らぬかな、いいところもあるよ、なかなか愛すべきところもある、己《おれ》だって嫌《きら》いじ

ゃない、けれども双葉の良人《おっと》としては真之助の方に分がある。そうだろう、違うか、……返事をしないのか」

双葉の肩が、温かいまるみを真之助の腕のなかで悩ましげにもだえた。……両手の縛と猿轡が脱《と》ってないのである。

「よし、返事をしないならしないでいい、真之助はきっとおたを妻にしてみせる、孫次郎のように美男子ではないが腕は強いぞ、みろ」

真之助は腕に力をいれた。……猿轡を取って呉れと訴えるように、双葉は豊かな胸を従兄の体へぐいぐい押付けた。

「みろ苦しいだろう、苦しいなら返事をするんだ、否《いや》か応か、どうだ、どうだ」

闇のなかへ遠退いてゆく真之助の声が、全く聞えなくなったとき、……窪地の小屋がめらめらと赤い焰《ほのお》を吐きだしていた。

(「講談倶楽部《クラブ》」昭和十四年十月号)

しぐれ傘《がさ》

鯉《こい》の宗《そう》七《しち》

一

佐野屋藤吉《さのやとうきち》は、女房《にようぼう》の酌《しやく》で朝酒を呑《の》んでいた。

いつも四、五杯で機嫌《きげん》よく酔うのが、今朝はもう二本めをあけようとしているのに、髭《ひげ》の剃跡《そりあと》の青い固肥《かたぶと》りのした顔は妙に冴《さ》えて、「眼玉《めだま》の藤吉」と綽名《あだな》のついている大きな両眼は、さっきから店の方を睨《にら》んではぎらぎら光っていた。

「なんだ、もう無《ね》えのか」

「あがるんですか」

「もう一本つけてくれ。いいからつけてくれ。なんだか酔いそびれて踏んぎりがつかなくっていけねえ」

女房のおかねは気遣わしそうに、亭主《ていしゆ》の横顔をそっと見た。

むっつりと、変に気の詰った調子で三本めを呑み始めると間もなく、弟子の六造がやって来た。

「親方、川口町が見えました」

「此処《ここ》へ通してくれ」

そう云《い》って藤吉は、女房に振り返った。

「おめえ二階へ行っていねえ」

「だって親方」

「いけねえ、おめえに側《そば》から口出しをされちゃあ話の筋が通らねえ、行っててくれ」

「では外しましょう、けれど親方」

おかねは素直に立ちながら「宗七はあの通りの気質で口下手だから、頭ごなしに叱《しか》っちゃあ駄目《だめ》ですよ、あれにもなにか考えのあることでしょうから……」

「それが余計なことだと云うんだ、いいから行きねえ」

藤吉は手酌で酒を注《つ》いだ。

おかねが二階へ去ると、入れ違いに、二十七、八になる若者が入って来た。……色の褪《さ》めた紺縞木綿《こんじまもめん》の袷《あわせ》に、やまのいった小倉の帯を緊《し》めている。額の広い顎《あご》の張った逞《たくま》しい顔だが、ひどく蒼白《あおざ》めていて、ひと口に云うと、極度の神経消耗を思わせるが、その眼だけは深く潜んだ鋭い意力を湛《たた》えていた。

名は宗七、今江戸で鯉の木彫の名人と呼ばれている男だ。……口重に挨拶《あいさつ》をして、

「唯今《ただいま》はお使いでございましたが」

「ちょいと話があって来て貰《もら》った。手間を欠かして済まなかったな」

「いえなに、このところ暫《しばら》くぶらぶらしているものですから」

「そうか遊んでるのか」

「遊んでるという訳でもありませんが」

「まあいいや、ひとつどうだ」

藤吉は盃《さかずき》を洗って差出した。

「有難《ありがと》うございますが、実は断っているもんですから……どうか」

「断っている？　へええ、なにか願掛けか」

「なに……願というほどのことでもありませんが」

藤吉は黙って手酌で一杯呷《あお》った。

それから、手に盃を持ったまま何気ない様子で相手を見た。

「実あな宗七」

「…………」

「おらあ昨夜《ゆうべ》、石町《こくちょう》の富田屋さんに呼ばれて行って来た。お嬢さんが来月御婚礼なささ

るそうで、その祝に使う鯉の置物をおめえにお頼みなすったそうだ」

「……へえ」

「おめえの鯉は、一尾彫って十両が相場だ。石町さんは値に構わず欲しいとおっしゃる、……それをおめえ、お断り申したそうじゃあねえか」

「へえ、……申訳ありません」

「石町さんはそれでも是非欲しい、佐野屋おめえから頼んでくれとこう云われて帰《けえ》って来た。……おめえも知っている通り、おいらにあ大事なお店だ。なあ宗七、おめえ気持よく彫ってあげて貰いてえが、どうだ」

「へえ、それあもう、……」

　宗七は窮屈そうに、固く坐《すわ》った膝頭《ひざがしら》を撫《な》でながら、

「……親方のお口添えがなくとも彫りたいのですが……どうも」

「彫れねえのか」

「親方どうか……こいつは他処《よそ》へお頼み下さるように」

「他処でいいなら石町さんでも頼みゃあしねえ、どうしてもおめえの鯉が御所望だから、おいらを呼んでまでそうおっしゃるんだ。おいらにも大事なお店だが、おめえにとっても富田屋は縁のねえお店じゃあねえぜ。そうだろう」

「どうだ」

「じゃあ彫ってあげねえ、おらからも頼むからやってあげねえ、どうだ」

「いえ、いえ決して」

「なにか気に入らねえことでもあるのか」

「……へえ」

宗七は低く頭も垂れながら黙した。

佐野屋藤吉は大工である。親の代から常に弟子の二三十人は使っている立派な株であったが、藤吉は職人気質の厳しい父の手で、弟子たち同様に普請場《ふしんば》の鉋屑《かんなくず》のなかから育てられ、大抵の苦労は経験して来ている。……だから、丁度いまから十二年まえ、一人娘のお雪が七つの祝をした年の冬、親兄弟を亡《な》くした孤児の宗七を手許《てもと》に引取ったときにも、

——孤児だからと云って差別をしちゃあいけねえ。ひねくれさせてもいけねえし、不憫《ふびん》をかけ過ぎてもいけねえ、皆と同じように、極《き》めどこは極めて面倒をみろ。

と女房にも弟子たちにも云い渡した。

二

宗七は十三で佐野屋へ引取られたが、口数のすくない温和《おとな》しい子供で、仕事もすば

らしくよく覚え、十七八になった時は、もう立派に一人前の職人の腕を持っていた。

——こいつは当てたぞ。藤吉はすっかり喜んで、

——これなら他処《よそ》からお雪の婿《むこ》を捜して来るこたあねえ。と女房とも話合っていた。

すると十九の年の春、石町の富田屋という太物《たんもの》問屋の主人茂右衛門《もえもん》が訪ねて来た。藤吉にとっては親の代から大事な出入り先である。用があればむろん此方《こちら》から出向くところを茂右衛門が自ら訪ねて来たので驚いて会うと、意外なことを聞かされたのであった。

——宗七に暇《ひま》をやってくれ。

というのである。訳を訊《き》くと、——宗七は誰《だれ》も知らないうちに、自分流儀の木彫を始めていた。他《ほか》の者の寝た間遊ぶ間を偸《ぬす》んで、こつこつとやっていたのが、本来の才能に恵まれていたのであろう、めきめき腕が上って、殊《こと》に「鯉」を彫ると、古今無類の物が出来るようになった。そこで、ようやく心を決め、自分は木彫に本腰を入れてやろうと、富田屋を訪ねて親方への口利《くちき》きを頼んだというのである。

一人娘の婿とまで考えていたのだが、藤吉は事情を聞いて快く承知した。そして、川口町へ別に家を持たせて専念木彫をやらせることにしたのである。……ところが、富田屋の云う通り、三年目にはもう「鯉の宗七」と云って、一尾彫れば十両という、

飛抜けた高値をよぶ立派な木彫家になったのであった。

――富田屋はおめえにとっても縁のねえ家じゃあねえ。

と云ったのは、右のような事情があったからである。

「どうしたんだ、否《いや》なのか、応なのか」

「親方、まことに申し訳ありませんが」

宗七はそこへ手をついて云った。「どうかお店へは、親方からお断り申して下さいまし。私はどうしても彫りたくないのです」

「帰《けえ》れ！」藤吉は、ついに我慢を切らして叫んだ。

「これほど頼んでも否なら勝手にしやあがれ、名人とか蜂《はち》の頭とか云われて逆上《のぼせ》てやあがる。てめえとは、たったいま縁を切った。帰れ！」

「親方、そ、それはあんまり」

「帰れと云うのに、帰らねえか、面《つら》を見るのも癪《しやく》だ、二度とこの家の敷居は跨《また》がせねえぞ」

手荒く盃をほうりだすと、藤吉は裾《すそ》を払って二階へ立去った。

宗七は、間もなくぼんやりと、佐野屋の店を出た。

それでなくとも蒼い顔は紙のように乾いて、秋雲のかかった鈍い陽射《ひざ》しも眩《まぶ》しそうに、眉《まゆ》を顰《しか》めたまま力なく拾うように歩いて行く。——すると、八丁堀《はっちょうぼり》の河岸《かし》へ出たとき、うしろから足早に一人の娘が追って来た。

藤吉の娘お雪である。

父親に似たのであろう、鈴を張ったような大きな美しい眸《ひとみ》をして、羽二重肌《はぶたえはだ》で、濡《ぬ》れたように朱《あか》いちんまりとした唇《くちびる》をもっている。年は十九だが、まだ十七ほどにしか見えない初心々々《ういうい》しい娘だった。

「宗さん、宗さん、待って」

「……あ、お雪さん」

宗七は、慌《あわ》ててふところ手を出した。娘は円くふくれた胸を波うたせながら、

「もういちど、帰って、宗さん。おっ母《か》さんが幾ら宥《なだ》めても駄目なの、どうしてもお父《とっ》つァんは怒って肯《き》かないのよ」

「私が悪いんです。親方が怒るのは無理もないことです」

「そう思うなら帰って頂戴《ちょうだい》、そしてお父つァんに謝って……ねえ宗さん」

「それが出来ないんです」

宗七は悲しそうに云った。「親方のおっしゃる通りに、石町さんの仕事をすれば勘弁して貰える。けれど、私が悪かったと謝るだけでは、親方は承知してくれやしませ

ん」

「では石町さんの御註文《ごちゅうもん》をしてあげてよ」

「出来ればします」

「どうして出来ないの。富田屋は宗さんのためにも恩のある人でしょ。無理な仕事なら別だけど、宗さんでなければならない鯉の彫物よ、どうしてお出来になれないの」

「今は云えないんだ、お雪さん」

宗七は意固地《いこじ》な調子でぶすりと云った。

「もう少し経《た》てば分ります。けれども今はなんにも訊かないで下さい。きっと分る時が来ますから」

路地の霜

一

もう霜月であった。

川口町の路地の奥にある長屋のひと間で、宗七は木屑に埋ったまま、丸鑿《まるのみ》を片手に呆然《ぼうぜん》と坐っていた。……あれから五十日あまり、めっきり痩《や》せの見える肩と、頬骨《ほおぼね》の出た顔が、ながい貧と労作をまざまざと語っている。

彫台の上には、荒彫した二寸ばかりの蛙《かえる》が投出してある。

宗七の眼は、鑿跡のなまなましい荒彫りの蛙をぼんやりと瞶《みつ》めている。……半年も前から取掛って今日までに何十となく彫ってみるが、どうしても気に入った物が出来ないのだ。

「……矢張り駄目だ」

力のない声で呟《つぶや》いたとき、

「ごめん下さい」と云って訪れる者があった。

宗七は愕《ぎよつ》としながら、慌てて彫った物を戸棚《とだな》へ押込む、……と障子を明けて、小さな風呂敷包《ふろしきづつみ》を抱えたお雪が入って来た。

「今日は少し遅くなりましたわ」

努めて気を迎えるように、微笑しながら云ったけれど、宗七はぶすっと黙ったまま答えなかった。

「昨夜《ゆうべ》おやすみにならなかったのね」

「…………」

「体が弱っていらっしゃるのに、夜明しなどなすっては、お毒ですわ」

「………」

「まあ、火も消えていますのね」

「お雪さん」

宗七は冷い眼で娘を見た。

「今日までなんども云う通り、宗七は親方から勘当されたも同然の身上です。こうして、貴女《あなた》が面倒をみに通って来て下さるのは有難《ありがた》いが、それじゃあ私が親方に済みません、どうか今日限り私のことは捨てて置いておくんなさい」

「また始ったわ、そのことなら、もう前に話は済んでいる筈《はず》です。あたしの勝手で来るんですから、宗さんに御迷惑は掛けません」

「……そう云われればそれっきりです」

宗七はすっと立上った。

「けれども、私はこうやって貴女のお世話になるのは厭《いや》なんだ。迷惑と云いたいくらいなんだ。それだけは承知していて貰《もら》いますよ」

「宗さん、それはあんまりよ」

お雪は驚いてすり寄った。「あたしはこんな物知らずで、満足にお洗濯《せんたく》ひとつ出来ないけれど、少しでも貴方《あなた》に御不自由をさせまいと思ってずいぶん苦労をしているわ、……迷惑だなんて、……そんな、あんまりだわ」

「お雪さん、私は……宗七はねえ」

宗七はお雪の噎《むせ》びあげる声に振返って、「宗七は職人だ、……私は自分の命を仕事に打込んでるんだ、この仕事が満足に仕上るまでは、義理も人情も捨てているんだ、……職人には仕事の他《ほか》に自分の気持を乱されるのが一番迷惑なんですよ、……だが」

と云ったがすぐ、

「だが……こんなことを、今更ら云っても仕様がねえ」

投遣《なげや》りな調子で呟くと、そのままふらりと外へ出て行った。

藤吉《とうきち》から縁を切ったと云われて以来、宗七《そうしち》は佐野屋《さのや》へ足踏みの出来ない体になっていたが、お雪はそれからも三日にあげず訪れては、濯《すす》ぎ物や家の掃除など、細々した身の廻《まわ》りの世話をしてくれる。……いつかは婿に、という話のあった仲だ、お雪のいじらしい心根は見るも痛ましいくらいであったが、宗七の頑《かたく》なな心は娘の気持を察する暇《いとま》もないほど、仕事に対する情熱でいっぱいだった。

出来るなら誰の目にも触れない山奥へでも行って、全身を仕事に打込みたい、仕事の他にはなんにも考えたくないとさえ突詰めている。……殊に此頃《このごろ》では、彼は自分に絶望していた、骨を削るような苦心をして彫る物が、一つとして満足な出来を見せてくれない。

――己《おれ》は駄目《だめ》なのか。そういう疑いさえ起っている。こうなるともう自分を自分で縛るようなもので、平常から殻《から》へ入った栄螺《さざえ》のような気質がますます内へ内へと引籠《ひきこも》り、仕事も気持も次第に追詰められて、身動きのならぬ状態に陥ってしまうものだ。

宗七はいま自分では気付かずにそういう穴へはまっている。

当もなく、雨催《あまもよ》いの街を歩き廻って、宗七が帰って来たのは、もう灯《ひ》の点《つ》き始める頃だった。

家へ入るとたんに、

「おや！」

と呆《あき》れたのは、お雪が行燈《あんどん》の下で、せっせと夕食の支度をしている姿だった。

「お帰んなさいまし」

「お雪さん、おまえまだいたのか、もう日が暮れたというのに、なにをしているんだ」

「知っていますわ、でも……いいの」

「よかあない、家でどんなに心配しているか知れません、早く帰らなくちゃあ」

「いいえ帰りません」

お雪は強く頭を振った、「あたし、今日は、帰らない積りで出て来たんです。おっ母さんも承知なんです」

「え、おかみさんが御承知だって？」

「宗さん……」

お雪は行燈に外向《そっぽむ》いて坐《すわ》りながら、

「お父つァんは、あたしに婿を貰《もら》おうとしています。貴方も知っている八丁堀の相模《さがみ》屋《や》さんの銀次郎さん。あの人から話があって、この月内には結納《ゆいのう》をする運びになっているんです、……だからあたし、おっ母さんと相談して家を出て来てしまったんです」

「それじゃあ尚更《なおさら》だ。話がそこまで運んでいるのに、いまお雪さんがいなくなったら親方はどうなると思います」

「いや、いや、もうなにも云わないで」

お雪は両手で耳を塞《ふさ》いだ。

二

「あたし十六の年に、おっ母さんから聞かされていたことがあります。宗さんがあたしの良人《おっと》になる人だって……こんなことを云《い》うのは恥しいけれど、あたしは今日まで、一日だってそれを忘れたことはないのよ。……今度の相模屋さんとの話だって、あたしが厭だと云い切れば、お父つァんだって無理にとは云わないと思うわ、ただ宗さんがあんなことから出入りしなくなったので、お父つァんはただ腹立ちまぎれに婿の話など始めたんだわ」

「…………」

「宗さん、もし、あたしが嫌《きら》いでなかったら、此処《ここ》にいていいと云って下さいまし。それでなければ、もうあたし、……死ぬばかりです」

宗七は外向《そっぽむ》いたままで、

「私にはなんとも云えません」

と吐き出すように云った。

「なんとも云えません。……いて貰っちゃあ親方に申訳のないことになる、さっきも云ったように、宗七は仕事の他にはなにも考えたくないんだし……」

「宗さん、いいと云って。居てもいいって」

宗七は黙って戸棚を明けた。

その後姿へ、すがりつくようにそっと合掌したお雪は、涙を拭《ふ》きながら膳拵《ぜんごしら》えにかかった。

すると間もなく、

「お雪さん」

と宗七が振返って呼んだ。

「貴女はこの戸棚の中の物に手をつけましたね」

「あら、忘れていましたわ」

お雪は急いで近寄りながら、

「さっき杉辰《すぎたつ》さんが見えましてね、なにか彫った物があったら見せて貰いたいというもんですから、お断りしなくては悪いと思ったんですけれど、そこに蛙の木彫があったのでお見せしたんです」

「それを、それをどうしました」

「杉辰さんは大喜びで、こんなすばらしい物をやっていたとは知らなかった、これで名人宗七の呼名がまた変ると、一両置いて持っていらっしゃいました」

「あの蛙、あれを売った、あれを！」

宗七はぶるぶると身を震わせ、

「お雪さん」

と息詰るような声で云った。

「おまえさん飛んだことをしてくれた。あれはまだ試し彫で、形もなにもついちゃあいない、子供の玩具《おもちゃ》にもならないやくざな物だ」

「でも杉辰さんはすばらしい出来だと」

「杉辰は道具屋だ、骨董物《こっとうもの》の売買には、鑑《め》が利《き》くかも知れないが、物の本当の値打を見る眼《め》は持っちゃあいない、あんな駄物を宗七の作と云って人手に渡すくらいなら、私は今日までこんな苦労はして来やあしないんだ」

「あたし、宗さん、あたしそんなことには気が付きませんでした」

「お雪さんには分るまいが」

宗七は拳《こぶし》を握りながら云った。

「男の仕事はいのち懸けだ。寸分も隙《すき》があるものじゃあないんだ。今こそ云うが、……あのとき石町さんの註文《ちゆうもん》を断ったのは、高い金が欲しいでもなく高慢でもなかった。私はこれまで五、六年のあいだに八十七態の鯉《こい》を彫った、清き鯉、沈み鯉、離れ、群れ、すっかり彫り尽してもう彫るべき物が無くなっていた。この上彫れば同じ物が出来る……だから私は断ったんです。訳を話さなかったのは、こんなことを云うと気障《きざ》に聞えるからで、今度の蛙が立派に会得《えとく》できたその時こそ、親方にもお話し申し、お詫《わ》びをするつもりでいたんです。……これが職人の気持なんだ、金にも名にも代えることが出来ない爪《つめ》の尖《さき》ほどの嘘《うそ》もない職人の気持なんだ」

「すみません、あたし、そこまで考えずに、つい貴方のお仕事を世間へ見せたくなって」

「杉辰の置いていった一両をおくんなさい」

宗七は構わず立上った、……そしてお雪から二分銀を二つ受け取ると、そのまま土間へ降りて見返りもせず、

「お雪さん、……これでお分りだろう、貴女はこんな処《ところ》にいる人じゃあない、矢張り佐野屋の娘で安楽に暮す方がいいんだ。どうかこのまま家へ帰って下さい」

そう云いながら外へ出た。

もう日はすっかり暮れていた。夕飯どきのざわついた路地をぬけ出ると、河岸《かし》っぷちはひっそりと暗く、今にも降って来そうな空は大江戸の街の灯をうつして鈍く染っている。宗七はまだ朝から食物をとっていなかった。それでなくても弱っている身体《からだ》

は、足がふらふらするほど力抜けがしている。

……然《しか》し、そのよろめく足を踏みしめながら、宗七は懸命に大鋸町《おおがちょう》の道具屋、杉田屋辰五郎の店へ急いだ。

大名屋敷

一

「旦那《だんな》はおいでですか、旦那は」

「おや宗七さん、どうなすったんです。なにか御用ですか」

「旦那がいたら呼んで下さい」

杉田屋の店先に立ったまま宗七は、もどかしそうに同じことを言い続けた。……晩《ばん》酌《しゃく》でもしていたらしい辰五郎は間もなく歯をせせりながら出て来たが、

「おいでなさい、何か急用でも」

「旦那、さっきの品、あれを返して頂きたいんです。お預りしたお金は此処へ持って来ました」

「なんです、いきなりそんな……」

「あれはまだ試し彫りで、とても人様にお見せ出来るような物じゃあないんです。留守の者が知らずに出したんですから、どうか返して下さい」

「そいつぁ弱ったなあ」

辰五郎は急いで坐《すわ》り直した。

「実あ、あれから帰りに堀田《ほった》様へお寄り申してね、堀田の殿様はまえっから宗七さんの作がお好きで集めていらっしゃるもんだから、ついお見せ申したところが、大変なお気に入りで、即金十両でお売り申してしまったんだが」

「売った、十両で……堀田様に」

「宗七さんの気性で、気に入らねえ作を手放すのは厭だろうが、どうだろう、殿様はすっかり御意《ぎょい》に召しているんだから、今度だけ眼をつむって貰《もら》えまいか……金ならもう少し割戻《わりもど》しをする積りでいるが……」

「堀田様のお屋敷を教えておくんなさい」

「お屋敷って、それを訊《き》いておまえさんどうしようというんだね」

「いいから教えておくんなさい」

宗七は、唇《くちびる》をわなわな震わしていた。

堀田備中守《びっちゅうのかみ》の中屋敷を訊いて、杉田屋の店を出ると、外はいつかしとしと糠《ぬか》のように時雨《しぐ》れていた。

弾正橋《だんじょうばし》を八丁堀《はっちょうぼり》へ戻り、桜橋を渡って築地《つきじ》へ急ぐ、冷えて来た夜気は身にしみるようだ。袷《あわせ》の着流しきりだから、濡《ぬ》れるにしたがって寒さは骨へ徹《とお》る、……然し、宗七にはなにも感じられなかった。殆《ほとん》ど宙を歩くような気持で、堀田の中屋敷の門へたどり着いたときには、肩から裾《すそ》までずっくりと濡れていた。

「お頼み申します」

むろん門限は過ぎている、潜《くぐ》り門を叩《たた》きながら二三度呼ぶと、番士が窓を明けて覗《のぞ》いた。

「なんだなんだ。御門を叩くやつがあるか、なんだ其方《そのほう》は」

「へえ、川口町の宗七と申す者でございます。是非お殿様にお眼に掛らなくてはならない用がありますので、どうかお取次を願います」

「なに、お上《かみ》にお取次だと」

番士は呆《あき》れて眼を剝《む》いた。

「ばかなことを申すな、ものを知らぬにも程がある。素町人の分際でお上にお眼通りなどと、無礼なこと申すとそのままには捨置かぬぞ」

「いえ、これには訳があるのです」

宗七は必死だった。

「私は鯉の木彫をする職人で、宗七と云えばお殿様もよく御存じの筈《はず》、決して謂《いわ》れもなくお眼通りを願うのではございません。そうお取次下されば分って頂けるのです」

「例えお上が御存じであろうと、手続きを踏まなければお眼《め》通りなど叶《かな》うわけのものでない、詰らぬことを申しても無駄だ。帰れ帰れ」

「でもございましょうが、私にとっては一大事、お殿様がいけなければ、せめて御用人様にでもお取次ぎを願います」

「うるさい奴《やつ》だ」

番士は舌打をしながら、

「もう御門限は疾《とう》に過ぎて、御用人もお小屋へ退《さが》って居《お》られる、取次いでやるから明日来い、明日」

「へえ、明日は何刻《なんどき》に御門が明きましょうか」

「八時だ」

呶鳴《どな》るように云って、番小屋の窓を、手荒く閉めてしまった。宗七はその閉った窓へすり寄りながら、

「八時でございますね、……八時で。私は此処で待っておりますから、御門の明くまで待たせて頂きますから、……どうか刻が来たらお取次を願います、……待っておりますから」

返辞はなかった。

宗七はなお暫《しばら》く同じ言を繰返していたが、やがて窓から離れると番小屋の下へぶるぶると震えながら身を凭《もた》せかけた。

雨は依然として静かに降っている、僅《わず》かな庇《ひさし》はむろん頼みにはならず、頭から裾まで容赦なく降りつけて来る。……前の夜から眠らず、朝早く残り粥《がゆ》を啜《すす》ったきりの体は、寒さと疲れと飢えにすっかり弱って、暫くもせぬ中《うち》に立っていることが出来なくなり、宗七はずるずると崩れるように跼《かが》みこんでしまった。

どのくらいの刻が経《た》ったであろうか。顔にかかる雨がいつか歇《や》んでいるのに気付いて、ふと振仰いでみると、頭上に傘《かさ》がさしかけられている。

——傘……傘……

初めはなんのことか解《わか》らなかった。

それから静かに振返えると、右側にひき添って、お雪が立っているのをみつけた。

宗七はいきなりぎゅっと、胸をしめつけられたように感じた。切ないような、……

苦しいような、哀《かな》しいような、なんとも云いようのない感動がぐいぐいと胸をしめつけ、鼻の奥へつんと酸《す》っぱいものがつきあげて来た。

仕事の「魔」に憑《つ》かれたような、ひと筋に突詰めた宗七の感情のなかへ、生れて初めて、……温い心の肌触《はだざわ》りが沁入《しみい》ったのである。宗七は眼の覚めたような気持で、

「……お雪」

と云いながら立上った。お雪の全身が顫《ふる》えた。

「……宗さん」

「ばか!」

「勘忍して」

「こんな、夜更《よふ》けに、なんだって……」

「だってあたし」

お雪は蒼白《そうはく》になっていた。

「あたし、おまえさんの……女房《にょうぼう》だもの」

「ば、ばか……風邪をひいたらどうするんだ」

「勘忍して」

立上った宗七の胸へ、お雪は顫えながらしっかと縋《すが》りついた。宗七はそれを両手で

抱緊《だきし》めた。二人はぎごちなく相抱き、泪《なみだ》に濡れた頰《ほお》をすり寄せながら、わなわな身を震わせた。

二

夜が明けて、宗七とお雪とが門前に雨をよけながら立っているのを見たとき、番士がどんなに驚いたか云うまでもないだろう。……まさか本当に、夜通し待っているとは思わなかった彼等《かれら》は、その辛抱強さにうたれて、すぐその旨《むね》を係りへ通じた。用人幸野《こうの》権太夫《ごんだゆう》はむろん宗七の名を知っていたので、一応自分が会って事情を糺《ただ》した上、仔細《しさい》を主君に言上すると、備中守はすぐに会おうという。そこで権太夫は、衣服を着替えさせた上御前へ伴《つ》れて出た。

備中守正倫《まさみち》は上機嫌《じょうきげん》で、

「権太夫、式張ったことは許してやれ。……宗七だな、許す、近《ちこ》う近う」

「御意だ、無礼お許しとあるぞ」

権太夫に押されて、宗七は恐る恐る膝行《しっこう》した。

「昨日、杉田屋より求めた品に就いて願いというのは何だ。遠慮はいらぬ、申してみい」

「恐入りまする、甚《はなは》だ、勝手なことを申上げて恐入りまするが、あの品を私めにお戻し願いとう存じます」

「返せというか、ほう……なぜだ」

「あれは、まだほんの、未熟なもので、かたちもなっては居りませぬ、私の留守に杉田屋が持って行きましたので、他人様《ひとさま》に見せられる品ではないのでございます」

「余にはそう思えぬがの、鯉の名人と云われる宗七には珍しい蛙《かえる》、妙作と思うぞ」

正倫は、微笑しながら云った。宗七は懸命に面《おもて》をあげて、

「お殿様の眼にはそう見えも致しましょうが、それはお道楽だけの御鑑識《おめがね》、あの品はまだ石塊《いしくれ》も同然の駄作《ださく》でございます。彫りました当人の私が申上げますので、お手許《てもと》へ差置くべき値打はございません。どうぞお下渡し下さいますよう」

「道楽だけの鑑識か」

正倫は苦笑しながら、

「はっきり申す奴だな、よし……権太夫、昨日の蛙を持って参れ」

「はっ」

「宗七。それ程申すなら、あの品は返して遣わそう、然し約束がある」

権太夫の持って来た文庫の中から、木彫の蛙を取出して前へ置きながら、正倫は改

めて宗七を見やった。

「この品は返してやるが、そのまえに、其方が是《これ》なら善しと思う物を彫上げて参れ、そうしたら是を下渡してやるが、どうだ」

「はい、然しそれが、いつ出来ますことやら」

「いつでもよい、二年でも三年でも待つ、そのあいだ、是は文庫に納めたまま決して他人には見せぬと約束して遣わそう」

「恐入りまする」

宗七は、初めて安堵《あんど》したように微笑《ほほえ》んだ。

「それでは私がお眼通り仕《つかまつ》りまするまで、どうぞ何誰《どなた》にもお見せ下さいませぬよう」

「よしよし、必ず見せずに置くぞ」

「私も必ず、宗七の作と銘打って恥かしからぬ品を仕上げまする。……就きましては、お殿様には杉田屋よりそれを十金にてお求め遊ばしたように伺いまするが」

「それがどうか致したか」

宗七は袂《たもと》から二分銀を二つ取出して、

「甚《はなは》だ失礼ではございますが、私が次にお眼通り致しますまで、つまり其品のお下渡しを願いますまで、十金の内へ手付けとしまして、……こ、この壱両《いちりよう》をお預り……」

「これ、これ無礼なことを」

権太夫が仰天して乗出した。……堀田家は一万三千石だが、帝鑑《ていかん》ノ間《ま》伺候《しこう》の大名である。幾らなんでもその相手へ二分銀二つ差出すというのは度外れだ。

権太夫は顔色を変えたが、正倫は興あり気にそれを止めて、

「捨て置け権太夫、面白《おもしろ》いではないか、余が町人から壱両の手付けを預るというのは初めてだ、面白い、預るぞ宗七」

「かたじけのう存じます、これで私も安心致しました」

「余も手付けを取って安堵したぞ」

正倫は声を挙げて笑った。

宗七も笑った……。笑いながら、宗七はにわかに胸が空闊《くうかつ》とひらけ、体いっぱいに爽《さわ》やかな風の吹通るのを感じた。

一点に追詰められていた退引《のっぴき》ならぬ気持が、正倫の寛闊無碍《かんかつむげ》な態度に会って、一時に解放されたのである。「凝《こり》」が落ちたのだ。……針の尖《さき》ばかり瞶《みつ》めていた眼が、その一瞬に広い天空《そら》を見たのであった。

――これだ、これだ。

宗七は、心の中で叫んだ。

——己《おれ》は自分で自分を埋める穴を掘っていたんだ。穴から出よう、……仕事はそれからだ。

「権太夫」

正倫は用人の方を見て、

「どうだ、余の商法はたしかであろう」

そう云いながらもう一度声高く笑った。

まことに奇妙な約束である。然し宗七は御前を首尾よく退出した。……御門を出ると、まだ降りやまぬ時雨《しぐれ》のなかに、お雪が待兼ねていて走り寄った。

「どうでございました？　あなた」

「お雪！」

宗七は今度こそはっきりと、力のある声でお雪の名を呼んだ。

「大鋸町の店へ行こう」

「え？　お父《とっ》つァんのところへ？」

「親方に会って、おまえを女房に貰って来るんだ。宗七は改めて出直す、昨日までのうじうじした気持もいけなかったんだ。……いま堀田のお殿様にお目通りをして熟々《つくづく》感じたぞ、人間は心を寛《ひろ》く持たなくちゃあいけねえ。其日の食に不足しても心は大名のように大きくもつんだ……大名のような寛い、大きな心持でやるんだ。親方に会って、なにもかも話して、それから……始めるぞ」

「うれしい、あなた……!」

「ええ、傘が傾《かし》いだ、濡《ぬ》れるぜ」

宗七は手を伸ばして傘の柄《え》を支える、その手へ自分の手を重ねながら、お雪は濡れた眸《ひとみ》で男の眼を恍惚《うっとり》と見上げた。

……降りしきる時雨の町に、ようやく往来の人が多くなりつつ……。

（「講談雑誌」昭和十五年一月号）

竜《りゅう》と虎《とら》

一

性が合わぬというのはふしぎなものである。西郡至《にしごおりいたる》は学問もよくでき、武芸も岡崎《おかざき》藩中で指を折られる一人だった、いえがらは三百石の書院番で、人品も眼《め》に立つほうだし人づきあいも決して悪くない、寧《むし》ろどちらかと云《い》えば寡黙《かもく》で、謙虚で、愛想のよい方である。……灰島市郎兵衛《はいじまいちろべえ》にしても同様、五百石の作事奉行《さくじ》で、年齢はもう五十一歳、長男の伊織《いおり》は近習番《きんじゅうばん》で役付きだし、娘の幸枝も十八歳の、もうそろそろ縁付く年頃《としごろ》になっている。少し頑固《がんこ》なところはあるが、親切な老人として若手のあいだには評判のいい人物であった。そういう風に、別々に離してみると二人ともごくよい人間なのだが、さて、……この二人がいちど顔を合せたとなるとまるでひと柄《がら》が違ってしまう、二人が同座するとたんに、必ずといってもよいほどなにかしら口論がもち上るのであった。

つまり性が合わぬというやつである。どちらがどうというのではなくしぜんに、と云うのは変だが、実のところ極めて自然に、何か彼《か》にか口諍《くちあらそ》いが始るのだ。それでいて、蔭《かげ》では二人とも相手を推称しているのだから、その関係はなんともふしぎなものであった。市郎兵衛はそれに就《つ》いて自ら、——是《これ》はつまり臍《へそ》の問題だ、と云っていた。——臍には性格があって、曲ったのや歪《ゆが》んでいるのや、大きいのや小さいのや色々とある、臍には他人のそら似というものがない。由来人格というやつは陶冶《とうや》して之《これ》を高めることも出来るが、臍は天然のものなので持って生れた性格は終生変ることがない、西郡至は人間としては頗《すこぶ》る為《な》す有るやつだが、臍が捻《ねじ》くれているから儂《わし》とはどうしても性が合わぬのだ。そう云うのであった。

元禄《げんろく》十五年七月十二日、三河地方は大暴風雨に襲われ、矢矧川《やはぎがわ》の堤防が六百五十間も決潰《けっかい》し、九千五百石あまりの田地を流した。直ちに作事奉行灰島市郎兵衛が命を受けて、復旧工事に着手したが、そのとき事務上の加役として、八木次郎太と西郡至の二名を選んだ。事務上の加役だから秘書のようなものだ、八木次郎太は才子はだの若者でいかにもそれに相《ふさ》わしいが、西郡至を選んだというのが誰《だれ》にも分らなかった。西郡は為す有るやつだと、日頃から蔭で褒《ほ》めているくらいなので、なにか考えるところがあったのだろうが、果してこれが無事に納ってゆくものかどうか、まわりの人たちはそれを疑うというよりも、いまにきっと始まるぞという興味の眼をみはっていた。

城北、上里に灰島家の別墅《べっしょ》がある。市郎兵衛は八月はじめ、その別墅を工事支配の仮り役所にしてひき移り、城下から通勤して来る西郡至と八木次郎太の二名を助手にして、自分はそこに起居しながら工事を督励していた。

――いまになにか始まるぞ。

という人々の期待ははずれなかった。二十日ほどはなに事もなく過ぎたが、九月に入る頃からそろそろあやしくなりだし、やがていちど、にど衝突が始まった。十月はじめの或《あ》る午後のことである。市郎兵衛が左手に図面を持って、せかせかと部屋へ入って来るのを見た八木次郎太は、それまたやるぞとにやにやしながらようすを見ていた。はたして市郎兵衛は、

「是《ども》はなんじゃ、是は」

と吃りながら、西郡至の机の側《そば》へ近寄って行った。至は筆を持ったまま、

「なにごとです」と振返った。

「なにごとではない、この朱で書き入れてあるのはなんじゃ、誰がしたのだ」

「ああそれですか、それは拙者です」

「なんのためだ、十七番堤防の積石の数はもう定《き》まっておる、それなのにこの書入れは石の量を半分に減らしてあるが」

「そこはそうする方がよいのです」

「善い悪いを訊《たず》ねているのではない、誰の指図でこんな勝手なことをするかと云うん

だ、工事に就いては儂が、作事奉行として細大となく調べたうえ当っておる、それをなんの断わりもなくかような指図がましいことをして」

「お待ち下さい、拙者は奉行役を差措《さしお》いて勝手なことなどは致しません」

「是が勝手なことでないか、是が」

二

二人の声が高くなると直《す》ぐ、廊下の向うからそっと、娘の幸枝が様子を見に来た。……市郎兵衛が此処《ここ》へ移るのと一緒に来て、父の世話をしたり、加役の人々に茶の接待などをする役を受持っている、ところがこのごろではそれよりも、父と至とのあいだに入って、うまく諍いを納める役の方が忙しかった。

「貴方《あなた》は御存じないからそう仰有《おつしや》るのです、実地に当ってお調べ下さい、……十七番堤防は流を受ける処《ところ》です、此処を厳重に固め過ぎると流は倍の力で十八番の曲りへ当るため、逆にこの根を掘られてしまいます、……これは工事頭から念を押して来たので、拙者が立会いのうえ実地に調べ、その結果として当然の訂正をしたまでのことです」

「そ、それならばなぜ、その、一応その趣を儂に報告せんのか、それがつまり」

「拙者は作事奉行加役として貴方に選ばれてお役を勤めているのです、工事の小さい部分はもう少し拙者どもに、お任せ下さるのが当然ではありませんか」

「儂はなにも信用せぬとは云わん」

「ではそうむやみに呶鳴《どな》るのは止《よ》して頂きたい」

「ほう、呶鳴ってはいかんか、儂は呶鳴ることさえできんのか、では斯《こ》うやってここへ手でもついて」

いよいよ臍と臍とがむきだしになって来た、もうこうなるとあとは子供の喧嘩《けんか》のようなものである、肝心の図面などは抛《ほう》りだして、むきになって詰らぬ口論を始めた。

……そこへ幸枝が足早にやって来た。

「父上さま大変でございます」

「ええやかましい」

市郎兵衛は耳にもかけず、なおも勢いたって喚《わめ》き続ける、幸枝はそのあいだへ割って入りながら、

「父上さま、頰白《ほおじろ》です、頰白が籠《かご》から逃げだしました」

「……な、なんだと」

「お庭の柿《かき》に留っていますから早くいらしって」

市郎兵衛は小鳥道楽で、殊《こと》に近頃は頬白に夢中になっている、その大切な手飼いの鳥が逃げたというのだから慌《あわ》てた。

「またそのほう、なにか……ええ何処《どこ》だ」

「お庭でございます」

幸枝はすばやく、父を導いて其処《そこ》を走り去って行った。やったなあという次郎太の含み笑いを聞いて、至がほっと額の汗を拭《ふ》きながら向き直ろうとする、そこへ再び幸枝が足早に戻《もど》って来た。

「西郡さま、唯今《ただいま》はあい済みませぬ」

「いやそれは、拙者のほうこそ」

「父は御存じのような気性ですから、いつも貴方さまに向うとあの通りですの、でも本当はお頼り申しているのですけれど」慎《つつま》しく云いながらこちらを見上げた。少しも憂《うれ》いの色のない、初夏の空のような明るい眸子《ひとみ》であった。然《しか》もその明るい眸子の裡《うち》に、もうかなり以前から至にだけ訴えかけている仄《ほの》かな感情が、躊《ため》らいがちに動きはじめていたのである。「父があのように我儘《わがまま》になるのは西郡さまだけですの、本当にお気の毒でございますけれど、あのように勝手放題にできるのは西郡さまだけなのですから、……済みませぬけれど、どうぞお赦《ゆる》しあそばして」

「いやそれはかえって赤面します、拙者こそ我儘者で、お父上に向うと妙に気が立って来るのです、実にこれは不思議なことなんですが」

「兄がそう申して居《お》りました」幸枝は笑いたいのを我慢しながら云った、「父上と西郡さまとは絵に描いた竜《りゅう》と虎《とら》ですって、喧嘩をしながらどちらも離れることが出来ないのですって」

「臍のひねくれている虎ですか」

至と幸枝はいっしょに失笑した。さっきから八木次郎太は、妬《ねた》まし気な眼で、二人の語りあうさまを見戍《みまも》っていた。もし見る者があったら、かなり不愉快な色をその眼の中に読むことができたであろう。……庭の向うで市郎兵衛が、「ちょッちょッちょッ、来いよ来いよ」と頬白を呼んでいる声が聞える。

「まだ鳥を追っていますわ」幸枝はそちらへ振返った。

「貴女《あなた》のしたことですね、悪い人だ」

「でもあの時はそうするよりほかになかったのですもの」幸枝は悪戯《いたずら》そうにくすっと笑った、「あの鳥はよく馴《な》れていますからすぐ捉《つか》まりますの、おかげで頬白もよい保養ができます」

「おい西郡」次郎太が声をかけた、「ちょっとこの書類を見て呉《く》れないか」

「ああ失礼」至が会釈《えしやく》して向き直ると、「まあ忘れておりました、すぐお茶に致しましょう」そう云って幸枝も立って行った。

それから四五日経《た》った。或る日のことである、勤を終えて帰る途中、日名村というところの松並木へさしかかったとき、八木次郎太が妙に気後れのしたようすで、歩調をゆるめながらふと、

「西郡、……実は貴公に頼みがあるのだがな」と云いだした。

「なんだ頼みとは」

「それが、云いにくいことなんだ、武士として実に云いにくい事なんだが……」

三

「なんだか云ってみたらいいじゃないか」

「笑わずに聞いて呉れ、貴公を見込んで頼むのだ、……実は、拙者、……以前から幸枝どのを家の妻に迎えたいと思っていた」

「…………」

至の眼がそのとき見えるほど曇った。

「未練な話だが、此頃では幸枝どののことで頭がいっぱいなのだ、どうにも耐《たま》らない、

仕事も手につかぬ始末だ、こんなことを云うのも貴公を朋友《ほうゆう》と頼むからで、なんとも恥かしい次第だが、貴公に縁談の申込みをして貰《もら》いたいと思ってな」

至はぐっと、唇《くちびる》を噛《か》んだ。——聞いてならぬ事を聞いた。そういう後悔が胸を緊《し》めつけた。

「どうだろう」次郎太は眼の隅《すみ》で至の表情を窺《うか》がい、そして声には殆《ほとん》ど哀調を含めながら云った「貴公なら必ずひと肌脱《はだぬ》いで呉れると思って頼むのだが、引受けては貰えないだろうか」

「……承知した」至は外向《そむ》いたままで答えた、「……纏《まと》まるか纏まらぬかはわからない、然し話だけは取次ごう」

「そうか、やって呉れるか、かたじけない」

次郎太はそう云いながら、唇の端で微笑した。

家へ帰った至は母親が怪しむほどようすが変っていた。亡《な》くなった父は厳格一方であったが、母親の夏女は甘すぎると思われるほど至を溺愛《できあい》している、そして至もまた、母というより姉に対するような気持で、どんな事をも打明けて共に喜憂を分って来た。然し其日《そのひ》のことだけは別であった。幸枝のようすのなかに訴えかける感情の閃《ひら》めきがあったのと同様、実は彼もまた以前から並ならぬ愛情を感じていたのだ。……そればかりではない、つい半月ほどまえに至はそれとなく、母の気をひいてみたことさえある。

――ねえおたあさん。なにかあまえることがあるとき、彼は幼いじぶん呼んだ呼び方で母を呼ぶ。――灰島にいい娘がいるのですがねえ、十八だそうですが、気性のしっかりした、利口そうな娘なんですよ。

――なんだえ至。とそのとき母親はあきれたように云った。――灰島の幸枝さんならおまえ知っている筈《はず》ではないか、去年まで家へ琴を習いに来ておいでだったではないの。

――へええ、家へ来ていたんですか。

至はびっくりしたように眼を瞠《みは》った。母親は琴に堪能《たんのう》で、以前から家中の娘たちに手ほどきをしてやっていた、去年ふとしたことで指を痛めてからは止《や》めているが、それまでは常に十四五人の娘たちが稽古《けいこ》に来ていたのである。然しそのなかに幸枝がいたことなどは、むろん至は気付きもしなかった。――なんだ、そんな縁があったのか。それならいざとなれば話は楽に出来ると考えていたのである。

それが今日になって、思いがけぬところから根こそぎ覆《くつが》えされたのだ。聞かないままえならどうにでもなる、然しああして頼まれてしまったうえはもうすべては終りだ。

朋友と見込んで頼むと云われた以上、いや己《おれ》の方がそう思っている。などとは絶対に云えないし、また恥を忍んでうち明けたものを拒む訳にもいかない、いくら考え直しても逃げ道はなかった。

気遣って色々と問いかける母を外《そ》らして、その翌《あく》る日、彼は胸に鉛のたまがつかえているような重い気持をいだきながら、いつもより半刻《はんとき》も早く出仕した。市郎兵衛は庭で小鳥に餌《えさ》を与えていた。

「お早うございます」

「おお早いな」振返った市郎兵衛は、先日のことなどけろりと忘れたようすで、持っている頰白の籠《かご》を差出しながら云った。「こいつだよ、このあいだ逃げたのは」

「………」

「いちばん馴れている癖に油断をすると直《す》ぐにとび出す、鷹《たか》にでも摑《つか》まれたらどうする積りか、まるで気心の知れぬやつじゃ」

「実は……少々お話があるのですが」

「なんじゃ、聞こう」市郎兵衛は籠を置いて、如露《じょうろ》でさあさあと灌水《かんすい》してやりながら促した、「……なんじゃ」

「此処では申上げにくうございますが」

「構わん構わん、なんの話じゃ」

「実は、……幸枝どののことですが」

市郎兵衛は如露を止めて振返った。老人の眼にはありありと、期待していたものにぶっつかった人の感動が現われた。

「待て待て、まあ彼方《あっち》へあがろう」そう云って大声に、「幸枝、幸枝は居らぬか」と喚きたてた、「此処へ参って片付けて呉れ、儂は用事が出来たから、よく気をつけて、また逃がさぬようにするんだぞ」

四

「さて聞こうか」居間に坐《すわ》ると直ぐにそう促した。

「申上げます、若輩者がかようなことを申上げまして、或《あるい》はお怒りを受けるかも知れませんが」

「なになに、その遠慮は無用じゃ」

市郎兵衛はたいそう上機嫌《じょうきげん》である。

「実は、幸枝どのを」と至《いたる》は苦いものを嚥《の》むように云《い》った、「家の妻に頂戴《ちょうだい》したいという者がいるのです」

「うん」老人の眼《め》が細くなった。「自分からこうと申上げにくいから、拙者に是非とも取次いで呉れと頼まれ、よんどころなくお願いにあがったのですが、承知してやって頂けませんでしょうか」

「すると、嫁に欲しいという当人は誰《だれ》だ」

「八木次郎太でございます」

市郎兵衛の顔がみるみるうちに赤くなった。ほんの一瞬まえまで上機嫌だったのが、まるで殴られでもしたように、額まで赤く凄《すさま》じい怒気を発して来たと思うと、

「……こ、この、出過ぎ者が」と声いっぱいに呶《ど》鳴《な》りたてた、「其方はなんだ、どれだけの人間だ、いやどれほどの人間だというのだ、まだ前髪の跡も消えぬ若輩の身で、他人の縁談の仲立ちをするとは笑止千万、出過ぎるぞ西郡」

「ですからそれは、それゆえお叱《しか》りを受けるかと」

「なにがお叱りだ、身のほどを弁《わきま》えろ身のほどを、縁談などというものはな、おのれの身の始末がついて、一人まえの世間付き合いが出来る者のすることだぞ、其方はなんだ、自分の身もかたまらぬ謂《い》わば半人まえの」

「呶鳴るのはお止《よ》し下さい」至もそろそろ始まって来た、「拙者が若輩者だということは自ら認め、初めにそうお断わりしてあります、なにも好んで縁談を持ち込んだの

でもなし、仲立ちをしようと申上げたわけでもありません、八木に頼むと云われて是非なく、ただ彼の望んでいるところをお取次ぎ申しただけです」

「それ、そ、それが出過ぎ者だと云うのだ、分を知っている者ならそんな話は辞退するのが当然、だいたい其方は先日のことにしても出過ぎておる、なにがゆえに」

「先日の話と是《これ》とは違います、これは」

「違わん、儂《わし》が云うのは其方が出過ぎ者で」

「失礼ですが吸鳴るのは止して下さい」

「吸鳴ろうと吸鳴るまいと儂の勝手だ、儂の吸鳴るのまで邪魔をするな、貴様は自分でぎゃんぎゃん喚いていながら他人《ひと》のことは直ぐに吸鳴るのなんのと申す、役目の方でもその通り、実際貴様くらい使いにくいやつは二人といないぞ」

「拙者も同様です、上役として貴方《あなた》くらい仕えにくい人はありません」

「なに、な、なに、儂が仕えにくいと」老人は眼を剝《む》いた。

「しばしば我慢のならぬことがあります」

「云ったな、よ、よし」竜はついに雲を呼び、虎《とら》は風を巻き起してしまった。人々の興味をもって期待していた瞬間がやって来たのである。「よく申した、では直ぐに加役を辞退しろ」

「拙者にとってもその方が仕合せです、幸い受持ち分もひとかたついたところですから、その始末をして直ぐお暇《いとま》を致します」

「おう、此方《こっち》もそれでさっぱりするわ」

きびきびと話がついてしまった。

役部屋へ退いた至が、受持ちの仕事を片付けているところへ、ようやく八木次郎太が出仕して来た。挨拶《あいさつ》をされたが、至は返辞もせずに片付け物に掛っていた。そして一刻あまりかかってやっと始末を終えた至が、自分用の筆硯《ひっけん》を纏めて包むのを見ると次郎太は不審そうに「どうした、なにかあったのか」と訊《たず》ねた。至はむっとした顔で、冷やかに立ちながら答えた。「昨日の話は、一応取次いでおいた」

「ええ……もうか」

「然し取次いだだけだ、正式のことは内田老職にでも頼むがいい、あの人なら灰島殿のにがてだから旨《うま》く運ぶだろう、拙者は今日限り加役御免だ、あとの事は頼むぞ」

「加役御免、然しそれはどうして」

「貴公の知ったことではない」云い捨てて行こうとしたが、「注意して置くが、老人がなにか呶鳴っても相手になるなよ、あの人は、ときどき訳もなく呶鳴りたくなるんだ、逆らわずにおけば直ぐに納まる、本心は善人なんだから」

そう云って足早に立去った。

五

菅生川《すごうがわ》の水が、小春日の暖かい光をあびて、漣《さざなみ》をたたみながら流れている。遠く西南のかなたに、城下町の屋根をぬいてお城の天守が、逆光のなかに明るく霞《かす》んでいる、至は枯れた葦《あし》の茂みの間に腰をおろして、水面に垂れた二本の釣竿《つりざお》を、ぼんやりと覓《みつ》めていた。うっかりすると眠くなるようなよい日和《ひより》である。葦切《よしきり》がけたたましく鳴いて飛んだ。作事奉行の加役を退いてから六十余日、あれ以来とみに暇《ひま》が多くなったので、非番になると彼はこうして釣に出て来る。そう云っても魚を釣るのが目的ではなさそうだ、なにしろずいぶん出掛けて来ているが、まだ小さな鮒《ふな》を二三尾まぐれ当りに釣ったばかりで、大抵は空魚籠《からびく》を下げて帰る方が多い。——至は魚たちへお振舞いに行くんですね。と母親は笑っていた。

高い空で鶫《つぐみ》の渡る声がした。そして、そのあとのひっそりとした日中の静寂を縫って、韻の高い女の話声が近づいて来た。「ああ彼処《あそこ》にいますよ」母の声である。——珍しい、母がこんなところへ。そう思って振返ると、堤の上を来るのは母だけではなく、娘が一人いっしょだった。至はどきっと胸をうたれた、それは灰島のむすめ幸枝だったから。

「至、釣れましたか」母は明るく云いながら寄って来た、「幸枝どのが珍しくお見えだったから、青野の地蔵尊へお参りをしようと思って出て来ましたよ、おまえはまた相変らずのお振舞いですか」

「しばらくでございました」幸枝がそっと会釈《えしやく》した、「……御機嫌《ごきげん》よろしく」

「しばらくでした、お変りもなく」至の声は冷たかった。

「有難《ありがと》う存じます、貴方さまにも」

「この子の釣りはねえ」母は二人のあいだの氷《こお》ったものをほぐすように、わざと明るい調子で幸枝に向って云った、「……魚を釣るのではなくて御馳走《ごちそう》をしに来るんですよ、こんな漁師ばかりなら魚たちも助かりますね」

「まあ小母さまがお口の悪いことを」

幸枝は遠慮がちに、そっと声をたてて笑った。

「ねぇ至や」母はふと調子を変えた、「……此処《ここ》までお伴《つ》れ申したけれど、幸枝どのはお疲れのようすだし、地蔵尊へはわたし独りでお参りして来ますから、少しのあいだおまえお相手をしていてお呉《く》れな」

「いや、母上、それは然《しか》し」至はびっくりした。

「いいからお相手をしてあげてお呉れ、すぐ戻《もど》って来ますよ」母は眴《めま》ぜをして、幸枝にもすばやく頷《うなず》きながら、青野村の方へと去って行った。

至は黙って竿の尖《さき》を覓めていた。幸枝も無言のまま悄然《しょうぜん》とそこに佇《たたず》んでいた。今日のことは幸枝が運んだのである、夏女に縋《すが》ってこういう機会を作って貰《もら》うには、武家の娘として並ならぬ決心が必要であった。幸枝はそれを敢《あえ》てした。――臆《おく》してはならぬ。敢てしたその決心が、さてその場になるとたじたじとなってしまう、然し機会は今の瞬間しかない、この時を外しては再び口にすることのできない言葉を持って来ているのだ。

「……西郡《にしごおり》さま」幸枝はついに思い切って呼びかけた、「わたくしいつぞや貴方さまが、父に仰有《おつしや》っていたことを伺いました、お声が大きかったので聞えてしまいましたの、それで、八木さまとの縁談が定《きま》りましたので」

「内祝言《ないしゆうげん》が済んだとか聞きましたね」至は向うを見たまま云った。

「いいえ、まだですわ、矢矧《やはぎがわ》川の工事が終りましたら、内祝言を致しますの、もう間もなくだと申しますけれど」

「仲人は誰でした、内田殿でしたか」

「……西郡さま」幸枝は蒼白《あおざ》めた顔を屹《きつ》とあげた、「……貴方さまは、初めにこの縁談をお取次ぎなさいました、それでお伺い申上げるのですけれど、八木さまはわたくしの良人《おっと》に相《ふさ》わしいと思召《おぼしめ》しまして」

「お待ちなさい、拙者が取次いだのはそういう意味ではない」

「いいえ、わたくしの伺いたいのはそのことでございます、八木さまは、幸枝の一生を託してよいお方でございましょうか、もしも貴方さまがそうだと仰有るのでしたら、そうする方がよいと仰有るならば」

「拙者はなにも云いません」至は水面を見たまま遮《さえぎ》った、「拙者になにが云えますか、これは貴女のことだ、もう貴女も子供ではない、自分の生涯《しょうがい》のことは自分で解決すべき年になっています」

「貴方のご返辞はそれだけですの」

「……これだけです」至は眼を伏せた。

「なにもほかに仰有って下さることはございませんの、わたくし今日は自分にできるだけの決心をして来たのです、小母さまにお願いして、此処へ参ったのは、もっと、もっと御本心を」

至は返辞をせずに、竿をあげて餌を換えにかかった。……逃げるように、幸枝の去ってゆく柔かい跫音《あしおと》が聞えた。

六

母親は間もなく戻って来た。そして娘の姿が見えないので不審そうに、「至、幸枝どのはどうなすった」と息子の眼を見究《みき》わめるようにした。

「いま帰ってゆきました」

「おまえ、……なにか話があったろうね」

「いやなにも」至はじっと水面を覓めていた、「べつになにも……」

母親はなにか云いたそうであったが、思い諦《あきら》めた風に、幸枝の後を追ってゆこうとした。……そのときである、四五間下の方で烈《はげ》しい水音が起り、「ぎゃあ」という子供の悲鳴が千切れたように聞えた。

「あ、誰か墜《お》ちたのではないか、至」

「見て来ます」至は立って走っていった。

四歳あまりの子供が、ひょいと水面に頭を出し、もういちど、水を含んだ悲鳴をあげると、すぐにまた流のなかへ沈むのが見えた。「早く、至や、早く」追いついて来た母親が叫ぶあいだに、手早く裸になった至は、流れの速さを計りながらさっと水へとび込んだ。殆《ほとん》ど同じとき、向うの枯蘆《かれあし》のあいだから、紙のように白い顔をした武家風の若い女が一人、髪を振乱し、喉《のど》をふり絞るような叫び声をあげながら、裾前《すそまえ》の紊《みだ》れるのにも気づかぬようすでけんめいに駈《か》けつけて来た。「ああ、坊が、坊が、ああ」と狂気のようにそのまま水際《みずぎわ》へ下りようとする、夏女は危うくそれを抱止めた。「お待ちなさい、もう大丈夫です」

「放して下さい、坊が、坊が」女は烈しく身をもがいた。

「大丈夫ですから、貴女《あなた》は此処にいらっしゃい」

こう云っているうちに、早くも至は子供を抱いて水面へ浮き上って来た。すると女は、夏女の手を振放して水際へ走《は》せ下り、至が泳ぎ着くのを待ち兼ねて、まるで奪い取るように、両手で子供を自分の胸へ犇《ひし》と抱き緊《し》めた。

「水を吐かせなくてはいけません」至は痛ましげに眉《まゆ》をひそめた、「……たいして呑《の》んでもいないようですが」

「こちらはわたしが手伝ってあげます、いいからあなたは早く着物を着ておいでなさい、風邪をひくといけませんよ」そう云って夏女は女の側《そば》へ寄っていった。

至は堤の西側へ下り、日溜《ひだま》りの暖かいところでからだを拭《ふ》きはじめた。すぐに子供の堰《せき》を切ったような泣き声が聞えて来た。「……助かったな」小さな肺いっぱいの力で泣く子供の声を聞くと、至はさっきからの胸の閊《つか》えが、すっと消えるような清《すが》すがしさを感じた。……着物を着て、解いた髪の水をごしごし拭いていると、堤の向うでなにか母親と女の話しているのが聞えて来た。低く途切れ途切れになった子供の泣き声を縫って、ふたりの話し声はなにかしらん妙に耳へ刺さるようなものをもっていた。――どうかしたのか。そう思いながら、簡単に髪を結んで堤を登ると、母親がこちらへ振返って眼で招いた。

「どうしたのです」

「おまえお忘れか、これはかねですよ」

「……かね」彼にはちょっと思い出せなかった。

「家にいたあのかねですよ」

至は呆《あき》れて女を見た。かねは母がとくに愛して、身近に使っていた婢《はしため》である、気性のよい、縹緻《きりよう》も十人並に優れた娘で、――あれなら妻にしてもいいな。などと出入りする若侍たちに騒がれたくらいであった。三年まえに江戸の方へ縁づくからと、暇を取って去るときには、母は自分の娘にするほどの支度をしてやったものだった、それ以来ずっと消息が絶えていたのである。

「ほう、これは奇遇だな」至は眼を瞠《みは》った、「おまえ江戸へ嫁にいったというが、いつから此方へ来たんだ、見れば武家風で、……侍の家へ嫁いだのか」

「若さま、お恥しゅうございます」女は叫ぶように云いながら泣き伏した。

「かねは江戸へ行ったのではないのだよ」

「それはまた、どうした訳です」

「ずっと此処にいたのですと、此処で子を産んで、今日まで世間に隠れていたのですと、約束した相手の言葉を信じて、いつかは晴れて世に出られるものと、その日の来るのを待っていたのですって」

「晴れて世間へ、……と云うとかねは」

「わたしが悪かったのですよ」母は口惜《くや》しそうに声を震わせて云った、「母がもっと注意していたら、こんな過ちはさせずに済んだでしょう、自分では娘のように眼をかけていたつもりでも、親身でないものは矢張り隙《すき》があるのだねえ、そう考えると、母は、かねに済まなかったと思います」

「誰です、相手は誰ですか」至は眉をひそめた。

「八木次郎太どのです」

わっと、つきあげるようなかねの泣き声を截《き》って、鯉《こい》のはねる音が聞えた。至はその水面にひろがる波紋を見ながら、かたく唇《くちびる》を結んでいた。

七

「何処《どこ》へ行くんだ」

「まあいい、黙って来ればいいんだ」

「然しもう暮れかかるし」

「なに、暮れれば夜、明ければ朝になるだけさ、別に驚くほどのことはないよ」

至は平然と歩いてゆく。……菅生川《すごうがわ》の堤に沿って、道は城下からもう小一里も遠く来ている、すでに空は残照も黒ずんで、星が鮮かに光を増し始めていた。

「……待って呉れ」

八木次郎太が不意に立止まった、なにか思い当ったという眼《め》つきである。

「なんだ」至はそのまま歩いていた。

「に、西郡、……洞村《ほらむら》へ行くのだな」

唇の色が変っていた。怯《おび》えた者のように体が震えだした。

「そうだよ洞村へ行くんだ」

「待って呉れ、ちょっと待って呉れ、是《これ》には訳がある、ちょっと複雑な事情があるんだ、貴公はなんと聞いたか知らぬが実は」

「なにも聞かない、拙者はなにも知らんぞ」至は静かな調子で云《い》った、「知っているのはただ可愛《かわい》い子供と、美しい優しい女房《にょうぼう》だけだ、可愛い子供じゃないか、丈夫そうによく肥《ふと》って、くりくりとした利口そうな顔をして、……女房だってあのくらい美しく気の優しいのは珍しいぞ」

「待って呉れ、お願いだ、詫《わ》びはする、どんな方法でもとる、だが、このことだけは内密にして呉れ、もしこれが分ったら己《おれ》の生涯《しょうがい》はめちゃめちゃだ」

至は返辞をしなかった。次郎太は彼の後を追いながら必死の声で云った。

「己が此処で身を亡《ほろ》ぼせば、かねも子供も不幸になるんだ、あの二人の将来は必ずいいようにする、誓って約束する、だから、西郡、どうかこのことだけは貴公の胸ひとつで忘れて呉れ」

「そうして灰島の娘を娶《めと》るというのか」

「かねは承知して呉れたんだ、どうせ自分の身の上では正妻にはなれぬと諦めをつけているんだ、だから貴公さえ忘れて呉れれば」

「灰島の娘はどうだ」至は同じ歩調で歩きながら云った、「それを灰島の娘にも話したのか、かねという女があり、三歳になる子があるということを話したのか、幸枝さんがそれでもいいと云ったのか」

「ああ西郡それは、……それは」

「早く来い」至は冷やかに附け加えた、「日が暮れると足許《あしもと》が不自由だ」

「…………」

追い詰められた獣のような、残忍なものが次郎太の眼に光った。咄嗟《とつさ》の決意である。足早に追いつきながら刀の鯉口を切ると、次郎太は抜討ちに、うしろから相手の背を狙《ねら》って叩《たた》きつけた。夕闇《ゆうやみ》に白刃《はくじん》が飛び、だっと軀《からだ》と軀とがひとつになった。暖かな一日の名残りで、川面《かわも》から灰色の夕靄《ゆうもや》が流れて来る。二つの軀は、その朧《おぼ》ろのなかで、影絵のように烈しく揉《も》み合うと見えたが、直ぐに至は次郎太を組み伏せていた。

「……貴様のやりそうな事だ」

至は相手の首根を押えつけ、片手で大剣を捥《も》ぎ取ると、そのまま静かに立ち上った。次郎太は俯伏《うつぶ》せに倒れたまま動かなかった。

「まさかと思ったが」至は裾をはたきながら、「やっぱり貴様は、貴様の手しか持っていなかったな、いつもこのとおり、人の油断につけこんでは旨《うま》いことをしようとする、だがこれだけ出せば、もう貴様の悪智恵《わるぢえ》も種切れだろう」

「……斬《き》って呉れ」次郎太は泣きながら呻《うめ》いた、「ひと思いに、己を斬って呉れ、己は、己はこんな人間なんだ、己はもう生きてはいられないんだ」

「斬っていいか、次郎太」

「………」

「斬っていいか、本当に斬るぞ」

至は奪い取った大剣を振上げた。えい、という鋭い掛声と共に、白刃は次郎太の背へ打下ろされた。その刹那《せつな》、次郎太の体はぴくりと痙攣《ひきつ》り、荒い呼吸がぴたっと止まった。……至は大剣を相手の側へ投出した。

「是でいい、貴様の命は至が貰《もら》った、生れ更《かわ》って来るんだ次郎太、かねと子供は己が預るぞ」

「……うう、うう」

次郎太は再び低く呻きだした。

「貴様は人並み優れた才分があるじゃないか、今までのようにこせこせしなくとも、正面から堂々とやって充分出世のできる男だぞ。……やり直してこい、小さな不面目なんかなんだ、人間の値打は些細《ささい》な過ちなどで傷つきはしない、取返す方法はいくらでもあるんだ、かねと子供のことを忘れるなよ、わかったか」

そう云って、至は静かにそこを立去った。

八

濃くなった夕闇のなかに、まだ次郎太の啜《すす》り泣きを聞くような気持で、まっすぐに城下へ戻《もど》った至は、その足で灰島市郎兵衛《はいじまいちろべえ》の屋敷を訪れた。工事は殆《ほとん》ど終ったので、市郎兵衛はもう別墅《べっしょ》を引払って来ていたのである。……至と聞いて幸枝がいそいそと出迎えた。

「お父上に申上げて下さい、お話があって参上仕《つかまつ》りました、是非お会い下さいと」

「はい、暫《しばら》くどうぞ」

「ああ、あの話」行こうとするのを呼止めて、「……次郎太の話は御存じですか」

「はい、昨日、内田さまから」

光を湛《たた》えた眸子《ひとみ》にいっぱいの感情を籠《こ》めながら、幸枝は至の眼を見上げた。

「そうですか、それで重荷が下りました、それさえわかっていればあとは楽です、おとついの、あの川端の返辞をしますよ」

「まあ……」ぱちぱちと眼が大きくまたたいた。

「どうぞ取次いで下さい」

幸枝は頰《ほお》を染めながらいちど去って、すぐ案内に戻って来た。……市郎兵衛は居間で、正面を切って、これ以上むずかしい顔はないという渋面をつくっていたが、至が会釈《えしやく》しながら坐《すわ》ると、直《す》ぐに、「用件を聞こう、多用じゃで手短かに」と吐き出すように云った。

「御多用でなくとも」至も切り口上だった「……申上げることは簡単です、色々なくたてはありますが、そんなことはいま更いう必要はないと思います、幸枝どのを拙者の妻に申し受けます」

「なに、な、なに、幸枝を妻に申し受けると、誰《だれ》が遣《や》ると云った、誰の許しを受けて娶るというんじゃ、その方が貰う積りでも儂《わし》は遣らんかも知れぬぞ、だいいちその方のような臍《へそ》のひねくれた者と婿舅《むこしゆうと》になってみい、儂は腹の立ち通しでおそらく息つく暇《ひま》もなくなるぞ」

「それは拙者から申上げることです、貴方《あなた》のような舅を持ったら、たぶん癇癪《かんしやく》の納るときはないでしょう、然《しか》し拙者は舅を貰いに来たのではありません、欲しいのは家の妻です、幸枝さんを頂きに来たのです」

「それその通りだ、その方はなんでも自分で定めて、その定めた通りに我を押し切ろうとする、そのようすでは仲人《なこうど》も独りぎ《き》めにして来たのだろう」

「仲人は御家老にお願いしました」

「か、家老だと、儂は大嫌《だいきら》いだぞ」

「呶鳴《どな》るのはよして下さい、貴方の大嫌いも久しいものだ、いったいこの岡崎《おかざき》家中に貴方の好きな人物が一人でもいますか、貴方の云うのは定まっています、あいつは大嫌いだ、あれの臍は曲っている、もう沢山です、拙者は幸枝どのを妻に申し受けます、貴方が御承知なさろうとなさるまいと拙者の知ったことではありません」

「そういうやつだ、そ、そういうやつだ、黙っていれば他人《ひと》の娘を盗みだしもし兼ねまい」老人はむずむずと乗り出した。

「むろん、その覚悟はできています」

「なに、なに、それでは本気で盗みだす積りなのか、作事《さくじ》奉行の娘ともある者を、嫁入り支度もさせずに掠《さら》おうというのか」

「支度などは要りません、拙者は妻を娶るので、衣裳《いしよう》道具が欲しいのではありませんから」

「ばかなことを申せ、仮にも灰島市郎兵衛の娘を、下人のように身ひとつで嫁にやれると思うか、そんなことは儂が許さん」

「失礼ですが呶鳴らないで下さい、耳が割れますから」

「儂は呶鳴りたいときには呶鳴る、貴様の耳なんか勝手に割れろ、どんなことがあっても充分に支度をさせたうえでなくては嫁には遣らんぞ、分ったか、分らなければ分るように云ってやる、貴様は儂の婿になるやつだろう、儂は舅だ、舅はつまり父であって、子と親とは……」

さてこれでどうやら話は纏《まと》まったようだ。隣りの部屋でさっきからこのようすを聴いていた幸枝と伊織《いおり》は、此処《ここ》まできたとき顔を見合せながらくすっと笑った。

「……幸枝……竜虎《りゅうこ》ついに相い結んだな」

伊織は妹の耳許で囁《ささや》いた。

「これから二人とも遠慮なく、腰を据《す》えてゆっくりと口論が楽しめるだろう」

（「キング増刊号」昭和十五年四月）

大将首

一の一

「また折をみてか」

池藤六郎兵衛《いけふじろくろべえ》はぶるっと身震いをした、「もう何十度となく聞いた言葉だ、……また折をみて。しかし、少くとも絶望ではない、ともかくもまたの折ということがある」

奥歯をぐっと嚙緊《かみし》めるが、腹の底からつきあげてくる胴震いは抑えようがなかった。すっかり暮れてしまった。……もう七時に近いだろう、朝出るとき喰《た》べたきりだからひどく空腹である。外濠《そとぼり》を越して桜の馬場を北へ曲ると、小川に沿った田圃道《たんぼみち》だから、裸に凍った田面《たのも》を渡ってくる風が、それこそ骨に徹《とお》るほど真正面から吹きつける。

——文江が待兼ねているだろう。

衿《えり》を固く搔合《かきあわ》せながら、そう思うと、西照寺裏の茅屋《ぼうおく》で、炉の榾火《ほだび》を瞶《みつ》めながら、悄然《しょうぜん》と風を聴いている妻の姿が見えるようだった。

「そうだ、あの金を貰《もら》えばよかった」

六郎兵衛はふと呟《つぶや》いた。

仕官の伝手《つて》を頼みに、その秋からもう四五回も会っている、この岡崎《おかざき》藩の足軽組《あしがるくみ》頭《がしら》で植村弥兵衛《やへえ》という老人が、今日もまた無駄足《むだあし》になったのを気の毒そうに、

——これは儂《わし》の寸志だから。

と、若干《そくばく》の金を包んで出してくれた。

喉《のど》から手の出るほど欲しい金ではあったが、むろん六郎兵衛は辞退してきた。……本当に親切で出したものだし、持って帰ったら妻がさぞ息をつくだろうとは思ったけれど、やはり彼には貰えなかったのだ。

「そうだ、……やはり貰わぬ方が本当だった」

六郎兵衛はきっと頭を振って、……「筋の立たぬ金を貰うようになっては人間も駄目だ、そのくらいなら足軽奉公でもなんでもする方がましだ」

そう呟いて、川沿いの堤を右へ下り、おじぞう町へかかろうとした時である。……右手の闇《やみ》に人の気配がするな、と思ったとたん、

「……えいっ」

絶叫と共に、何者とも知れず抜討ちをかけてきた。

全くの不意である、六郎兵衛は吃驚《びっくり》して跳び退りながら、続けざまに打ち込んでくる剣を三度までひっ外し、

「誰《だれ》だ、誰だ、人違いするな」

と叫んで抜合せた。

「拙者は池藤六郎兵衛という浪人者だ、闇討を仕掛けられる覚えはないぞ、……人違いするな、間違いであろう」

「誰であろうと、……こちらに差支《さしつか》えはない」

相手は剣を切尖《きつさき》さがりの正眼につけ、獲物を狙《ねら》う豹《ひょう》のような構えで叫んだ。

「なに、誰でも構わぬと」

「問答無用だ！」

自棄《やけ》に喚《わめ》くと、驚くべき技であった、切尖さがりの剣をするすると上段へすりあげ、満身の気合と、力とで、叩《たた》きつけるように踏込んできた。……正眼の剣を上段へすりあげて打下ろすというのは、余程腕の差がなくてはできない技である、ところが相手は見事にそれを敢行した。しかも実にたしかな捌《さば》きである。

——できる！

と思った刹那《せつな》、六郎兵衛はさっと体を外しながら大剣を振った。

しゅう！　と音がして相手の剣が飛ぶ。

「あっ、しまった」

悲鳴をあげながら、見知らぬ男は二三間たたらを踏んでどうと倒れた。……六郎兵衛は脱兎《だっと》のように跳んで行って、

「動くな、動くと斬《き》るぞ」

と剣を突きつけながら云《い》った。

「無法な奴《やつ》だ、……いきなり闇討ちを仕掛けたりして、一体どういう訳なんだ、貴公は誰だ」

「今更なにも云うことはない」

「云わなければ分らぬ、どういう訳で拙者を斬ろうとしたんだ、なにか遺恨でもあるのか」

「遺恨などはない」

見知らぬ男は凍った地上に坐《すわ》ったまま云った、

「ただ金が欲しかったんだ、金が」

「……金だと？」

「おれは今日で三日も飯を食わないんだ」

六郎兵衛は呆《あき》れて口を明いた、……それから急に恐ろしく大きな声で笑いだした、恐ろしく大きな笑いである。

「なにを笑う、人の貧乏がそんなに可笑《おかし》いか」

「いや、いや、許してくれ」

六郎兵衛はようやく笑いを納め、袖口《そでぐち》で涙を押拭《おしぬぐ》いながら云った、

「笑って済まなかった、しかしこいつが笑わずにいられようか、と云っても分るまいが、ともかくも拙者の家へ行って話そう、……実は拙者も朝喰《た》べたきりで空腹なんだ。いいから一緒にこられい」

一の二

岡崎城下の東の端《はず》れに近く、西照寺裏の藪《やぶ》の中に一棟《ひとむね》の荒屋がある。……半ば腐った茅《かや》の屋根、曲った柱、傾いた軒、崩れた壁の穴から灯《ひ》がもれてこようという、とても人の住居とは思えない家だった。

六郎兵衛は見知らぬ男を案内してくると、先に立って家の中へ入りながら、

「唯今戻《ただいまもど》った、……客人があるぞ」

「お帰りあそばせ」

出迎えた妻の、疑わしげな顔へ、

「途中から御案内してきた、こちらは……」

「佐藤主計《さとうかずえ》と申す」

「さよう、佐藤主計殿と仰《おお》せられる」

「ようこそお越しなされました」

「妻でござる」

「はあ、突然に、参上仕《つかまつ》りまして」

「もうよい、挨拶《あいさつ》はそれまで」

六郎兵衛は大剣をとってあがりながら、

「文江、酒の支度をしてくれ」

と云って慌《あわ》てて振返り、「……さあ佐藤氏、構わずこちらへお通りください、御覧の通り安達ヶ原《あだちがはら》の一つ家同様でござる、まず炉端《ろばた》へ寄って暖をとるとしましょう」

「どうも思いがけぬ御厄介《ごやっかい》で……」

「さあ遠慮なくどうぞ」

二人は炉端に相対して坐った。

池藤六郎兵衛は三十一歳、色の浅黒い骨組の逞《たくま》しい体つきで、眉《まゆ》も太いし唇《くちびる》にも力がある。……それに反して佐藤主計は年こそほぼ同じくらいであろうが色白の痩形《やせがた》で、なんとも弱々しい体つきをしている、ただその双眸《そうぼう》だけは、貧苦を耐え凌《しの》いできた者の強い意志と、どこか世に反抗する烈《はげ》しい光を帯びていた。

「浪人して五年になります」

主計は苦い笑をうかべながら云った。

「出世の途《みち》を求めて、中国から四国まで経めぐりましたが、何処《どこ》もかしこも同じ身上の者が群れているばかりで、出世の途などは砂中の珠《たま》を捜すより困難でした。……それで段々、自棄になりましてね、お恥しい話ですがこのところ三日というもの飯粒を口にしないものだから、武運もこれまでと思って、……あんな事をしたのです」

「貴公の話がそっくり拙者に当嵌《あてはま》りますよ」

六郎兵衛も笑いながら云った。

「ただ拙者の方が年数が多い、たしかもう七年余日になりましょうか、故郷は奥州《おうしゅう》ですが、やはり北陸から長州、筑後《ちくご》まで渡り歩きました。……足軽の口なら有るんだが」

「そうです、しかしいちど足軽になると、それでもう一生が定《き》まってしまいますからな」

「だから頑張《がんば》っているんです。世間ではよく時代が悪いと云う、出世などのできる世の中ではないと云う。だが拙者はそうは思わない、それは生きる力を持たぬ者の弱音です」

「けれど、……しかしこのように浪人が多く、そのうえ諸大名が手を引緊めている時代では、とても出世の途など無いのではありませんか」

「みんなそう思う。みんなそう云っていますよ。そして……もし戦国の世に生れていたら、大将首を討取って槍《やり》一筋の功名は屁《へ》でもないと。……冗談じゃない……」

六郎兵衛はぐいと膝《ひざ》を乗出した。

「戦国の世には、もっと武士の数が多かったのですよ、日本の国の隅々《すみずみ》まで英雄豪傑が雲霞《くもかすみ》といたんですよ。それが討ちつ、討たれつ興亡盛衰を経て、ようやく今日になったのでしょう、……戦塵《せんじん》のなかに幾人功名手柄《てがら》をしていますか、青史に名を留めた人物がどれだけいますか」

「…………」

「多くは流れ矢に斃《たお》れ銃丸に死し、あるいは一兵卒のまま誰にも知られず一生を終った、大多数の者がそういう運命を辿《たど》ったんです。……尾張《おわり》中村の百姓の伜《せがれ》が太閤《たいこう》にまで経昇ったのは、戦国の世であったからではなく、その人間の才能がそうさせたのです、あれだけの乱世に太閤は彼一人しか出なかったではありませんか」

「……失礼ですが」主計はきちんと坐り直して、

「貴方《あなた》のお話を伺っていると、なんだか身内に力が溜《たま》ってくるような気がします。如《い》何《か》にも、……時代の罪にするのは未練でした」

「貴公は分りが早いな、そうなくてはならぬ筈《はず》です。どうか元気を出してください。戦場にもそう大将首ばかりごろごろ転がってはいませんからね」

六郎兵衛は力のある声で笑った。

厨《くりや》へ妻の帰ってきた音がして、暫《しばら》くすると貧しい食膳《しよくぜん》に、燗徳利《かんどくり》と、皿鉢《さらはち》を二三並べ、障子を明けてそっと差出しながら、

「あなた、どうぞこれを……」

と声をかけた。

「できたか、待兼ねた待兼ねた、早くここへ持ってきてくれ」

「恐入りますが、どうぞ……」

体を障子の陰へ隠したまま云う。六郎兵衛が立って行くと、文江は古いお高祖頭巾《こそずきん》をかぶっていた。

「寒いものですから、こんな恰好《かつこう》で」

「よしよし、……済まなかった」

酒を買うなどとは無理なことである。

それは知っていたが、しかしどうにも今夜は飲みたかった。……今日こそはと思っていたのが徒《あだ》になった失望もある、三日も食わぬという相手を喜ばしたくもあった。どうしても飲みたかった。彼は無理を承知で、心に詫《わ》びながら酒を命じたのであった。

一の三

その翌《あく》る朝のことだった。

枕元《まくらもと》でそっと呼ぶ声がするので、六郎兵衛が眼《め》を覚ますと、佐藤主計がすっかり出掛ける支度をして坐っていた。

「やあ、どうしたのです」

「これで失礼します、……昨夜のお話を伺ってどうやら気持が変ってきました。なんだか寸時もじっとしていられないのです」

「まあそう云っても朝飯くらいは」

「いや、食事よりも実はお願いがあるんです」

主計は隣室に寝ている文江を気遣うように、

「甚《はなは》だ烏滸《おこ》がましいお願いですが、昨夜のお太刀筋が忘れられませんので、もういちどお手合せがしてみたいのです」

「そんなことならお安い御用、すぐに支度をしましょう」

六郎兵衛は起きて水口へ立って行った。

冷水で身を浄《きよ》め、支度をして大剣を左手に表へ出ると、二月はじめの空はようやく明けたばかりで、地上はいちめん針を植えたような霜柱であった。……六郎兵衛は先になって、西照寺の境内へ入ると、

「ここらがいいでしょう」

と鐘楼下の霜のうすい場所を選んだ。

「久し振で早朝剣を執ります」

「存分にやりましょう」

二人は静かに大剣の鞘《さや》を払って左右へ別れた。

あいだ三間、相対して、互いに正眼にとりながらじっと呼吸を計る。……脈搏《みやくはく》にして三十、五十、百と数えるうちに、主計の白い頬《ほお》に赤く血色がひろがってきた。両眼も大きく瞠《みひら》き、ひき結んだ唇は張切った弓弦《ゆづる》のようである。そして、正眼の剣の切尖が、つきあげてくる闘志を表白するように波をうちだした。

六郎兵衛は顔色も変らず、眼は半眼のまま静かに相手を瞶《みつ》めている。踏み開いた足も、脇《わき》へつけた肱《ひじ》も、ゆったりとしてすこしも凝ったところがない。

主計を凛烈《りんれつ》な朔風《さくふう》とすれば六郎兵衛は正に駘蕩《たいとう》たる春風と云えよう。……剛と柔と、火と水と相互いに気を計っていたが、主計の額にはいつかじっとりと汗がふき出してきた。

その刹那《せつな》である、六郎兵衛がひょいと正眼の剣をひくとみるや、まるで支柱を失った朽木のように、主計はあっと口のなかで低く叫びながら、前のめりにひょろひょろと泳ぎ、危く倒れそうになるのをやっと踏留った。……そして暫くのあいだ苦しそうに肩で息をしていたが、

「……参った、参りました」

と辛《かろ》うじて云った。

「恐入りました、とても拙者などの及ぶところではございません」

「失礼しました、貴公は疲れているから」

「いや、いやまるで段違いです」

主計は大剣を納めながら、「……貴方ほどの腕を持っても浪人していられるのに、未熟者の拙者などが人がましく禄《ろく》に有付こうなどとは身の程知らずでした、お嗤《わら》いください」

「そこに気が付かれたのは何より、貴公の太刀筋も凡手ではないから、修業を積まれ

たらあっぱれ達人になると信じます」

「やります！」

主計は眼をあげて云った、「……初めからやり直します、拙者はもう出世の途など捜そうとは思いません、武芸者として恥しくない腕になるまでは、石を抱いても修業をします」

「そして大将首を討取りましょう」

六郎兵衛も大剣を鞘に納めて云った。

「大将首をですよ、雑兵《ぞうひょう》などは誰《だれ》にでもくれてやる、武士と生れたからにはどこまでも武士らしく、大将首を覘《ねら》いましょうぞ」

「ああ、生きることが楽しくなってきました」

主計は頬を輝かせながら叫んだ、「……戦国の世にも太閤は一人しか出なかった、この言葉は忘れません、拙者は今日こそ本当に生きて行く自信がつきました」

主計は感動に震える声で云いながら、やがて再会を約して東へと立去った。

六郎兵衛はその後姿を、見えなくなるまで見送ってから家の方へ戻《もど》った。主計のひたむきな感動がうつったのであろう。彼もまた久しく味ったことのない明るい気持で、なに気なく裏手へ廻《まわ》って行った。

背戸《せど》の井戸端に、妻が米を洗っていた。

六郎兵衛は声をかけようとしたが、思わず立止りながら眼を瞠《みは》った。……妻の髪毛がふっつりと切ってあるのだ、解けば膝を越すほどの長い、艶々《つやつや》とした黒髪が、衿首《えりくび》の上からふっつりと切れていたのである。

「文江、文江、おまえ」

「あっ」

良人《おっと》の声にぎょっとして振返る妻の前へ、六郎兵衛はよろめくように歩寄りながら、

「おまえその髪……」

「お許しくださいまし、わたくし」

「昨夜の酒か……」

六郎兵衛は慄然《りつぜん》として云った。……文江は袖で面《おもて》を隠したまま微《かす》かに頷《うなず》いた。

二の一

「さあ、今日からいよいよ五十石取りの武士だぞ」

「本当におめでとうございました」

「これでおまえも貧乏とはお別れだ。と云《い》っても当分この家にいなければならぬのだ

から、まだ貧乏にお別れとは云えないかな」

「貧富は気次第と申します」

文江はいそいそと、古着屋物の袴《はかま》を、良人の前へ坐《すわ》って穿《は》かせながら云った。

「御出世の途《みち》が開けたのですもの、そう何もかも一時には参りませんわ。わたくしにしましても、……まだ髪がこのような有様ですから、いますぐお屋敷住いをするより、ちゃんと伸びてからの方が恥かしくなくって……」

「その髪は、見る度に胸を刺されるよ」

「まあ、それはもうおっしゃらない筈《はず》ではございませんの。……あの晩お二人が楽しそうに話していらっしゃるのを伺っていたときわたくしもっと充分にお酒を差上げることのできないのが悲しゅうございました」

「佐藤主計《さとうかずえ》……喜んでいたからなあ」

「あのような晩のためなら、わたくしこれから何度でも髪を切って差上げたいと存じます、髪の毛は切ってもまたすぐ伸びてきますもの」

「拙者はなあ文江」

六郎兵衛はふと、遠い人に話し掛けるような声で云った。

「己の武運には恵まれない男だが、妻だけは世界随一のよき妻を持つことができた、これだけは、もし果報うすき一生を終るとしても、生れてきたことを善《よ》かったと思わせてくれるだろう」

「あなたは時々、わたくしに赤い顔をおさせなさいますわ」

文江は本当に頰を染めて微笑しながら、

「さあ御出仕あそばせ」

態《わざ》と急《せ》きたてるように云って、大剣を捧《ささ》げながら先に上り框《かまち》へ膝をついた。

家を出た六郎兵衛は、総持尼寺の門を入って、上馬場東の小路にある、植村弥兵衛《やへえ》の屋敷を訪れた。……さして大きくもないが、足軽《あしがる》長屋が三棟《みむね》あり、武庫とみえる建物を二棟もった構えで、庭に椎《しい》の巨樹が枝を拡《ひろ》げていた。

「早々とよう見えた、まずこれへ」

「……御免」

「今日は持場の説明をしておきましょう」

弥兵衛老人は火桶《ひおけ》を六郎兵衛の方へ進めながら云った。……もう髪毛はほとんど白く、眼も口も大きな、厳《いか》つい顔つきであるが、前歯が二本欠けたままになっているので、笑うとひどく好々爺《こうこうや》に見える。

「儂《わし》共の組は弓の受持でな、箭竹揃《やだけそろ》えが年々の仕事になっているのです。……ここに割付けがあるが、川西、上野、堤通、山方、額田《ぬかた》、この五つに区分して『手永《てなが》』と云う、これらから伐出《きりだ》す竹の内、江戸表公儀へ上納する一万五千束を除いて、あとの九万二千余束を処理するのが組の仕事になっている」

「すると……箭竹を作るのが仕事ですな」

「その他《ほか》にも臨時の御用はあるが、まあまあ箭竹を扱っておればそれでいいのです。鉄砲組だの槍組《やりぐみ》だのになると、勘定方に石盛りだの検地だのと使われたり、参勤の諸侯に馳走《ちそう》触れの下走りをしたり、余程かなわぬ仕事に追い使われますからな。……貴殿のような一流の兵法家に、こんなお役を当がうのは実に心外なのだが、まあ時世と思って暫《しばら》く御辛抱願いたい」

「それは勿論《もちろん》、拙者からお願い申したことですから」

「必ずそのうちに、よき折をみて御推挙を致しましょう。……それで、長屋を明けておきましたが、いつお移りなさるな」

「そのことですが」

六郎兵衛は云い悪《にく》そうに、

「笑止な話でまことに恥入るのですが、実は足軽奉公をするということを妻には秘しておりますので。無論これには少し仔細《しさい》があるのですが、つまり、……そういう訳で」

「いや大概はお察し申します」

「いえ決して、お察しのような事情ではありませんし、仔細といってもごく私情にわたることで、しかし……妻には五十石の士分と信じさせてやりたいのです」

弥兵衛は昵《じつ》と相手を瞶めていたが、

「ではお住居は今のままにするおつもりか」

「はあ、……そのほうが、嘘《うそ》の顕《あら》われる時期を少しでも遅くするだろうと存じますから」

「打明けてくだすって重々、儂もできるだけ庇《かば》って差上げましょう。……それでは同役の者へお引合せ致そうかな」

「お願い申します」

弥兵衛は立って、六郎兵衛を長屋溜《だまり》の方へと案内して行った。

二の二

池藤六郎兵衛の新しい生活が始った。

家を出るときは武士である、茅屋《ぼうおく》の門口まで送って出る妻の眼《め》が、はじめのうちは針のように痛く感じられた。しかしそれも度重なると自然に慣れる、……弥兵衛の屋敷へ着くと、武士の面を脱いで足軽になる、竹束を解いて干し拡げたり、寸を揃えて切ったり、荒選《あらよ》りをしたりするのが大部分の仕事だ。

——こんな事をして、なんになる。

幾度そう思ったか知れない。

——己《おれ》の一放流は、こんな竹を削るために、習ったものではない筈だ。

ある時はそう思って、小刀を叩《たた》きつけたこともある。けれどもすぐそのあとから、髪を切った妻の姿を思出すのであった。……あの姿を見た朝の、自分の気持を思出すのだった。

こうして色々な事に慣れて行った。

足軽たちの多くは、品性の劣った、なんの希望も持たない、低い諦観《ていかん》に甘んじている人たちである、暇《ひま》があると手内職でもして、一杯の酒一夜の遊蕩《ゆうとう》に興を遣《や》るばかり、あとはただ与えられた仕事を、役目だけ働いて暮している、……そういう人々との付合いもどうやらできるようになるし、上役をかさに威張り散らす者があっても、温和《おとな》しく頭を下げて通れるまでになった。

いちばん困るのは、そうしているあいだに親しくなった幾人かの同役が、六郎兵衛の私生活を知りたがるようになったことである。……組頭の植村弥兵衛は、常に六郎兵衛の身を庇っていてくれるけれど、それだけ余計に、みんなは六郎兵衛の身上に興味を持った。

「どうも池藤の奴《やつ》は気の知れぬところがある」

「新参のくせに偉う振ってるな」

「高慢な鼻だ、なんとなくあの鼻の先には高慢がぶら下って見える」

「あいつの笑いは我々を見下げた笑いだぞ」

何処《どこ》にもそんな人間がいるものだ、自分たちと同じ低さに下りてこないと承知しない、少しでも自分たちと違った考をもち、少しでも自分たちより伸上ろうとする者があればできるだけ貶《おとし》めたり邪魔をしたりする、こういう人間は自分の卑しさを糊塗《こと》するために、あらゆる人を自分たちと同じ卑しさに堕《おと》そうとするのだ。

「おい、面白《おもしろ》いことを聞いたぞ」

ある日のこと、この仲間の音頭取りともいうべき、鷺山伝造《さぎやまでんぞう》という男が、束ねをしている仕事場へ入ってきて大声に云いだした。……六郎兵衛が隅《すみ》の方で、せっせと竹束を作っているのを、伝造は眼尻《めじり》で見やりながら、

「我々はみんな年三両扶持《ぶち》の足軽だ、そうに違いあるまい、ところが驚くな、……

我々の仲間に五十石取りの侍がいるんだぞ」

「なにを馬鹿《ばか》な寝言を云うんだ」

「この忙しいのに洒落《しやれ》どころじゃないぞ」

「いや冗談でも洒落でもない」

伝造は効果をたしかめるように、並居る人々を見廻しながら云った。

「本当に五十石取りの武士がいるんだ、もっともそれは当人の女房《にようぼう》だけが、いや奥方様だけがそう信じていることだがな」

「面白そうな話だな、はっきり云ってみろ」

「その女房とか奥方とか云うのはなんだ」

「いやそれは云えぬ」

伝造はにやりと笑った、「それを云うと身も蓋《ふた》もなくなるからな。ただ気の毒なのは、良人が足軽奉公をしているとも知らず、五十石取りの武士の妻だと信じているその女房さ、……いや、これだけは話す訳にはいかぬよ」

「……云うがよい！」

六郎兵衛が静かに声を掛けた。

静かな声だったが、みんなぴたっと音をひそめ、仕事の手を止めて振返った。……

六郎兵衛は束ねていた竹束を直しながら、

「五十石取りの士分と、妻を偽っている男は拙者だ、鷺山氏、それがどうかしたか」

「いや、拙者は別に他意あって」

「嘘を吐《つ》いたのは悪い、妻を偽るのは悪い、それはたしかにその通りだ、しかしそれは拙者と妻とのあいだの事で、貴公にはいささかも関《かか》わりはない筈《はず》だ、……諸公に少しでも迷惑を掛けているか」

束を直して傍へ置くと、六郎兵衛は次の束ねに掛りながら、静かな声で続けた。

「……七年余日浪々の生活は貧苦のどん底であった。妻はよくそれに耐えてくれた、一放流の剣を以《もっ》て認められるまでは、仕官はせぬという拙者の望みを尊重して、粥《かゆ》も啜《すす》れぬ日にさえ耐忍んでくれた。……この二月はじめのことだ、同じような浪士に出会い、苦しい生き方の話をしているとどうにも酒が呑《の》みたくなり、無理を承知で酒を買えと命じた。……妻は機嫌《きげん》よく酒を買ってくれた。……男は馬鹿なもので、時にはそんな無理が通るものと思う、妻は酒を買ってくれたが、……それは自分の、……黒髪を切って売った金だった」

六郎兵衛は縄《なわ》を緊《し》めるために言葉を切った、広い仕事場の中は、まるで無人の家のようにひっそりとして、……何処《どこ》かにすっと洟《はな》をすする音さえ聞えていた。

「拙者は、……髪を切った妻の姿を見て、自分の剣法だけを守るのに汲々《きゅうきゅう》としてきた、己の我儘《わがまま》さをはっきりと悟った。……この妻のためならば足軽奉公も厭《いと》わぬ、そう思った。そしてこの通りお扶持を頂く身になったのだ」

三の一

「しかしながいあいだ、貧苦に耐えながら希望を持続けてきた妻に、足軽奉公をするとはどうしても云えなかった、嘘を千万重ねても真《まこと》にはならぬ、必ず分る時がくる、それを承知しながら、……やはり足軽奉公と云うことはできなかったのだ」

「池藤《いけふじ》殿、……もういい、もういい」

並居る人たちの中から、親しくしている二三人が立ってきて声をあげた。

「みんな今の話を聞いたろう。拙者から改めて云うが、……今後もし、池藤殿に就いてとやかくの噂《うわさ》をする者があれば、拙者共が捨ててはおかんぞ。いいか鷺山」

「……あやまった、拙者は、馬鹿者だ」

さすがに伝造は深く頭を垂れて呻《うめ》いた、「池藤殿のお心を知らぬものだから、馬鹿なことを云って申訳がない」

「分ればよい、もっと云いたいのだが、池藤殿の話を聞いた以上みんな考えることは同じだろう。……拙者は。……」

云いかけたままぷつりと言葉を切って、三人はそのまま元の場所へ戻《もど》った。

六郎兵衛は黙って竹を束ねていた。

人々の態度がそれを機会に変った、もう白い眼で見る者もないし、蔭口《かげぐち》や軽侮の声も聞えなくなった。……そして世は四月になった。

毎年四月になると、額田手永《てなが》でまず二年竹の伐出《きりだ》しを始める。これはうっかりすると梅雨にかかるので、忙しい時には足軽組も伐出しを助けなければならない。……その日がちょうどそれで、植村弥兵衛の組下は保母村へ出張っていた。

午《ひる》の弁当を使って間もなく、六郎兵衛が伐出した葉付きの竹束を背負って、束の溜場へ行こうとしていたとき、向うから三人伴《づ》れの武士がひどく急いでくるのと出会った。

三人とも立派な衣服で、相当な身分の者ということはすぐ分ったから、六郎兵衛は立止って体を避けた。……道が狭いので、葉付きの竹束が少し邪魔になるが、むろん通れないほどのことはない。ところが足早に来た先頭の武士は、

「下郎、邪魔になるぞ!」

と云いざま、竹束へ手を掛けると力任せに突放した。

後は水田である、不意を食った六郎兵衛は躱《かわ》すこともできず、竹束を背負ったまま仰《あお》むけさまに顚落《てんらく》した。

見ていた足軽たちが思わず、

「無法なことを……」

と色を変えたとき、六郎兵衛は竹束を肩から外し、濡《ぬ》れ鼠《ねずみ》のまま道へ跳上ると、急ぎ足に去って行く三人の後へ、

「待て！」

と叫びながら追い迫る。

右手にきらり脇差《わきざし》が光ったと見ると、殿《しんがり》にいた一人が悲鳴をあげながら、左手の叢《くさむら》のなかへ横倒しになった。……そして足軽たちがあっと叫びながら慌《あわ》てて走集った時には、次の一人をも斬《き》り伏せた六郎兵衛が、先頭にいた武士を麦畑の下へ追詰めていた。

相手は四十あまり、面擦れであろう、両鬢《りょうびん》の抜けあがった、眉《まゆ》の太い六尺豊の巨軀《きょく》である、集ってきた足軽たちは、その顔をひと眼見るなり撃たれたように立竦《たちすく》んだ。

「大横田殿だ」

「御師範役だ」

「御師範役と御兄弟たちだ」

それは岡崎《おかざき》藩の剣道師範役、大横田主膳《しゆぜん》とその弟、采女《うねめ》、道之助《みちのすけ》の三人であった。……しかしもう今となっては止めることはできない、みんな息を殺して見戍《みまも》るばかりである。

主膳は二尺八寸あまりの大剣、六郎兵衛は短い脇差である。……しかも麦畑の下まで追詰めてから初めて、彼は相手が非凡な剣士であるのを知った。怒にまかせて斬った二人とは格段に違う、殊《こと》によると自分より上を使うかも知れぬ。……そう気がついたとき六郎兵衛は、説明しようのない烈《はげ》しさで闘志の湧《わ》くのを覚えた。ながいあいだ寝かし物になっていた一放流が、初めて不足のない相手に遭ったのだ、僅《わずか》の扶持《ふち》で、甘んじて箭竹を削っていたが、今こそ全身を叩きつけて闘えるのだ。

「……えいっ！」

六郎兵衛は足の爪先《つまさき》から這登《はいのぼ》ってくる、火のような闘志で絶叫した。主膳の大剣が籠手《こて》を返し、六郎兵衛の上体が伸びた。そして一瞬、二人の間隔がひろがると見たが、続いて起った絶叫と共に、主膳は上段から、猛然と断鉄の勢で斬りおろし、六郎兵衛が左へ身を捻《ひね》ったとみると、……主膳の体は斬りおろした体勢のまま、突飛ばされたようにのめって行って、水田のなかへ、飛沫《しぶき》をあげながら顚落した。

三の二

「……文江、文江は居《お》らぬか」

水と田泥《たどろ》にまみれたまま家へ戻ってきた六郎兵衛は、井戸端へ廻《まわ》りながら呼びたてた。急いで裏口へ出てきた文江は、良人《おっと》の異様な姿を見ると色を喪《うしな》って立竦んだ。

「……あなた、どうあそばしました」

「仔細《しさい》はあとで話す、拙者の着物を出して、おまえも新しい下着に着替えるのだ」

文江はがくっと膝頭《ひざがしら》を震わせた。

裸になって、頭から足まですっかり体を流浄《ながしきよ》めた六郎兵衛は、脱捨てた物を片隅へ片付けておいて家へあがった。

文江は出しておいた衣服を良人に着せてから、黙って納戸《なんど》へ入って行った。そしてやや暫《しばら》くして出て来たのを見ると、もう年古《としふ》りてはいるが……白無垢《しろむく》を着ていた。

帰った時の良人の姿を見、「新しい下着」というだけ聞けば、武家の妻ならおよそ覚悟すべき場合だということは分るだろう。しかしその当然のことが、今の六郎兵衛には堪え難《がた》いほど辛《つら》かった。

「そこへ坐《すわ》ってくれ」

軒先を掠《かす》めてかけすが一羽、けたたましく鳴きながら飛んだ。……慎《つつま》しく坐る妻を前に、六郎兵衛は暫く黙っていた後、

「なによりも先に、詫《わ》びなければならぬことがある」

と云《い》った、「……今日までおまえを偽っていたが、拙者は五十石取の仕官をしたのではなかった、実を云うと」

「おっしゃらないでくださいまし」

文江が俯向《うつむ》いたまま静かに遮《さえぎ》った。

「わたくし存じておりました」

「なに、……知っていた」

眼を瞠《みは》る良人の顔を、文江はそっと見上げながら云った。

「存じておりました、そして、有難いと、泣いておりました」

「……そうか」

「わたくしのために、隠して足軽《あしがる》奉公をなすってくださるかと思いますと、勿体《もったい》なくて。……申訳なくて。……でも、嬉《うれ》しゅうございました」

文江は袖《そで》で面《おもて》を蔽《おお》った。……結婚して十年、妻が初めて良人に見せる涙である、どんな貧苦のなかでも、暗い顔いちど見せたことのない妻が、今はじめて良人の前に泣

いた。

「……よく云ってくれた」

六郎兵衛は声を詰らせながら、

「その嬉しかったという一言が、拙者にとってはなによりの贐《はなむけ》だ。……例え足軽奉公はしても万に一つ、出世の緒《いとぐち》があろうやも知れぬと思い、その時こそはおまえを偽った詫をしようと考えていたが、しょせんはこの身の運であろう、今日……竹伐りに出役した先で、藩の師範役とその弟二人を斬った」

「……無礼を致しましたのですね」

「武士として忍び難い無礼だ、武道の意地として抜かずにはいられなかった。……これだけ申せば分るであろう、おまえにはついに日の目を見せずに終《しま》ったが、これも一生だと諦《あきら》めてくれ」

「……御勝負の模様は如何《いかが》でございました」

「三人とも一刀ずつだった、自分で申すのは笑止かも知れぬが、拙者の一放流は思っていたよりも上を使う、初めて……存分に、自分の腕いっぱいに勝負した」

「……それを伺えば、もうなにも心残りはございません」

文江は涙を押拭《おしぬぐ》って微笑した。

「色々な物を手放したなかで、これだけはと残しておいた白無垢がお役に立ちます」

「それは嫁入りの時の品か」

「はい、……これを着て、あなたと御一緒にお供のできるのは、本望でございます」

「仏壇に燈明《とうみょう》をあげてくれ」

文江が静かに立とうとした時。……表にあわただしい馬蹄《ばてい》の音と、なにやら喚《わめ》く人声が殺到してきた。……はっとして六郎兵衛が見ると、組頭の植村弥兵衛《やへえ》老人に、目附役の者が二人、家の前で馬から下りるところだった。

「文江、どうやら御検視が来たらしいぞ」

「あなた、お城へ曳《ひ》かれるのでしょうか」

「落着け、いずれにしろおれが一緒だ」

六郎兵衛は素早く衣紋《えもん》を正し、取散らした物を押し片付けながら上端《あがりはな》へ出た。

「やあ間に合ったか」

弥兵衛が息を切らせて、ほとんど走り込むようにしながら云った。

「えらい事をやったな、えらい事を」

「まことに、……短慮を仕《つかまつ》りまして」

「一刀だそうではないか、あの大横田主膳、一刀で仕止めたそうではないか、いや貴殿ならそうであろう、儂《わし》は別に不思議とも思わぬ、しかしみんな驚いているぞ、なにしろ相手が大横田だからな、しかも兄弟三人、みんな一刀ずつというのだからこれは驚く」

「して、……お申渡しは」

六郎兵衛は静かに遮って云った。

「ここで切腹を許されましょうか、それとも御城中で」

「待て、切腹どころか、殿がお召しだ」

「なんとおっしゃる?」

「大横田め、あの時ひどく急いでいたろう、あれはお上に無礼を働いて逃亡する途中だったのだ、既に放し討ちの追手も掛っていた、つまりあの三人は誰かが斬らなければならなかったのだ」

六郎兵衛は唖然《あぜん》と息をのんだ。

「殿には貴公が一人で三人を仕止めたと聞召《きこしめ》され、奇特なやつすぐ召伴《めしつ》れよとの御意だ、ここにお目附から差添えも見えているぞ」

「それでは、……お咎《とが》めはないのですか」

「お咎めどころか。池藤、時節だ、時節到来だぞ!」

六郎兵衛は茫然《ぼうぜん》として妻へ振返った。……文江の眼は、万感の露を含んで、ひたと食入るように良人の眼を受止めた。

——大将首だ！

六郎兵衛は胸いっぱいに叫んだ。

（「キング」昭和十五年八月号）

人情武士道

一

「まあ吃驚《びっくり》させること」

「そんなに驚いて?」

「驚きますとも、こんなに突然いらっしゃるのですもの、でもよく来て下すったわ」

信子は友の手を取りながら、いそいそと自分の居間へ導いた。

「こんな狭いところで御免あそばせ、お客間でいま碁が始ってますから、此方《こちら》の方が気楽で宜《よろ》しいわ、……どうぞお楽にね」

「御来客でございますの?」

「主人の碁敵《ごがたき》ですの、構いませんからどうぞ御ゆっくりあそばして、……なつかしいこと」

横庭に面した窓を明けて、信子は友の眼《め》を熱く見戍《みまも》りながら云《い》った。

「何年ぶりでしょう、五年かしら」

「五年、……そう、丁度五年ですわ」

「お変りにならないのね、憎らしいほどお美しいわ」

「あら、それは貴女《あなた》のことよ」

和枝は明暗の濃い表情で睨《にら》みながら頭を振った。

「貴女こそ見違えるほどお美しくなったわ、少しお肥えになったようだし、肌《はだ》など艶々《つやつや》として、まるでお嬢さまのように初々《ういうい》しいわ、お仕合せなのね」

「お仕合せなのは何方《どちら》かしら、あんなに華かな噂《うわさ》で、さんざんわたくしたちを羨《うらや》ませて、お望み通りの方と御祝言《ごしゆうげん》をあそばして、本当に貴女は仕合せを絵に描《か》いたような方ですわ」

「それを云わないで、信子さま」

和枝は急に眼を伏せながら遮《さえぎ》った。

「わたくし仕合せじゃないの、この着物を見て頂戴《ちようだい》、それからこの顔、痩《や》せたでしょう、手だってこんなに汚くなってしまったわ」

「和枝さま、そんなことおっしゃっては」

「いいえ本当、妾《わたくし》、間違ってしまったんですわ」

信子は黙ってしまった。そして、あの頃《ころ》の事を思い出した。

二人は五年まえまで、琴の師匠の許《もと》で相弟子の仲だった。和枝は米沢《よねざわ》藩上杉《うえすぎ》家の江戸留守役を勤める波木井《はぎい》靭負《ゆきえ》の二女であった。琴も上手だったし、派手好みで勝気で、おまけに群を抜いた美貌《びぼう》の持主で、常に弟子たち仲間の女王のような位置を占めていた。……衣裳《いしょう》も髪飾りも、絶えず新しい流行を追い、しかも武家の娘には不似合な豪奢《ごうしゃ》な品ばかり揃《そろ》えていたし、時には歌舞伎《かぶき》役者の紋を附けた道具などを、平気で持ち歩いたりした。

こういう派手ずくめな和枝は、いつもなにかしら弟子たちのあいだに新しい話題を投じていたが、或《あ》る時、おそろしく思い切ったことを云いだして皆の眼を瞠《みは》らせた。

——わたくしにいま縁談があるの。

和枝は、常に話題の中心になる者の自信たっぷりな調子で云った。

——半年もまえからわたくしを見染めたのですって。向うの家は御老職なのよ、御二男で分家をなさるっていうんだけど、わたくし断っていますの。……だってその方は御縹緻《ごきりょう》もぱっとしないし、お話も下手だし、なんだか辛気臭くってとても嫁ぐ気になれないんですもの。……だけど本当を云うとね。

と、彼女は悪戯《いたずら》そうに声をひそめた。

——わたくし実は、いま恋人があるのよ。

——まあ、和枝さまったら。

——驚くことないわ、自分の一生の良人《おっと》ですもの、自分が好きな人を選ぶのあたりまえじゃありませんか。その方とても殿御ぶりがいいし、気《き》が利いているし。……皆さんにもいちど見て頂くわ。

厳格な武家に育った娘たちは、和枝の話を聞いてみんな胆《きも》を消した。縁談のことを口にするさえ恥かしい年頃なのに、男の品評や、恋人があることまでずばずば云う、その思い切った態度には、唖然《あぜん》として返すべき言葉もなかった。……そして事実、それから四五日経《た》つと、和枝の恋人だというその若侍が、稽古《けいこ》帰りの彼女を待っているところを、皆は見せられた。

男は美男だった、和枝がみんなに引合せると、彼は平気で皆に話しかけて来た。……それは如何《いか》にも、機智《きち》に富み、そつの無い気の利いた態度で、身装《みなり》もひどく凝った好みをみせていた。

和枝はそれから間もなく、親たちの反対を押し切って、その男と結婚し、同時に琴の師から去ったのである。……想《おも》い合った同志の二人が、幸福な生活を送っているだろうということは誰《だれ》も疑わなかった、噂が出ればきまって、

――お似合いの御夫婦で、さぞ円満でしょう。

――きっとお揃いで派手に暮していらっしゃるわ。

半分は羨望《せんぼう》を交えて話し合ったものだ。それなのに、いま五年振りで会う和枝はま

るで人柄《ひとがら》が違っている、……着物も貧しく、髪飾も申訳ばかり、美しさを誇った面《おも》ざしも瘦が目立つし、手指も荒れてかさかさに乾いている。

むかしの花の、なんと無慙《むざん》に萎《しお》れたことであろう、信子は思わず眼を外らした。

「良人はわたくしが考えたような人ではなかったの。娘の目なんて……本当に馬鹿《ばか》なものですわね、縹緻がいいだの、気が利くの、話し巧者だの、……そんなところしか分らない、本当のものなんか何も見えないのよ。わたくし……親たちの意見を馬鹿にした自分の愚さがよく分りましたわ」

和枝はそっと涙を拭《ふ》いた。

二

彼女の良人寺門市之進《てらかどいちのしん》は二百石の留守役であったが、派手な生活を続けるために出入りの商人たちと金の間違いを起し、三年まえに浪人してしまった。……親たちからは面目に関すると云って義絶されるし、些《いささ》かの貯《たくわ》えもない夫婦は、全く貧窮の底に陥ったのである。

「でもわたくし」

和枝は涙を押し拭《ぬぐ》って云った。

「このまま終りたくないの、今までのことはすっかり忘れて、生れ変った気持で、なにもかも新しくやり直してみるつもりよ、良人もその覚悟でせっせと道場通いを始めています」

「道場へいらしって?」

「若い頃から剣法だけは才があると云われていたのですって、この道で必ず世に出るのだって、いま夢中で稽古に通っていますの。……それで、実は貴女にお願いがあって来たのですけど」

「伺いますわ、御相談になれることなら」

「此方ではたしか、御用人をお勤めあそばしてらっしゃるでしょう。若《も》しもいい折がありましたら、……仕官の口をお世話して頂きたいと思いますの」

どんな小藩でもいいし、食禄《しょくろく》にも望みはない、士分でさえあれば、兎《と》に角《かく》それを土台として、将来の立身は自分の腕で努める。……和枝は懇願するように繰返した。

「他にはお頼りする方もありませんし」

そう云ったときの淋《さび》しい眸《ひとみ》を、信子は忘れることが出来なかった。

和枝が帰るのを送ってから、信子は茶の支度をして客間へ行った。……そこでは主人の欽之助《きんのすけ》と、客の松平越中守《まつだいらえっちゅうのかみ》の老職である大沼将監《おおぬましょうげん》とが、まだ熱心に碁を囲んでいた。

「誰か客のようだったが……」

「はい、わたくしの古いお友達でございました」

「此方は構わなくていいぞ」

「いいえ、もう帰りましたから」

欽之助はそうかと頷《うなず》いて茶を取った。

客の大沼老人は、いま窮地にある様子で、盤面の上へのしかかるようにしながら、殆《ほと》ど夢中で手を読んでいた。……将監は白河藩松平家の江戸年寄役で、ながいこと信子の父と碁敵であったのを、父が去年亡《な》くなるとそのまま、欽之助に相手を持ち越したかたちで、暇《ひま》さえあると押し掛けて来るのだった。……数日まえに来たとき、

——藩邸の道場で手直し番を一人欲しいが、適当な人物はないだろうか。

と云っていたのを信子は思い出し、和枝のことを良人に頼もうと考えたのであった。

「どうぞお茶を一服……」

「いや、それどころの騒ぎではない、どうか構わないで、此処《ここ》が生死の境じゃ」

信子のすすめる茶には見向きもせず、老人は盤面にのしかかって呻《うめ》いた。……信子はそっと良人を見た。欽之助は微笑しながら茶を啜《すす》っていた。

――偶《たま》には負けて差上げればいいのに。

そう思いながら、信子はそっと座を退いた。

信子は自分を仕合せだと思っている。和枝の身上を聞いてからは一層その感を深くした。父の佐藤小典《さとうしようてん》は大久保《おおくぼ》家の用人で、彼女はその一人娘だったが、和枝とは反対に縹緻も性質も平凡だし、父の厳しい躾《しつ》け通りにつつましく育った。……そして、三年まえに欽之助を婿《むこ》に迎えたのであるが、彼もまた同じような人柄で、口数も寡《すくな》く、起居も静かな、これといって人眼につく特徴のない人物だった。

欽之助は松平丹後守の老職の二男だから、家柄もおつかつだし、そのうえ気質もよく似た極めて平凡な縁組であった。そして其《そ》の後の生活も、またなんの奇もなく、落着いた静かな日が続いている。去年父が死ぬと、直《す》ぐその跡を継いで用人になったが、これとても至極無事に運んだことで、家中の評判も悪からず、と云って特に好評というのでもなく、つまり、すべてが平穏無事に過ぎているのである。そして如何《いか》にもそれは二人に似つかわしい生活であった。

「……信子、お帰りだぞ」

良人の声が聞えたのは、それから更に一刻《いっとき》ほど後のことだった。……客を送り出すと、さすがに労《つか》れた様子で、信子のたてる薄茶を美味《うま》そうに代えながら、珍しく気軽に雑談を始めた。

——和枝の話をするなら今がいい。

信子はそう気付いたので、

「わたくしお願いがあるのですけれど」

と口を切った。欽之助は直ぐ察したという眼で、

「さっき来た客のことか」

「はい、わたくしの古いお琴の友達なのですけれど、いまお気の毒な身の上になって
いらして……」

信子は、和枝の身の上を詳しく語った。

欽之助は黙って聞いていたが、和枝が親の反対を押し切って、寺門市之進と結婚し
たというあたりへ来ると、いつか妻から顔を外向《そむ》けて、不快そうに眉《まゆ》をひそめていた。

「そういう訳で、いまお二人は生れ変ったつもりで初めからやり直そうとしているん
ですけれど、それについて何処《どこ》か仕官の口がありましたら」

「世話をしろと云うのか」

欽之助の口調は驚くほど厳しかった。

「そして、おまえそれを請合《うけあ》ったのか」

「はい、……わたくし若しや、……大沼さまの御家中にでも」

「差し出がましいことをする」信子は吃驚して良人を見た。……欽之助はひどく不快そうに立ちながら云った。「武士が主取《しゅうど》りをするのに、妻の縁などを頼るとは不作法なことだ、仕官の口が頼みたいなら其の者が自分でまいるべきではないか、……左様なこと、猥《みだ》りに取次いではならん」

三

「わたくしの話し方が悪かったのですわ」

信子は済まなそうに云った。

「ですから、主人は怒ったのだと思いますの。家へ来てから三年、いちども叱《しか》られたことがないので、わたくしすっかりどぎまぎしてしまって……」

「申し訳ないこと」

和枝は淋しそうに眼《め》を伏せた。

「わたくしがあんなお願いにあがったのは悪かったのね」

「いいえ、それは違ってよ、話す時と話し方がいけなかったの、主人の気持をよく知っていたつもりなのに、やはり女は考え方が足らないんですのね。……ですから、いちど御主人に宅へおいでを願ったらと思うのですけれど」

「でも、それではなおお怒りになるでしょう」

和枝がそう云いかけた時、表の格子《こうし》が手荒く明いて、誰か入って来る気配がした。

「良人《おっと》ですわ」

和枝がそう云いながら立とうとした。然《しか》しそれより先に、襖《ふすま》を明けて寺門市之進が入って来た。……裏長屋のひと間きりない侘《わび》住居、身を避ける余地もない狭い部屋だった。

「お帰りなさいまし、こちらは……」

「いや分ってる」

市之進は妻の言葉を遮《さえぎ》って、

「いま格子の外であらまし聞いた。おまえ此方に仕官の口でもお願いしたとみえるな」

「はい、申し上げないで悪うございましたが」

「悪い、馬鹿なことをする！」

立ったままである。

初対面の挨拶《あいさつ》もなく、客の前で立ったまま妻を叱りつける不作法な態度に、信子は呆《あき》れて眼をやった。……いつかの日、琴の稽古帰りに見た時とは様子もずいぶん違っている。美男だった面影は貧苦のためかとげとげしく痩《や》せ、洗い晒《ざら》しの着物には継ぎが当っていた。

「失礼だが、貴女の御主人は」

と、彼は信子を見下ろして云った。

「大久保家で佐藤欽之助とおっしゃるのですね、いま表で供の者に訊《き》いたのだが、……元は丹後守の家中で清水という姓ではありませんか」

「はい、……左様でございます」

「そうでしょう、多分そうだと思った」

市之進は嘲《あざけ》るように鼻で笑った。

「だからこそ、拙者自身で頼みに来いなどと云ったのですよ、御主人はさぞ得意になっておいでだろう、はははは」

「貴方《あなた》は主人を御存じでいらっしゃいますか」

「拙者だけではない、ここにいる妻も知っています、分りよく云《い》えば、貴女の御主人と拙者とは恋敵《こいがたき》だったのです。そして貴女の御主人は負けたのです。和枝は貴女の御主人を嫌《きら》って拙者の妻になった訳です。……大層な御執心だったのですがね」

「貴方、そんなことをおっしゃって」

「黙ってろ」

驚いて止めようとする和枝を叱りつけて、

「おまえもおまえだ、清水欽之助が大久保家中に婿入りしたことは聞いた筈《はず》ではないか。選《よ》りに選って彼奴《あいつ》の所へ、落魄《おちぶ》れた恰好《かっこう》で仕官の口を頼みに行くなんて、求めて嘲笑《ちょうしょう》を買うようなものではないか、ばかな」

「でもわたくし、まさか……」

「お帰り下さい」

市之進は乱暴に喚《わめ》いた。

「そして帰ったら御主人にそう伝えて下さい、恋の遺恨が晴れてさぞ本望でござろうと、……然し、然し寺門市之進も武士だ、昔の恋敵に憐憫《れんびん》を乞《こ》うほど落魄れはせぬと」

信子は夢中で外へ出た。

市之進の辛辣《しんらつ》な言葉が、針のように心を刺した。夢にも知らなかったことだ。良人が曾《かつ》て自分の他《ほか》に人を恋したという、然もその相手が和枝であったという、……考えてみればあの頃、某藩の老職の二男が和枝を見染め、半年あまりも熱心に求婚していたという話を聞いていたが、それが良人であったに違いない。

——そうだ、それだからこそ良人は、あんなに怒ったのだ、あんなに不快そうな怒り方をしたのだ。

——そして、あんなに怒る以上、良人はまだ、まだその恋を忘れることが出来ずにいるのではあるまいか。

信子の頭は昏《くら》くなった。……今日までの平凡ながら静かな、落着いた仕合せな生活の底に、そんな秘密が隠れていたのだと思うと、信子はあらゆるものが砂のように崩壊するのを感じて、思わず両手で面《おもて》を蔽《おお》った。

——良人があの人を、あの人を……。

若し供の者が注意してなかったら信子は家へ帰ることをさえ忘れたに違いない。平穏無事に育って来た信子の心はこの大きな衝撃に遭って全く打ちのめされてしまった。世間の家庭に起る悲しい話を聞くたびに、自分たちだけはと思っていた仕合せが、矢張り同じような不運を胎《はら》んでいたのだ、……今までの静かな、仕合せな生活は二度と帰っては来ないだろう。

——ああ！

信子はなんども低く呻き声をあげた。

四

五月雨《さみだれ》のからっと晴れた日だった。

槙町《まきちょう》にある道場から出た市之進《いちのしん》が、八丁堀《はっちょうぼり》の家へ帰ろうとして歩いて行くと、河岸《かし》のところで向うから来た二人連れの武士の一人が、市之進の方を指しながら、

「……あの男です」と、連れに云うのが聞えた。

無礼な奴《やつ》と思って市之進が見ると、それは佐藤欽之助《さとうきんのすけ》であった。……連れは六十に近い老武士で、欽之助と共になにやら笑いながら此方《こちら》を見て通過ぎようとする。

——おのれ！　と市之進は向直って、

「待て、欽之助待て！」

声をかけながら二人の前へ立ち塞《ふさ》がった。……老人の方は二三間とび退《の》いたが、欽之助は冷笑したまま傲然《ごうぜん》と立ち止った。

「貴、貴公いま、なにを笑った」

「……笑いはしない」

「己《おれ》は聾《つんぼ》でも盲でもないぞ、貴公いま己を指さし、あの男だと云って連れと一緒に笑

ったではないか、己の落魄《おちぶ》れたのが可笑《おか》しいか、それで昔の恨《うらみ》を晴らすつもりか」

「貴公がそんな姿をしているのを見ると」

欽之助は冷やかに云った。

「……それは慥《たしか》に可笑しいよ、然し、その姿が可笑しいのじゃないぞ、昔の姿を思い出すからだ」

「申したな、……武士が武士を笑うからは、覚悟があるだろうな」

「なんだ、果合いでも望むのか」

「あの頃《ころ》とは少々違うぞ、来い！」

欽之助は唇《くちびる》で笑いながら、

「狼狽《うろた》えるな、こんな街中でなにが出来る。果合いをするなら少し歩こう、邪魔の入らぬところで悠《ゆっ》くりやろうではないか。……お互いに片をつけるいい時だ」

「よし、逃げるなよ」

二人は歩きだした。……欽之助の連れの老人も少し後から跟《つ》いて行った。

橋を渡ると、松平越中守の屋敷で、塀《へい》に沿って行くと舟入り堀になる。四辺《あたり》はひっそりした組屋敷が並び、堀に面して空地がひらけていた。……市之進は大股《おおまた》にその空地へ入ると、手早く身支度をして大剣を抜いた。

「さあ来い。……お連れの仁、助太刀をなさるか」

「馬鹿な」

欽之助は冷笑して、

「この御仁には関《かか》わりのないことだ。安心して力いっぱい斬《き》って来い。娘を騙《だま》すのと真剣勝負は勝手が違うぞ」

「よく云った、貴様こそその言葉を忘れるな」

欽之助は履物を脱いで、大剣の柄《つか》へ手をかけたまま、よしと云った。

市之進は籠手《こて》下りの上段につけた。

連れの老人は二三間はなれた所から、無言のまま凝《じっ》と様子を見ていた。……欽之助は相手の眼を見詰めたまま微動もしない。市之進の面上に、やがてさっと血が充《み》ちて来た。

傾きかかった光の空を、蜻蛉《とんぼ》がついついと飛んで行く。堀の向うに繋《つな》いである舟の上で舟子たちが二三人なにやら声高に話している。四辺がひっそりとしているので、その話声がのどかに聞えて来た。

突然、稲妻が空を截《き》ったかと見えた。

喉《のど》を劈《さ》く絶叫と、二刀《ふたふり》の剣光が同時に殺到し、両個の体が風を発して躍動した。

……然し、次の刹那《せつな》には、欽之助は二三間とび退《の》きざまだっ、と尻餅《しりもち》をつき、市之進は大剣を頭上にのしかかっていた。

「勝負みえた、みえたぞ！」

危い一瞬、黙って見ていた老人が、そう叫びながら二人の間へ割って入った。

「これ以上は無用、……先《ま》ず、先ず其許《そのもと》から刀をお引き下さい」

「拙者は、引いても、宜《よろ》しいが」

そう云って市之進は欽之助を見やった。

「高言にも似合わぬ、恋も剣も、しょせんは勝つ者が勝つようだな。……立ち上ってもう一度やるか、拙者の方に遠慮はいらんぞ」

「…………」

欽之助は刀を持ったまま頭を垂れ、肩を波打たせていた。老人は市之進を抑えた。

「もうやめられい。果合いは勝負が決すればそれでよい、この老人が確《しか》と検分を仕《つかまつ》った、どうぞもうお引き下さい」

「折角のお執成し、仰《おお》せに任せます」

「それで老人の面目も立つ。佐藤氏、さあこれへまいって仲直りをするがよい。武士は武士らしく、果合いは果合い、終ったらあっさり手を握るものだ」

「お言葉ですがそれは拙者が御免蒙《こうむ》る」

市之進は大剣を鞘《さや》に納め、身支度を直しながら冷やかに拒絶した。

「その男とは素《もと》より友人でもなし、これから、再び口を利《き》く要はないでしょう。……欽之助、口惜《くや》しかったらいつでも来い、家は貴様の女房《にょうぼう》が知っている、逃げも隠れもせんぞ」

云い捨てて彼は空地から去った。

五

家へ帰ると、出迎えた和枝が、

「……どうかなさいましたか」

と不審そうに訊《き》いた。

「大層お顔の色が悪うございますが」

「……欽之助と会ったんだ」

市之進はあがると直ぐ袴《はかま》の紐《ひも》を解きながら、

「汗になったから着換えさして呉《く》れ」

「はい。……それで、なにか？」

「己《おれ》を見て笑い居《お》った。……連れがあってな、それに己の落魄《おちぶ》れた姿を指さしながら、あの男だと云って笑ったんだ、それで果合いをした」

「まあ！　果合いを？」

「馬鹿《ばか》な話さ」

裸になった市之進は水口へ下り、盥《たらい》へ水を汲《く》んで体の汗を拭《ふ》きながら話しつづけた。

「よほど恋の遺恨が忘れられぬとみえてな、娘を口説くのと、真剣勝負とは勝手が違うぞ、などと高言を吐いたが、いざ抜合せてみるとたあいのない奴さ」

「……まさかあの方を……」

「斬れば斬れたが、その連れの老人が割って入り、勝負みえたと止めるので、命だけは助けてやったよ」

「それで、貴方《あなた》には別にお怪我《けが》は……」

「馬鹿を云え、あんな奴になんで手が出るものか、さんざん辱《はずかし》めてやったがぐうの音も出せず、尻餅をついて片息という態《ざま》さ」

話を聞きながら、良人の脱いだ物を片付けていた和枝は、なにをみつけたかはっと色を変え、手早く袴、帯、着物と、そこへひろげて見直した。……袴と帯と着物と、その三つを通して一文字に五寸ばかり、刀で薙《な》いだ裂目がある。丁度臍《へそ》の真下というところだ、肌襦袢《はだじゆばん》一重だけが危く免《まぬが》れているだけ。……いま一寸伸びていたら、そう思うと和枝は全身の血が逆流するような恐怖を感じた。

「なんだ、なにを見ている」

「あ！　いえ、い、いま乾そうと存じまして」

和枝は慌《あわ》ててひと纏《まと》めに押しやりながら、立ち上って良人の背へ着物を着せかけた。

「どうした、手が震えているではないか」

「怖い話を伺ったものですから」

「欽之助のあの態を見ていたら、怖いより可笑しくって笑ったろう、あれで大久保《おおくぼ》家の用人だというんだから馬鹿気てる、……婿《むこ》に行ったお蔭《かげ》だということを知ってるのかしらん」

「も、もう二度とこんなことは、ないのでございましょうね、また果合いなどと」

「あの腰抜けではないなあ」

市之進は元気な声で笑った。

和枝は良人の言葉を聞いていなかった。良人は飽くまで勝ったと信じている。そして事実そうかも知れない、然し相手の刀は良人の袴から着物まで通っている、良人はそれを気付いていないのだ。……偶然そこまでしか届かなかったのか、それとも、欽之助がわざと傷つけることを避けたのか、いずれにしてもそれに気付かない良人《おっと》が、果して本当に勝ったと云えるであろうか？

――事実を良人に話さなくてはならない。

和枝はそう思った。二人は生れ変ったつもりで再出発しようとしているのだ。良人を本当の武士にするためには、この事実ははっきりさせなくてはいけない。

――然《しか》し、若《も》し事実を知ったら。

良人は果して素直な気持で考え直して呉れるだろうか、否《いや》！　恐らく彼の気性として再び果合いを挑《いど》むであろう、そうしたらどうなる。良人が再び勝てばいい、万一にも欽之助の刀が今度こそもう一寸伸びた場合には……。

和枝はぞっと身震いを感じた。然し、それは自分の考えの怖ろしさではなくて、門口に訪れる人の声がしたからである。

「物申す、……物申す」

「はい」

和枝が急いで立上った。……障子を明けると、門口に中年の武士が立っている。ついぞ見なれぬ顔だった。

「なんぞ御用でございますか」

「不躾《ぶしつけ》なことをお訊《たず》ね申すが、松倉町の堀端にて、先刻果合いをなすったのは此方《こちら》の御主人ではござるまいか、お伺い仕る」

「ああ拙者です」

市之進が答えながら立って来た。

「それについて御不審でもありますか」

「いや、実は、拙者は松平越中守《まつだいらえっちゅうのかみ》家中の者でござるが、上役の者共が今日お立合いの始終を屋敷内より拝見仕りましたそうで」

「お屋敷から？……ああなるほど、越中様の裏でしたな」

「それで失礼ながら、若し御浪々中なれば是非いちど御意を得たく、御都合お繰合せのうえ藩邸までお運びを願うようにと、拙者使者に遣わされてまいった次第でござるが」

「然し、……御用向は一体なんですか」

「拙者からは申し上げ兼ねるが、貴殿の刀法をお慕い申してのことゆえ、或《ある》いは、……仕官のお勧めなどではあるまいかと思います」

市之進は茫然《ぼうぜん》と妻の方を振返った。……禍《わざわい》が転じて福となったのだ。あの果合いを越中守の家臣が屋敷の中から見ていたのだ。そして恐らく此処《ここ》まで跟けて来たに違いない。

——出世の時が来た。

光のように輝く良人の顔を、和枝もひたと熱い眼《め》で見上げながら、そして胸いっぱいにこう叫んでいた。

——良人は矢張り勝ったのだ。見ていた人がこうして証人になって呉れた。……良人は勝ったのだ、到頭、自分たちの世に出る時が来たのだ。

六

「何処《どこ》か体の具合でも悪いのではないか」

「……いいえ」

「近頃少し晴れ晴れせぬようだな」

信子は眼をあげられなかった。

和枝夫妻を訪ねてから二十日余りになる、自分では良人に悟られぬように努めているつもりなのに、心の憂悶《ゆうもん》は自然と色に出てしまう。……良人が曾《かつ》て和枝を愛したということは、まだ自分と縁組をする以前のことであるし、結局その愛は酬《むく》いられなかったのだから、そんなに苦しむ理由にはならない筈《はず》だ。

——その年頃になれば、男も女も誰《だれ》かを愛するようになる、それは自然なことだ。良人だけが特別にそうだった訳ではない。そういう経験は誰にでもあることなのだ。そう自分に説き聞かせるあとから、

——でもわたしはそうではなかった、わたしにとっては良人が初めて愛情を注いだ人だ。わたしの心には、良人と会うまえにどんな人の影をも留めていなかった。

信子は苦しんだ。深窓に育ち、世の経験に浅いだけ、初めて受けた心の傷手《いたで》をどう切抜けたらいいか分らないのである。良人に凡《すべ》てを打明けたら、なんどもそう考えた。然し、むろん出来ることではなかった。

「なにか心配ごとでもあるなら話したらどうか、若しまた体に故障でもあるなら医者にみせなければならぬ。……顔色も悪く、沈んでばかりいる様子は変ではないか」

「でも本当に、なんでもございませんのですから」

「それならいいが」

欽之助は呟《つぶや》くように云《い》った。

「男は迂闊《うかつ》だからな、……云うべきことは云って呉れぬと」

「……はい」

「今日はまた将監《しょうげん》どのが見える日だった、いまの内に御用の始末をして置こう」

そう云って立上ったが、ふと静かにてれたような笑い方をしながら、

「実は家中の老人連から頻《しき》りに訊かれるのだよ、もうそろそろ目出度い報《しら》せがあってもいい頃ではないかって、……それで余計、気になっていたのだ」

「まあ、……そんなこと、……」

信子はどきっと胸をうたれた。

良人の去って行くのを見上げることもせず、信子は耳まで赧《あか》くなった面《おもて》を伏せていた。……此頃《このごろ》つづく煩悶《はんもん》で思い出す暇もなかったけれど、信子の体はもう三月あまり変調であった。若しやという気もしたし、一方ではまた騙《だま》されるのではないかとも思っていた。それがいま良人の口からそう云われた刹那《せつな》、いきなり揺り上げられたような激しい感動と共に、

——そうだ。

と頷《うなず》くものを全身に直覚した。

良人の声音は明かに期待する色を持っていた。夫婦という感覚のつながりの微妙さが、良人の心のそのことを伝えたのであろう。その気持が、信子を直《じか》に揺りあげたのだ。けれど、彼女の心はいま、それを喜んでいいのか哀《かな》しんでいいのか分らないほど混乱している。良人の昔の恋がこんなに自分を苦しめているとき、そのときに自分が

新しい生命を胸の下に自覚しなければならぬとは……。

大沼将監が例の通り碁打ちに来た。

そして、その接待の終らぬうちに家扶《かふ》が信子への来客を知らせて来た。……和枝が玄関で会いたいというのである。

「……和枝さまが、なんの用で来たのだろう」

信子は疵口《きずぐち》を撫《な》でられたような身の震えを感じながら出て行った。

和枝は玄関先に立っていた。……あの時とは見違えるほど立派な姿になっている。贅沢《ぜいたく》なものではないが衣裳《いしょう》も新しく、艶々《つやつや》と結いあげた髪には櫛簪《くしかんざし》が光っているし、顔には薄化粧さえしていた。

「表を通りかかったのでお寄りしました」

和枝はひどく切り口上で云った。

七

「あのときは御迷惑を掛けましたわね、でももう心配して頂く必要はなくなりましたわ、良人は二百石で出世を致しましたから。……それを申し上げようと思いましてね」

「それは……お目出度うございますこと」

「皮肉なめぐりあわせですわね」

和枝は相手を見下ろすように、冷やかな薄笑いをうかべながら云った。

「此方の御主人と果合いをしましたでしょう？　あれが出世の緒口《いとぐち》になりましたの」

「果合いでございますって？……それはいつ」

「ほほほほ、貴女《あなた》は御存じありませんの？　尤《もっと》もお負けになったのだから、御主人もお話がし悪《にく》かったでしょうけれど。……その果合いの様子を松平越中守さまの御重役が、お屋敷の中から見ていらしったのですって、それで是非にという御懇望で仕官致しましたの」

どうだと云わん許《ばか》りに、和枝は額をあげて信子を見た。信子は黙っていた。

「わたくしたち今では越中家のお屋敷に居《お》りますわ。来て頂くという訳にもいきませんけれど、それだけお知らせにあがりましたの。……失礼いたします」

驕慢《きょうまん》な口調で、云うだけのことを云うと和枝は去って行った。……恐らくは見返してやる気で訪れたものであろう。然し、信子はそんなことよりも、良人と市之進が果合いをしたということ、それが縁で越中守に召抱えられたということを聞いて、頭いっぱいに訳の分らぬ混乱が起った。

――松平越中守、白河藩の御重役。

白河藩の重役といえば、いま客間へ来ている大沼将監も越中守家の重役ではないか、それはあのとき、信子が市之進《いちのしん》を推挙して貰《もら》おうとした相手ではないか。

信子は部屋へ戻《もど》った。……計らずも思い出した将監のことから、まだ茶を運んだ許りでなんのもてなしもしてなかったことに気付いたのである。……将監の好物である松花堂の玉露糖を持って、信子は静かに客間へ行った。

然し、客間へ入ろうとしたとき、中から聞えて来る低い話声の一つが、思わず信子を立ち止らせた。

「あの男、お役に立ちそうですか」

良人の声である。

「あの男？……ああ市之進か」

将監の声も低かった。

「……ふん、馬鹿と鋏《はさみ》は使いようと云ってな、叩《たた》けばどうにか役に立つじゃろ、腕もかなりなもんじゃが、なにしろ高慢が瑾《きず》だ、あれが脱《と》れぬうちは駄目《だめ》じゃよ、……胴へ入れた貴公の一刀、儂《わし》の見たところでは下着まで斬《き》ったと思うが、……あの男それをまだ知らぬようだぞ」

「着物は脱ぎますから、始末する者が云わなければ知れますまい。……あの女房《にょうぼう》は、良人をよく知っています」

「だが、貴公も馬鹿げた世話をやく、あれほどにして市之進を推挙する義理でもあるのか?」

石の音がした。……それからやや暫《しばら》くして、欽之助の笑を含んだ声がした。

「川柳点《せんりゆうてん》にこんなのがあります、『あの女房すんでに己《おれ》が持つところ』……御存じですか?」

「そんなものは知らん」

「穿《うが》っているでしょう。……それなんです、実はずっとまえ、あの女房と拙者とのあいだに縁談があったのです、清水の父がお気に入りでした。是非貰えというのです。然し……いちど会ってみて直《す》ぐ、これはいかんと思いました。ひと口に申すとまるで拙者などの歯に合う女ではないのです。それで断わりました」

「それが市之進に嫁《い》ったというのか?」

「恋仲だったそうですね」

「怪しからん、猥《みだ》りがましい左様な」

「そういう女だったのです、清水の父もあとでそのことを知って、無理強《じ》いに勧めたことを謝っていました」

「だが……あの果合いのとき市之進めは、恋敵だとやら申していたではないか」

「女がそう云ったのでしょう、或る女たちは世界中の男が自分に恋し、そして失恋するものだと思います。あの女もそういう気質の一人なのです。……たとえ死んでも、男から縁談をことわられたなどということを承認する女ではありません。……市之進はそれを見抜けなかった、それがあの男を不幸にしたのです」

信子の全身の血が歓呼の叫びをあげた。

——良人は和枝を愛しはしなかった、良人は和枝を愛したことはなかったのだ。なんという歓喜だ。和枝の気質を知っている信子には、いまこそまざまざと凡《すべ》てが分る、いまこそ真実が光を浴びて登場する、そうだ、凡ては和枝の虚栄の心から出たことだったのだ。

「だから……」

と欽之助は続けた。

「あの男のためにひと肌《はだ》脱ぐ気になったのです。むろん、信子から頼まれなかったら、そうと知ってもあんなことはしなかったでしょうが、あの女が妻の親しい友達だということで……それで此方へもお願いした次第です」

「その苦心が彼に分るかしらん、あの一刀の戒めすら気付かぬ市之進めに……」

「拙者の計らったことだという点は、どうかいつまでも分らぬようにして置いて下さい、……分らせないためにあんな面倒なことをしたのですから」

「憎いほど……貴公はよく気が廻《まわ》る。……佐藤はよい婿《むこ》をとり居ったぞ」

将監は歎息《たんそく》した、それから、急にくすくすと笑いだして云った。

「なんだって？　あの女房……そのいま申した川柳点とやらをもういちど聞かせんか」

「いけません、今度云うと悪口になりますから」

「なに知っとる、あの女房……すでに、あの女房すでに拙者が……すでに自分が……」

信子は幸福で胸をいっぱいにしながら襖《ふすま》を明けた。

抑えようのない涙と微笑がつきあげてくる。

良人の逞《たく》ましい肩が、そのときほど頼母《たのも》しく見えたことはなかった。

——大沼さまがお帰りになったら、すぐあのことを申し上げよう。

菓子盆を置きながら、信子は片手でそっと胸の下を抑えた。

新しい生命《いのち》を、温かく生々と掌《てのひら》へ感じながら、彼女は明るく澄んだ声で云った。

「粗菓でございます」

（『奉公身命』昭和十六年十月刊初収録）

猿《えん》耳《じ》

これはつい最近、妙な機会で手に入れた筆者不明の手記《プライベエト・ペエパア》の移植である。仮に『猿耳《えんじ》』という表題を付したが、この筆記はむしろ恐怖の書とでも名付くべきだと思う。原文は仮綴《かりとじ》碁盤目の手帳にペンで書かれた十八丁の残欠で、綴糸もほとんどほぐれ、最初の一丁などは半分で欠けている。記録は一丁の紙の両面に細字で密に書かれてあるが、粗悪なインクを用いたためか、それほど年月を経ているとも思われないのにひどく褪色《たいしょく》して、判読に困難な個所《かしょ》がすくなくない。

この残欠の出所、その他の考証については、べつにまた機会をみるとして、不完全ながら整理した記録の主文を、とにかく順序を正してここに移植してみる。ほとんど原文のままでなんの粉飾も施さなかった。

一

こんな事実を書遺《かきのこ》すのは罪悪だ。自分はよくそれを知っている。それゆえ自分は五週日のあいだ、何もかも自分の意識の裏に秘めておこうとする努力を続けてきた。しかし今はとうていその苦痛に耐えることができない、独りでこの血みどろな運命の悪の悲話を持ちこたえるには、自分の神経は弱きにすぎるのだ。自分はここに恐怖を表白する。しかしそれが終ったならこの記帳は誰《だれ》の眼《め》にもふれぬように始末するつもりだ。これは人類にとって無用の書だから、いやむしろ人類を汚瀆《おとく》する書だというべきであろうゆえ——（余欠）。

二

私がはじめて帙島《はいじま》と識《し》ったのは、三年前の秋、私たちが『黒耀会《こくようかい》』という画の会を上野の美術館でひらいたときのことであった。会の幹事をしていた三木順三《みきじゅんぞう》が一人の大きな男を連れてきて紹介してくれた。それが帙島太一《たいち》であった。

背丈は五尺七八寸もあったろうか、胸幅の広い、筋肉の緊《し》まったすばらしい体で、長く伸ばした艶《つや》つやした髪がほとんど肩に届いていた。またひどい癇性《かんしょう》かして話すと痙攣《けいれん》的に眉《まゆ》を動かす癖があった、張出た顎《あご》、高い顴骨《かんこつ》、どうかすると野獣のような光を放つ鋭い眼、これらが一致した彼の表情はきわめて圧倒的なものであった。

その後彼を識ることが深まるにつれて、私は彼の奇異な性行に驚かされることが重なった。彼は若い病身の妻と、老いたる乳母《ばあや》と三人で、向島《むこうじま》に小さな家をもっていた、それは百坪ばかりの庭を取廻《とりまわ》した破風造《はふづくり》のバンガロオで、日本間の母屋《おもや》と洋間のアトリエからなっていた。

彼はひじょうに人懐《ひとなつ》こい性分で、友人には申分なく篤《あつ》かった。『黒耀会』の同人で彼の世話にならぬ者はなかったといってよいだろう。それにかかわらず彼はその家庭ではきわめて峻烈《しゅんれつ》な主人《あるじ》だった。——しかしそれについては後に説明するとしよう。彼はふしぎに友だちの訪問を歓迎しなかった、ことにアトリエは絶対に封鎖していた。どんなに親しく往来している者にもその室は覗《のぞ》かせなかった。もっとも彼の画を知るほどの者は、アトリエの中を見せぬ彼の気持が分るように思われたので、後には誰もそれを怪しもうとはしなくなるのであったが。

今ここで彼の奇怪な画を精《くわ》しく紹介することは避けるが、片鱗《へんりん》を識るよすがとして二三をあげよう。そして記述を進めよう。

三

唖者《あしゃ》。五十号人物、密描油《みつがきあぶら》。

銀灰色の地塗に、ぬっぺりした同一の唖者の顔が、無限に描きひろげられている。画面いっぱいの大きさのものと、微粒子ほどのものとが、不思議に交錯して、どれだけ描いてあるのか数えることを不可能にしている。

月夜。百号風景、油。

鋼鉄色に塗込んで、真珠粉かなにかを磨《みが》きこんだような地に、銀白の線で風景が描かれてある。地平の涯《はて》は死のように荒涼としている。そしてその風景は、精しく見るとすべてが歪《ゆが》んで三重に描かれてあるのが判《わか》る。逞《たくま》しい樫《かし》の枝も、奇怪な刺草《いらくさ》の花も、すべてが歪曲《わいきょく》した三重の線をもっているのだ。永く見ていると頭の心が痛みだすような錯覚を感ずる。

春。二十号風景。密描油。

無限大に強調された暗黒の地底に、鮮緑色をした三疋《さんびき》の蚊が奇怪な××をしている画。

×犯。五十号人物、水彩。

(この説明は削除。それからまだ五つほど画の紹介があるが、ここでは重要と思われぬゆえ割愛する。——移植者)

四

六週間前の木曜日、『黒耀会』の月例会が銀座の『酒場《バア》・タンゴオ』でひらかれた晩のことだ。

飲みに飲み、騒ぎに騒いで最後まで残ったのは私と彼帆島太一の二人であった。二人ともひどく酔っていたので、一時になったからと給仕に注意されるまで、自分たちだけ残されていたのに気付かなかった。

やがて二人は腕をくみあって外へ出た、更《ふ》けきった銀座の街に、掃除人夫の姿がちらほら動いていた。何か大声に歌いちらしながらしばらく歩いて行った後、ふと彼は立停《たちどま》ってポケットから一箇のカフス釦《ボタン》を取出し、私の手に握らせながら云《い》った。「面《おも》白《しろ》いスポーツをやろうか、いや何でもないことなんだ。君がこの釦を君の部屋のどこかへ隠すのだ、どこでもいい、それを僕《ぼく》が三日以内に探し出してみせる、絶対に君に気付かれずにやるのだ」

私は酔っていたので深く考えもせずに、よろしいと答えてそのカフス釦を受取った。彼は繰返しそのルールを教えた。すなわちそれは家屋建造の内部、つまり壁や柱や天井や床板の下などでなく、家具什器《じゅうき》の中へ隠すのだということを。この奇妙な遊戯を疑ってみもせず、私は間もなく彼と別れて三年町にある自分のアパートメントへ帰った。

私の部屋は三階にあった。四坪ばかりの四角い洋室で、そのひと間が寝室ともなり居間ともなりアトリエともなるのだ。炊事は出来ないが部屋の隅《すみ》に洗面台などあって、わりに棲《す》み心地の良い室だ。部屋へ入って扉《とびら》を閉じながら見ると、時計は二時をちょっと廻っていた。長い階段を登って来たのと、昼からの酔と疲労が一時に出てきたため、私は上衣《うわぎ》を脱ぐ気力もなく寝台《ベッド》へ転げこんだ。

どのくらい眠ったことだろう、ひどく吠《ほ》えたてる犬の群の声でふと眼がさめた私は、激しい渇《かわ》きを覚えて起上った。枕元《まくらもと》を見るといつもそこに用意しておく水差がない、そうすることも忘れるほど酔い疲れていたのである。寝台を下りて洗面台で顔を洗い、したたか水を呷《あお》ったのち寝衣《ねまき》に着換えようとしたとき、ズボンのポケットからころころと転げ出た物がある、拾いあげてみるとそれは翡翠《ひすい》の入っている一箇のカフス釦であった。

「――何だ、これは?」

私は、その見覚えのない釦をしばらくみつめていたが、間もなく彼との約束を思い出して思わず苦笑した。やがて私はそれを用箪笥《ようだんす》の上の抽出《ひきだし》に投込んで、ふたたび寝台に上った。

翌《あく》る朝その抽出を明けてみたとき、カフス釦が失《な》くなっていて『僕をみくびってはいかんよ、太一』と書いた紙片をみいだして私は、あっ!　と云って眼を瞠《みは》らずにはいられなかった。

「いつ来たのだろう」

周到に反省してみたが、何かしらぬひどく犬が吠え騒いだという記憶の外には、何もそれと思われる変化は覚えていない。私は夕刻になるのを待兼ねて、彼に会うために酒場・タンゴオへでかけて行った。

五

私はその夜、ふたたび彼から翡翠のカフス釦を預かって帰った。

今度はそれをどこへ隠すべきかということをまず考えた、そしていろいろ思案の末、部屋の隅に立てかけてある描古《かきふる》しのカンヴァスの中から、友人今井の半身を描いた五十号の画を取出した。つまりその画の中に隠そうというのである。私は子供が悪戯《いたずら》をするときの軽い豊かな悦《よろこ》びを感じながら画像の左袖《そで》のカフス釦の部分を刳《くり》抜《ぬ》いて、そこへ預かってきたのを嵌《は》めこんでみた、全体の調和から見るとやや大きめであるし、翡翠が入っているので目立ちはするが、画柄《えがら》が大きいのと、石が琅玕色《ろうかんしょく》であるに加えて、人物の服が黒で、よほどの注意がなければ見遁《みのが》しうるように信ぜられたのである。できあがりに満足した私は、その画をもとの場所に戻《もど》し、ことさらに一番表へ立かけておいた。

こんな思案を廻《めぐら》した私の悪戯にもかかわらず、その翌晩、つまり二日めの深夜から明けがたへかけてのわずかな時間にまんまと帆島はその釦を持去ってしまったのだ。そしてその二日間を通じて気付いたことは、たんに付近でひじょうに烈《はげ》しく犬が吠え狂ったということだけである。私のアパートメント・ハウスのある三年町付近は、相当飼犬の多い所ではあるが、街中のことではあるし、人には馴《な》れているので、寝ている者の眼を覚ますほど——ことに窓を閉めきった三階の室に眠っている私までが——吠え騒ぐなどということは、おそらくないことであった。

「——どうして持っていったろう！」

私はそういう同じ反問を自分に繰返したが、結局どうにも分らなかった。もちろん、犬の吠え狂ったことを、そのゲームに結びつけて考えるなどということは思いも及ばなかった。

私はその翌る夜、彼を酒場・タンゴオで捕えた、云うまでもなく三度目の勝負を挑《いど》むためである。彼は隅のボックスで、舐《な》めるようにハイランド・クインを啜《すす》っていたが、重ったるい、どこか追われているもののような眸《ひとみ》をして、ときどきじっと私を睨《にら》みながらこんなことを云った。

「——物体と、それを認識する観念とは、同一のスペースをもって配置されるんだ。たとえばここに一個の文鎮があったとする。と、この文鎮の占めるスペースと、文鎮を認識する観念のスペースとは同一不離のものなんだ。ここで誰かその文鎮を他人に見つからぬような場所に隠そうと苦心する。しかしそれはいくら苦心しても無駄《むだ》なことだ。なぜかといえば、それは一見どんなに異常な場所であるかに見えても、要するに文鎮と、文鎮を認識した観念との結合した、スペースの推挽《すいばん》にすぎないからだ。君がカフス釦を画の中へ隠したことなどはずいぶん奇抜な思いつきだが、結局たやすく僕に発見されたのもその理窟《りくつ》だ」

それから眼をつむってウイスキーを一口啜った後、ふたたびこう付加えた。

「――これに反して、あるとき我々は同一の文鎮を現在眼の前に置きながら、どうしてもみつけ出すことができないで苦心する。それは、その場合文鎮が、それを認識する観念のスペースを外れているからなのだ。卑俗に云えば埒《らち》の外に出ているのだ。つまりいつか知らぬ無意識のうちに、それを動かした場合、我々は観念のスペースをまったく没却していたのだ。もっとも適切な言葉をもって云うと『文鎮は隠れ蓑《みの》を着』てしまうのだ。だから――いくら君が頑張《がんば》ったところで、結局僕はそのカフス釦を探し出してみせるよ。君が無意識のうちにそれを見失わないかぎりは！」

後になって考えると、そんな議論はただ彼の奇抜な行為をカモフラージュする手段にしかすぎなかったのだが、私はそのときはなるほどと思った。彼の態度にはそれほど一種の純粋な熱があったのである。

三度目の釦を持って帰った私には、考えるまでもなくたった一つの方法しかなかった。つまり釦を隠すよりも彼の侵入を発見するということである。約束の日限は三日間で、彼はそのあいだに私にみつかることなく釦を持去らなければならないのだ。したがって侵入して来るところを捕えれば私の勝である。私は三日間自分の部屋に籠《ろう》城《じょう》する決心をした。

はじめの夜、私はそれを手帛《ハンカチ》にくるんでポケットへ入れておいた。寝台へもそのまま入った、眠ってはならないのでときおり洗面に下りたが、そのたびに手帛を取出して釦の有無を改めた、何度めかにはそのありさまがあまりにことごとしいので、翡翠を見つめたまま思わずふきだしてしまいさえした。三時頃であったろうか。ふいにすぐ下の街で烈しく犬が吠えはじめるのを聞いたので、

「来たな――」

そう思いながら私は眠ったふりをして、寝台の上でじっとして待った。そのときはじめて犬の吠えるようすを精《くわ》しく聞いたのである。それはとにかく普通ではなかった。怪しげな人影に威《い》嚇《かく》を試るというのでなく、獅子《しし》とか豹《ひょう》とかいう野獣に追い詰められたときの、恐怖の悲鳴を思わせる声だった。およそ五六疋《ぴき》もいるのであろうか。必死

にがくがくと顎を噛合《かみあ》わせるさままでが眼に見えるようである。私はいつかしらぬふしぎな寒さを覚えながら、あたかも釘《くぎ》づけにされたように寝台の上で身動きもならず居竦《いすく》んだ。夜明けの光を見てからとろとろとまどろんで、はっと眼が覚めたときはもう窓外に見えるヴェランダに日光が輝いていた。驚いてズボンへ手をやったが、釦は無事であった。

次の日は昼のうちじゅうぶんに眠って、夜はほとんどまんじりともせず過ごしたが、何のこともなかった。

三日目の夜だ。その日は朝からじゅうぶん要慎《ようじん》を怠らなかった。とき折りそれはばかげて見えたが、しかし何とも知れぬ緊張した期待のために、そんな感じは打消されてしまった。

こともなく夕方がきた、夜に入るとともに私の気持の張りは強くなった。十時に夜食の麺麭《パン》を噛《かじ》って、熱い珈琲《コーヒー》を啜るといっそう元気が出てきたので、私はわざと立って行ってヴェランダに向いている窓扉を押あけた。寝台へ上ったのは十二時を廻ってからである。——

私は三日続いた身心の緊張で疲れていたのだ。寝台に仰臥《ぎょうが》したまま二時を聞くころには、峠にきたという感じでいくぶんの弛緩《しかん》を覚えると同時に、抗《あらが》いがたい睡気《ねむけ》に襲われ始めた、そこで寝台を下りて明けておいた窓扉を閉め洗面した後好きでない煙草《たばこ》を二口三口ふかしてふたたび寝台へもぐりこんだ。

どのくらいたったろう――。何かひじょうに胸苦しいので、それからのがれるために身をもがこうとしたとたんはっと眼が覚めた。そしてそれと同時に電燈《でんとう》の消えた部屋の闇《やみ》の中で、自分の体の上にのしかかっている者があるのを認めた。

――太一だな。

半ば夢心地にそう思いながら、うっすら眼を明けた私は、ふいに、

「みつけたぞ、帆島！」

と云いながら相手の肩に手をかけた。刹那《せつな》！　私は思わず身顫《みぶる》いして、

「ひゃッ！」と叫びながらはね起きた。帆島の肩とばかり信じて摑《つか》んだのは、柔かくなま温い、もやもやと毛の密生している毛物の肌《はだ》だったのだ。私がはね起きるとともに、相手は喉《のど》にひっかかるような声で低く呻《うめ》いたかと思うと、身を翻《ひるがえ》して窓扉の外へ跳び出して行った。私は何物とも知れぬ相手がヴェランダへ下りた瞬間、アパートメント・ハウスの屋上に取付けてある広告電燈に照らされて、そいつの後ろ頸《くび》から右肩へかけて、べったり赭毛《あかげ》の生えているのをはっきり見た。

がたがたと戦《おのの》きの去らぬ体を壁に支えていた私の耳に、街でけたたましく吠え狂う

犬の声が聞えてきた。

六

夜が明けた。

私は翡翠のカフス釦を持って、向島《むこうじま》へ車を走らせた、帙島《はいじま》ではまだ雨戸を閉めて寝ていたが、門を叩《たた》くと乳母《ばあや》が起きて来た。そして一度私の来意を伝えに奥へ入って行ったが、出て来ると気の毒そうに、昨夜からひじょうに頭が痛んで寝たきりであるから残念ながら会うことはできないと答えた。私はそこを辞するとその足で、上野桜木町に住んでいる会の幹事三木順三を訪ねた。

三木は私の話を聞いていたが、やがて自分も帙島とそのゲームをしたことがあると語りだした。三木の話をここに紹介することは重複の感があるから避けるが、要するに同じ翡翠のカフス釦同じ三日の期間であった。赭毛の男を除けば、私とほとんど同じ経験を彼もしているのである。

「――何だろう！」

「――何か訳があるのではあるまいか！」

私たちは午前中をその話で過ごした。そして『黒耀会《こくようかい》』の同人たちを、帙島が親切に世話している事情も少しずつ分るような気がしはじめた。

その夜、酒場・タンゴオで二三の会員に逢《あ》った私と三木は、彼らに自分たちの経験を語って聞かせた。すると案の定彼らも同じ経験のあることを打明けた。彼らはみな多少とも帙島に補助を受けていたし、これはあまり聞えの良いスポーツでないからと秘密を守るように頼まれたので今日まで誰にも話さなかったということであった。

「これはけっしてありふれた問題ではない！」

私はそう感じた。——それにしてもあの赭毛の肩を持った男は何者だろう、彼も帙島太一と何かの関係をもっているのであろうか。

七

話したいことがあるからすぐに来てくれ。そういう手紙を持って、帙島から車が廻《まわ》されて来たのは、それから五日目の午後のことであった。

家に着くと乳母が出てきて、すぐにアトリエへ案内した。私は初めてそのとき彼の画室を見る機会を得たのである。——そして期待に反して、その内部ががらんとした空部屋のような感じしかもっていないのを見て驚いた。後に考えたことだが、もうそのとき彼は悲劇の結末の近いことを知って、何もかも片付けてしまったあとであったに違いない。

私を迎えた帙島太一は驚くばかりに憔悴《しょうすい》していた。あんなに頑健に見えた頰《ほお》はげっそり落ちこんでしまったし、圧力のある輝きの強いあの眸は、灰色ににごってうつろだった。

「——よく来てくれた、迷惑ではなかったかね？」

私の手を固く握りながら、辛《かろ》うじて唇《くちびる》だけ動かして彼が口を切った。

「迷惑であるようなことは何もない。僕はじつは君に会いたいと思っていたのだから——」

「そう、まあ掛けてくれたまえ」

私は彼と向合って、ルイ十四世風の革張の背高椅子《いす》にかけた。扉《とびら》を叩いて乳母が珈琲を運んで来たので、それを受取るために彼がそっちへ振向いたとき、彼の左頰に爪《つめ》で引掻《ひっか》いたようなかなり大きな新しい傷痕《きずあと》のあるのを私はみつけた。たんにそれだけのことであったが、何となく肌寒い感じを覚えたので私は眼《め》をそらせた。

珈琲一杯を啜るあいだ黙っていた彼は、やがて両眉《りょうまゆ》のあいだに深く苦悶《くもん》の皺《しわ》を刻みながら云った。

「——君は見たね？」

「――何を？」

そう問い返した私を凝視《みつ》める彼の眸は、その瞬間きらきらと光った。彼は押被《おしかぶ》せるように、

「あの晩の僕《ぼく》をさ！」

「――」

「それで分らなければ、――僕の頸の毛をさ！」

「――」

私は思わず叫んで椅子から起《た》とうとした。何とも知れぬ無気味なものが喉元へぐっとこみあげてきた。あの晩指にふれた生温かい柔毛の感じが生々と私の手に甦《よみがえ》ったのだ。

「静かに、――僕は君に何もかも話す。これはばかげた、そしてどうにも動かしがたい運命の喜劇だ。これを他人に知られまいとして僕は、どんなに今日まで苦しんできたことか知れぬ。しかし今は何もかも君に話す、聞いてくれたまえ」

かくして、私はついに次のような帆島太一の驚くべき告白を聞いたのである。

「――僕の家は故郷の町でも屈指の資産家であった、そして今でもそれに変りはない」

彼はそう語りだした。

屈指の資産家ではあったが、帆島家はその町の人たちからはまるで豺狼《さいろう》のごとく敵視されていた。それは現在の資産を一代になした、三代前の主人が、その資産を造るために鬼畜のごとくであったという理由からである。

——帆島の金は血の匂《にお》いがする。

——裔《すえ》はおそらく畜生道に墜《お》ちることだろう。

そういう二つの噂《うわさ》が、執拗《しつこ》い町民の頭から去らなかった。

太一は現在の主人《あるじ》の一人息子に生まれた。町の人たちから冷たく視《み》られるということを除けば、何不足なく育った。そう、七歳の冬、彼の運命を根本的に曲げるその大きな不幸が起るまでは——。

彼が七歳になった年の二月、守をしていた小女のふとした不注意から、彼は戸外にうちやられてひどい凍傷を受けた。そして種《いろ》いろ手当を講じたがついに右の耳を失ってしまった。が耳が無くては可哀想《かわいそう》だ、親たちは一途にそう思って、高名な外科医を訪《おとの》うて相談した。外科医はすぐに引受けてその痕へ猿《さる》の耳をついだのである。

彼は片耳となることをまぬかれた、しかし、それがためどんなに呪《のろ》われた結果を招いたことだろう。

彼は無事に育っていった。ただ、成長するにしたがって、左のほうが普通であるに比べて、右の耳はいつまでも元のままの大きさしかなかった。でもそんなことはべつに重大ではない。中学を卒《お》えた彼は画家を志して上京した。そのとき、彼に乳を与えてそのままずっと家にいた乳母が一緒に付いて東京へ出たのである。

「——ところが」

帆島はちょっと話を切って続けた。

ところが——上京後半年ほどしたある日、彼は自分の右の耳に柔かい生毛《うぶげ》がいつかしらぬうっすらと生えているのに気がついた。その耳がどんな事情をもっているか知らなかった彼は、ただふしぎに思っただけで、気にするほどのこともなく過ごした。そしてそれはおよそ三週間ほど経《た》つといつしかしらぬ間にすっかり脱け落ちてしまった。彼はそれをすぐに忘れてしまった。

彼はその頃《ころ》から、自分の感覚のうえに少しずつ変化が起りはじめたことを知った。

さらに半年ほど経った、ある夜半、床の中で妙に右の耳にむず痒《がゆ》さを覚えたので、指をやって掻こうとしたとき彼は、ふたたびそこに柔毛が生えているのをみつけた。指尖《ゆびさき》に触れた生温かい、絹のような触感は、彼の心臓を氷のように突刺した。彼は恐怖の叫びをあげながら寝ていた乳母を揺り起した。

彼の訴えを聞いた乳母は、やがて彼に事情を話した。それはべつに恐ろしいことではないのだ。凍傷で耳が落ちたので、猿のものを植えたにすぎないのだから、それで毛も生えるのであろう。すこしも心配することはない。そう云《い》って彼女は叮嚀《ていねい》に彼の耳の毛を剃《そ》ってくれた。

自分の右の耳は猿の耳だ！　そう聞かされた瞬間、帙島太一の存在は根本的に変改されてしまったのだ。

——おれは猿の耳を持っている。

この事実は、しかと彼の心を摑んだ、彼はそれから突然に人を嫌《きら》いはじめた。孤独を探し廻っては学校を怠け、暇《ひま》があると図書館へ通い異常読物を漁《あさ》りはじめた。

彼は初めてポオを知った、『モルグ街の殺人』はことに彼の心を打った。またスティブンスンの『ジキル博士とハイド氏』を読んだとき、彼は博士の奇怪な二重生活をひじょうに印象強く感銘した。マクス・ハルの『異常心理者の手記』だとか、ユリアス・オケラアトの『奇癖者』だとかフロイトの精神分析学など、そういう種類の書物を気違いのように読み漁っていった。

かくして第一の発作の起るまで、五年間というものまったくの孤独が続いたのである。

第一の発作の起ったのは一年前のことであった。故郷で母が死ぬと同時に、親族中の慫慂《しょうよう》によって、幼い時分からの許婚《いいなずけ》であった娘と結婚し、乳母と三人で向島に家を建てて移った、その新婚の筵《えん》も温まらぬ頃のことである。

ある夜半、彼はひじょうに両手の指がむずむずするのを感じて目覚めた。それは猛烈な痒さに似ていた。何かを摑みたいという欲望が、ぴくぴくと十本の指を痙攣《けいれん》させるのだ。

「——どうしたのだ」

呟《つぶや》きながらふと振返ると、寝台の温さにいつか掛蒲団《かけぶとん》を腹まで押剝《おしは》いでいる妻の寝姿が傍にあった。カバーをかけた電燈の濃いオリイブ色の光が、乱れた胸もとからふっくらと盛あがっている豊かな乳房を舐《な》めている。彼はぞっと身顫《みぶる》いしながら外向《そむ》こうとした。すると剝《む》きだしになった乳色の頸《くび》が強く強く彼の目を惹《ひ》いた。彼はその瞬間くらくらとなった。裸な、露《あら》わな喉頸——それは何かに摑みかかりたくてぴくぴく痙攣していた彼の十本の指を恐ろしい力でぐんぐん引寄せるのだ。

「まあ……あなた！」

圧拉《おしひし》がれたような妻の声に、はっと意識を取戻した彼は、いつか妻の上にのし掛って彼女の喉頸を絞めつけている自分に気がついた。彼は驚いて身を退《ひ》いた。しかしそのとき彼は自分の両手の指を妻の喉頸から引離すのに、信じられぬほどの反省と努力が必要であった。妻の頸には、その後十日ほど紫色になった指の痕が消えずに残っていたのである。そしてその翌《あく》る朝起きたとき右の耳に赭い柔毛の生えているのを知って、彼は、昨夜半の発作が、柔毛の生える前兆であったことを知った。

彼は翌る日からアトリエに閉籠《とじこも》った。いつ次の発作が起るか知れないからだ。妻と同じ寝室で眠ることなどはとうていできない。結婚後五週日にも満たぬうちに、こうして彼はほとんど妻と別居の生活に入ってしまった。

第二の発作の起ったのはそれから三週間ほど後のことである。彼は話を続けた。

――今思い出しても恐ろしいことだ。その夜、僕は何かに怯《おび》えてふと目を覚ました。するとアトリエの中にある寝台で眠ったはずであるのに、気がついてみると自分はどこか暗い裏街を歩き廻っているのだ。

こいつはいけない。家へ帰らなければ――でないと警官に咎《とが》められるぞ。そう思って引返そうとした。しかし体がちっとも自分の自由にならない、そのとき僕の手足はまったく自分の意識から切離されてしまったのだ。こんなことが信じられるか君。

僕は、自分が料理店の裏口にある、芥箱《ごみばこ》へ進み寄るのを見た。自分の手がその蓋《ふた》をあけて、腐れた食物の残滓《のこりかす》を摑みだすのを見た、そしてそれをむしゃむしゃと貪《むさぼ》り喰《く》うのを——。何ということだ、自分の視力は薄い膜を透して、正しい意識を呼覚ましているのに、自分の手足、自分の体は全然別な力に支配されて動いている。そして自分にはそれを止めることができないのだ。こんなことが信じられるか。

僕は樋《とい》に手をかけた、僕の体は麻よりも軽く手にしたがって壁をよじ登るのだ。僕は広くさし出た土居庇《どいびさし》の上を、毛物のように身軽く渡って行く。窓だ——。僕の拳《こぶし》はひと押しで扉を打砕いた。

「——誰だ!!」

中から叫ぶ声だ、僕の体が翻《ひるがえ》った。僕は家の中にいる。寝衣《ねまき》のまま起出てきた四十くらいの頑丈《がんじょう》な肩を持った男が僕の前にいる。

「——泥棒《どろぼう》!!」

僕の体は男にのしかかった。何をする!——、僕の両手の指は男の喉に喰いこんだ。軟骨がぼきぼきと砕けた。そのとき僕の眼は、自分の手が犯している恐ろしい罪悪をはっきりと見ているのだ。そしてそれをどうすることもできないのだ。男は舌を吐きだしてぜいぜいと余喘《よぜん》を鳴らしている。僕の手は男をそこに叩き倒した。男の頭蓋骨《ずがいこつ》が、固い嵌込細工《はめこみ》の床に当って鳴るのを聞いた。罪と悔恨との交錯したふしぎな感覚が僕を朦朧《もうろう》とさせてしまった。罵《ののし》り騒ぐ大勢の人声を耳に聞きながら、僕は深い穴にでも陥《お》ちこむように意識を失《な》くした。

翌る朝、自分の寝台の上で目覚めた僕は、自分が悪夢を見たのだと思った。しかしやがて両手の指を見たとき、二の腕に残っている男の爪の掻傷の痕を見たとき、泥まみれの足、裂けた寝衣の裾《すそ》を見つめたとき、さらに本能的に右の耳へ手をやって、そこに柔毛が生えているのを知ったとき——、僕は身動きのできぬ恐怖に圧拉がれてしまった。

とうとうやった。恐れていた壁に行着いた、おれは人を殺してしまったのだ。その日の夕刊紙は、浅草茶屋町にあるあ、、、き金庫店の主人の殺害事件をセンセイショナルな筆で報道していた。

乳母はまた妻に秘密で僕の耳の毛を剃ってくれた、僕の異常神経は鎮《しず》まった。しかしもうふたたび心の平安を取戻《とりもど》すことはできない。僕の手は血で穢《けが》れている、僕の魂は畜生に憑《つ》かれている、僕は猿になってしまったのだ。

しかしこれは事実だろうか、猿の耳を植えたというだけで、人間の神経がそんな異常な発作を起すものだろうか。恐らくそうではないだろう。僕は熱心に生理学の書物を漁りはじめた、とくに神経の学理はできるだけ広く読んだ。フェルオルンの減衰伝導説、オルヴァーロの異常神経病理学などはずいぶん僕の悩みの近くまで解剖を進めていた。けれど一つとして僕の疑いを解決してくれるものはなかったのだ。

僕は自分を説得しようとした。猿の耳を持っているという先入感が自分の感覚を支配している。それゆえ耳に発毛するという生理的に異常な現象が起ると、一種の錯覚から自己暗示に陥ってしまうに相違ない。自分はこの錯覚を正さなければならない。自己暗示を克服しなければならない――。

僕は華厳経《けごんきよう》を読みはじめた。しかし第三の発作はそんなことにかかわらず二週後に起った。

僕は暗い裏街を歩き廻っていた。僕は何かしっかり摑《つか》みたいと思う欲望で夢中なのだ。雨催《あまもよ》いの深夜の匂いが強く感じられた。雨の近いということがよく分る。

突然、街角を曲がろうとしたとき、洋装の若い女が向うから来て、僕とばったり顔を合せた。

「――きゃッ!!」

女は僕をひと眼見るなり叫んで、恐ろしい物を見たように両掌《りようて》で顔を蔽《かく》した。瞬間、僕は女に跳びかかった。僕は女の両肩を摑んだ。

「――――」

女は空洞《うつろ》のような眸《ひとみ》をかっと瞠《みひら》いて僕を見た。僕の指はふつふつと音たてて女の肉の中へ喰こんだ。女は恐怖のために痛覚を失ったものか、ただ白痴のように僕を凝視《みつ》めるばかりだ。僕は女を引摺《ひきず》って行った。闇《やみ》の中へ、四辻《よつつじ》にある小公園の雑木の茂みへ、――僕の指は鈎《かぎ》のように曲って、×の×から×い××を×き×るのだ。×ぎ×た×の×が×ら×れた。すべてが剝きだされた。そのときすぐ近くを馬車が通った。車の上で男が、睡《ねむ》そうにこう云うのが聞えた。

「――行かなきゃならねえ、本当だとも！」

僕ははね起きた。馬車は走り去った。見ると雑木の中の闇に、千切れた絹地の切端を纏《まと》った×な×の×が×いて見える。手足を四方へ投出して眠っている。血まみれのただ一箇所があまりにも酷《むご》たらしく露《あらわ》だ。ああ、そのとき僕は見る。理智《りち》ある眼で、反省ある視力で、毛物になった自分の両手が犯すことを。僕の両手は恐るべき力で女の屍体《したい》に惹つけられる。逞《たくま》しい、自分の物ならぬ手は屍体の肩を摑んだ。血の匂いがむっと鼻を襲った。屍体を持上げた手はそれを大きく振るのだ。ぼろ切のように。そしてそれを地上へ叩きつけた。地を打つ屍《しかばね》の肉の音がはっきり聞える。

昏迷がきた。闇の中を僕は走った。気がつくといつか高い屋根の上を滑るように走っている。摑みたりた手の指は健康だ。喉を割って歓喜の声が出る。屋根から屋根へ跳んだ。そしていつかまた意識を失った。

朝がきた。僕は自分の寝台の上で悪夢から醒《さ》めた。おそるおそる指を見るときの僕の胸は、どんな罪人にも劣らず顫え戦《おのの》いていた。

「――だめだ、夢ではなかった！」

僕の両手の指は干からびた血で汚れている。僕は洗面台へ駈《か》けつけた。洗面所の上には鏡があった。僕はそっちを見ないように努力しながら指先や腕にある血痕《けっこん》を洗い落とした。鏡にうつる自分を見ることが恐ろしかったのだ。洗い終った手を右の耳へやった、やはりそうだ、柔かい毛がひと晩のうちにみっしり生えている、それればかりではないちょっと指を下すと、頸筋にも毛がある、肩にも、そして肩甲骨《けんこうこつ》の上までも――柔かい温かい生毛がべったり生えているのだ。

「――――」

底知れぬ恐怖と絶望が全身を戦慄《せんりつ》させた。膝頭《ひざがしら》ががくがくと鳴った。僕の常ならぬ呻吟《うめき》を聞いて乳母《ばあや》が入って来たとき、僕は床の上を転げ廻《まわ》って慟哭《どうこく》していた。

僕が黒耀会《こくようかい》の同人諸君と、翡翠《ひすい》のカフス釦《ボタン》の競技をはじめたのはそのころからであった。僕は釦を盗みだすという犯罪的な安全弁で、次の発作を緩和しようとしたのだ。そしてそれは実際効果があった。発作の起る頃を計って、次つぎと友だちをこのゲームに誘った。そしてそれとなくその秘密を守ってもらうために、皆に補助を続けてきた。

しかし最後に当った君のために、僕《ぼく》は猿《さる》の肌《はだ》に触れられてしまったのだ。この秘密が知れてしまった以上は、自己暗示によるこの安全弁の方法ももう役に立つことはないだろう。

僕の話すことはこれだけだ。これからの僕はどうなるかそれを思うとこうして生きていることさえ恐ろしくなる。僕はいつか機会を見て、二人の殺人を自首して出ようと思う。そのときは迷惑でも証人になってくれたまえ――。

八

帆島《はいじま》の告白を聞いて帰った私は、一日中胸がむかむかして嘔気《はきけ》が絶えなかった。それはおそるべき犯罪であるのに、少しもそんな感じはしないで、何か汚い、穢れ腐れた、恥ずべき匂《にお》いがするのだ。

私はその夜すぐに三木順三《みきじゆんぞう》を訪ねた。彼は私の話すことを聞いてしまうと、軽く微笑して云った。

「恐らくそれは帆島の脅迫観念から生まれた幻影だろう。猿の耳を植えられたというだけでそんな異常な性格を起すなどということは、とうてい信じられないことだ。それではひとつ二人で行って、もう一度よく話を聞こうではないか。そしてできたら、彼をその自己暗示から救出してやろう、そんなことで一生をめちゃめちゃにされることは馬鹿気《ばかげ》た話だ――」

それから三日後、私は帆島に手紙を出しておいて、三木とともに向島《むこうじま》を訪ねた。風の絶えた真昼の日光を浴びながら、帆島の家の前まで来た私たちは、家の窓という窓が閉まっているのを見た。近づくと低い仏蘭西《フランス》風の門も固く閉ざされたままなのだ。

「――どうしたんだ、皆してでかけたのかしらん！」

「――しかし！」

私はそう云いかけて、ふとある予感に襲われた、私は低い門を乗越えた、三木も後から続いて来た。

「どうするんだ？」

「明けるんだ、中を検《しら》べるんだ、何かあるような気がしてならない！」

玄関の戸は内から鍵《かぎ》が掛っていた。母屋《おもや》の窓もだめだ。広縁の雨戸を引いてみたがびくともしない。アトリエの窓は頑丈な造りでなおさら手がつけられない。中を覗《のぞ》こうと骨折ったが、深く垂れている帷帳《カアテン》に遮《さえぎ》られてどうしても見ることができない。

「おい――何か聞えるぞ」

三木がアトリエの窓扉の合せ目に耳を当てて私話《ささや》いた。私も急いでそうした。

「――――」

聞えた。何だかわけの分らぬことを呻《うめ》くように罵《ののし》っている声だ。それは低く圧潰《おしつぶ》したような、人間のものでない呻吟《しんぎん》だ。

「戸を打破ろう！」

私は決心して叫んだ。二人はふたたび玄関へ廻った。そして二人の体を同時にうんと玄関の戸にぶちつけてそれを押破った。

戸を破って玄関へ入った私の、最初に見たものは、式台から土間へ前のめりに倒れて死んでいる乳母の屍体であった。着物はびりびりに裂かれ、下半身は無惨《むざん》な血まみれだ。俯伏《うつぶ》せになった頸《くび》の肉に指の喰いこんだ穴が五つばかり、紫色にぽっつり明いているのが見えた。

「――――」

三木は私の手を握った。ぶるぶると顫《ふる》えている。私は三木を引摺るようにして座敷へあがった。

「帙島！……」

「帙島！……帙島！」

私は必死に叫びながら、呻き声を頼りに闇の中を進んで行った。そしてすぐにアトリエの前に来た。正しく呻く声はアトリエの中で断続しているのだ。私は体ぐるみ扉《とびら》へぶっつかって行った。二度！　三度！　やがて錠の壊れる音がして扉が中へぱっと開いた。

危く転げこもうとした私は、三木に支えられて踏止《ふみとど》まった。そして室内を見た。あの恐るべき場面をどう説明すべきだろう。

アトリエの中央に半身裸になった男が立っている。彼の右耳から肩、胸へかけてべったり赭《あか》い毛が生えているのだ、男は白い歯を剥出《むきだ》して喘《あえ》ぎながら、全裸《まるはだか》にした血だらけの××の×を×んでいたが、私たちの姿をみつけると、その屍をそこへ抛《ほう》り出して、きききと怪しく叫びながら身を翻《ひるがえ》した。立竦《たちすく》んだまま見ていると、彼は右手に鋭い刃物を握って立った。そして、それを振ったかと思うと自分の右の耳をさっとそいだ。

「き……き……き……」

不気味な呻きが彼の唇《くちびる》から洩《も》れた。そして私たちがその手を止めるために近寄ろうとした瞬間、彼は刃物を自分の喉《のど》に突刺した。

「行かなきゃあ……ならねえ……」

そう云って、彼は両手をぶらんと下げた、喉の傷口から自然と抜け落ちた刃物が、がちゃんと床に鳴ったとき、彼はよろよろと二三歩うしろへよろめいて打倒れた。自分で酷《むごた》らしく×した×の屍の傍に、こうして彼も死の席をみつけたのだ。これが帆島太一の最期《さいご》であった。


（「犯罪公論」昭和七年十一月号）

家常茶飯

一

守屋《もりや》君が酒場エトルリアの女給ひとみに迷った動機については、かならずしも妻君が悪かったというのではない。守屋君は妻君を愛していたし、妻君の守屋君を愛することにも変りはないのだ。夫妻のあいだに生れた俊一《しゅんいち》という子供は、親類中での器量よしであり、お誕生前に犬と父とを呼び分けることができたほど頭も良く、一年四カ月になるきょうまで風邪ひとつひかぬ健康をもっているというぐあいでこれまた守屋君にとって不足であるはずがない。経済的方面からいえば守屋君は確実な二流銀行の貸付係を勤め、あるデリケエトな意味でみいりが多かったから、同期の卒業生中では上位の生活を張ってゆける安穏《あんのん》な身分であった。

安穏といえばふたりの結婚のなりたちからして安穏なものだった。二人いた競争者をはね除《の》けてみごと彼女を許婚《いいなずけ》に獲得した守屋君は、六十日間一日も欠かさず、一輪五十銭の薔薇《ばら》を一本ずつ持って訪問し、また許婚はそのたびに守屋君の手帛《ハンカチ》を洗濯《せんたく》したものと取換えてくれた。そしてふたりは結婚したのである。世に貞淑と云《い》われる妻を見たい人は守屋君の妻君を見るがよろしい。怜悧《れいり》で美貌《びぼう》で、しかもそれにも増して控目がちな妻を見たい人は守屋君の妻君を見るがよろしい。人一倍我儘《わがまま》で独善家で、喰意地《くいいじ》が張っていて、癇癪持《かんしゃくもち》で、朝寝坊で、酒好きな良人《おっと》と、五年もひとつ寝をしながらついぞ一度眉《まゆ》をしかめたこともないという妻を見たい人は——、やはり守屋君の妻君を見ていただくよりほかにしかたがないであろう。

守屋君は、同じ年ごろの男たちがそうであるように、ちょうど人生の浪漫的な時代から次の時代へ片足をかけているところで毎日の勤めがようやく面白《おもしろ》くなり、社会機構の中に腕いっぱい働くことの愉快さが分りかけている。しかしそれと同時に反面まさに残った片足を踏離そうとしている青春にも多分の未練があって、ふたたび一輪五十銭ずつの薔薇を買い始めたのだが、妻君はやはり手帛を洗濯するよりほかにそれを受留める法をしなかったのであった。

——ちょうどそのころ、仕事の客筋とともにたびたび酒席で会う一人の妓《おんな》と、守屋君は結婚後初めて一夜の悪事をはたらいた。勤めの性質と五年という結婚期間とを考えるとき、それまでかつて妻君の貞淑を裏切らなかった守屋君の堅固な志操は賞するに足るものであるが、一夜の悪夢のあとで、守屋君がどんなに妻君に対する自責の念に悩んだかを知れば、五年間誘惑に、うち克《か》ってきたことより、なお守屋君が良き青年であることを証してあまりあるものと思う。

そのときもし妻君が守屋君の悪事を見抜くか、すくなくともその呵責《かしやく》を読取るかしてやったとしたら、酒場エトルリアの出現はなかったかあるいはさらに数年延期されたに違いない。男というものは由来そのなした事実に対して報酬を要求するものである、これはもっぱら生活の習性のしからしむるところであって、守屋君が妻君への裏切について、惨憺《さんたん》たる呵責に虐《さいな》まれたあとでも、その自ら呵責したという事実に対してやがて報酬を求むる気持になったことも、やむを得ない事情であると思う。いうまでもあるまいがこの場合の報酬とは良人の悪事を感付くことであり、良人が自責の念に悩んでいるということを理解することである。

——いけない人ねえ。

という一言でじゅうぶんであるし、

——今度またなすったら、私さとへ帰らせていただきます。

と云うだけでけっこうである。

しかるに貞淑な妻君は、守屋君を骨の髄まで信じ、にこやかな笑顔を向け、労《いた》わり、子供に与える馬鈴薯《ばれいしよ》をすり、手帛を洗い、良人の買って来た薔薇はすぐに花瓶《かびん》に挿《さ》して良人の机を飾り、したがって守屋君のなした事実に対しては何の報酬も与えなかったのである。

――ちぇっ。

と守屋君は舌打をした。

二

「ねえ浮気しない？」

酒場エトルリアのひとみが初めてそう云ったとき、守屋君はそれをこの前のチップが多かったためだと思って聞き流した。二度めにはいくらかそれに誘われる気持で、

「うん、してもいいな」

と答えたが、むろん本気ではなかった。しかしだんだんそれが重なるにしたがって、いつか守屋君の気持も動き始めたことはいたしかたない次第であろう。

「本当に一度どこかへ行きましょうよ」

「行くさ、どこへだって」

「いやだわ、気のない返辞――」

「気のないのは君さ、僕《ぼく》のほうじゃいつだって用意はできてるぜ」

「本当――？」

「嘘《うそ》を云うもんかい」

「嬉《うれ》しい、じゃいい？」

「この日曜」

「でも奥さんに悪いんじゃない？」

守屋君はそのときふっと、貞淑な美しい妻君の姿を思浮べた。そしていずれにしてもこいつはおれ独りの罪じゃないぞと思った。

「ネスパ？」

ひとみが媚《こび》を含んだいたずらな調子で覗《のぞ》きこんでくるのを、守屋君は肩へ手を廻《まわ》して抱寄せながら云った。

「黙れよ、女房《にょうぼう》に悪いかどうかは僕が心得ている、それよりプランをたてよう」

偶然それから二日めに、守屋君はあるデリケエトな意味をもった金を手にすることができた。

それはかねて守屋君が、妻君に贈ろうと望んでいた素晴しい天鵞絨《ビロード》のコオトを買うにじゅうぶんな額であったが、今や守屋君はひとみとの愉《たの》しい冒険を実現するためには、そのうちの一枚を減らす気持も起らないのであった。

「本当に浮気するか」

守屋君は改めてひとみに慥《たしか》めた。

「日曜ってお約束じゃないの」

「よし、じゃあ今夜打合せをしとこう、君はどこへ行く気」

「熱海《あたみ》——湯河原、平凡ねえ」

「箱根って柄《がら》でもないが。どうだい、鬼怒川《きぬがわ》へ行ってみないか」

「良いわ、良いわ」

「じゃ日曜の朝上野へ八時」

「ウイ」

ひとみは自信のある大きな眸子《ひとみ》で焼きつくように凝視しながら、脂《あぶら》じめりのした熱い指を守屋君のに絡《から》んできた。

さてそれから三日間、守屋君が折畳んだ紙幣の束を妻君から隠すために、どんな苦心をしたかということは省いて、土曜の晩のことに話を移すとしよう。

三

土曜日の午後。守屋君は庶務課へ行って月曜日の休暇を頼み、銀座へ出てジャアマン・ベエカリイで妻君と子供への菓子を買い、ついでに新しいネクタイ(旅行用に)を一本求めて家へ帰った。

酒をつけた夕食をしまってから、子供を寝かしに行く妻君をふと気付いたように守屋君は呼止めた。

「ああ明日栃木《とちぎ》県のほうへちょっと出張に行かなきゃならないからね、僕もすぐ寝るぜ」

「まあ、たいへんねえ、日曜に」

妻君はべつに意外に思うようすもなかった。

「朝七時にでかけるから」

「はい、お帰りは？」

「まあ月曜の晩になるだろうな」

「ではすぐお床をのべますわ」

なんという単純さだろう。妻君が寝間へ入るのを見送りながら、守屋君は口の内でそっと呟《つぶや》いた。

九時が過ると間もなく、守屋君は自分の部屋にのべてある床へ入った。しばらくうとうとしているうちにいつか寝入ってしまったが、誰《だれ》か自分を呼びながら蒲団《ふとん》をゆするのに気がついてふと眼《め》を醒《さ》ますと、妻君が寝巻のまま枕元《まくらもと》に座っていた。

「どうしたの」

「ちょっとお起きんなって、坊やがひどく熱をだしているんです」

「よし」

守屋君は醒めきらない睡気《ねむけ》の中で、反射的に頷《うなず》きながら起上った。

子供は自分の床から母親のほうへ移され、夜着の衿《えり》から半分顔をだしていた。額へ唇《くちびる》を当てようとすると激しい呼吸とともにむっと生温い体熱のほてりが守屋君の顔をうった、子供の額は吃驚《びっくり》するほどあつかった。

「こりゃひどいや、何度あったの」

「九度八分ありましたの、べつに苦しそうでもないいんですけど」

「マラリアなんかだと苦しまないんだろう、便はどうなんだ」

「いつものとおり良い便でしたわ」

「坊や」

守屋君が呼ぶと子供は顔をあげて、かつて見たことのない老人のような眼を動かし、苦しそうに急迫した呼吸の中から、――、多分父親に笑ってみせようとするのであろう、大きな努力で唇と眉を歪《ゆが》めてみせた。これは申分なく守屋君を悩乱させた、守屋君はいきなりぎゅっと心臓を緊《しめ》つけられ、抑えるいとまもなくあついものを眼頭に溢《あふ》れさせた。

狡猾《こうかつ》な劇作家はしばしば笑いをもって悲劇を強調する手段を執るが、違った意味でこの場合もし子供が泣叫んでいたとしたら、守屋君の感ずる苦痛もそれほど深刻ではなかったに違いない。

——ああ、こんなに苦しそうなのにおれに笑って見せようとする。

そう思うと同時に、守屋君は息詰るような動物的愛憐《あいれん》の激情にうちまかされた。

「医者へ行こう」

「もう二時ですけれど」

「そんなことにかまっていられるかい、すぐにしたくをしろよ」

ふたりとも寝巻の上に着物を重ね、妻君は子供を背負った。守屋君が外套《がいとう》と帽子を持って先に玄関へ出ると、妻君が後から追うようにして来て、

「あなた、お金いま五円ぐらいしきゃないのよ、明日は日曜で郵便局はお休みだし」

「金なんかどうだっていいよ」

本棚《ほんだな》の隅《すみ》に押隠してある紙幣の束を思出しながら、守屋君は強く答えて外套を着た。

ふたりは代る代る子供の名を呼びつつ、ほとんど駈《か》けるようにして三丁ばかり行き、赤い軒燈《けんとう》の出ている樫田《かしだ》という小さな医院の表を叩《たた》いた。しかしなかなか起る気配がない、守屋君は癇癪をおこして硝子《ガラス》戸を破れんばかりに叩き続けた。

ややしばらくして玄関に電燈がついたと思うと、貧相な書生が落着はらって硝子戸を明け焦《じ》れきっている守屋君の顔を見るなり、

「何ですか?」

と訊《き》いた。これは奇問である、さすがに意気ごんでいた守屋君もちょっと虚をつかれて、一瞬その書生のどろんと濁った眼を見上げたが、すぐに怒りを感じて、

「病人です、急病人です」

と叫ぶように云うなり妻君を促してずかずか玄関へあがって行った。ごほんごほん妙にかすれた咳《せき》をしながら、書生が扉《とびら》の中へひっこんで行くと、守屋君はその後姿を忌々《いまいま》しそうに睨《にら》みつけながら、

「何ですだってやがら。この夜更《よふけ》に医者の家へ何をしに来るやつがあるかい」

「聞えますわ」

妻君もさすがに苦笑した。

しばらくすると寝巻の上へ白い仕事着をつけた四十がらみの、ひどく肥って血色の良い女がでてきた。まだじゅうぶん睡気が醒めていないのであろう、肉の厚い瞼《まぶた》が垂れさがっているのと、好色らしい唇が弛《ゆる》んで涎《よだれ》の乾いた跡をはっきり残しているのが、いやらしいほど猥褻《わいせつ》に見える。

「先生ですか」

守屋君は女医の家とは知らなかったので、いちおうそう慥《たしか》めてから、口早に子供の病状を語った。女医は痴呆《ちほう》のような無感動さで、守屋君の説明を傾聴していたが、やがて終るのを待ってからゆったりした調子で、

「じゃあ、患者は子供さんですね」

と訊返した。これも書生に劣らぬ質問である。守屋君は今度もちょっといなされたかたちで、醒めているのか眠っているのか判断に苦しむ女医の顔を腹立たしげに見戍《みまも》った。

「そう、この子供です」

「じゃあ桜井《さくらい》さんへいらっしゃるんだねえ、あっ、あっしのところは内科でっからねえ」

「内科ということは承知です、しかし急病のことですからいちおう何か手当をしていただきたいと思って伺ったのです」

「だめだねえ」

群馬あたりの出身らしい女医は、お国訛《なま》りまる出しで不愛想に頭を振った。

喰肥った血色の良いその頰桁《ほおげた》を、思いきり一つ殴りとばしたらさぞ良い気持だろうと拳《こぶし》を握りながら守屋君は妻君を急《せ》きたてて外へ出た。

「坊や、坊や、苦しい？」

戸外の寒い風の中へ出ると、妻君はまったく頼りの綱を切られたという口調で、おろおろと背中の子に声をかけた。

「苦しかない苦しかない、苦しきゃ泣くよ、大丈夫だ大丈夫だ」

守屋君は怒りから一時に落ちこんでゆくどうしようもない悲しみのなかで、妻君の手を強く強く握り緊めた。

「すぐ岡の上だから桜井へ行こう」

「ええ」

「心配するなよ。坊やが死んだっておれたちふたりが丈夫ならいいんだ」

「ええ」

妻君も強く良人《おっと》の手を握り返した。

「俊一《しゅんいち》が生れてっから、君は一度も街へ出なかったじゃないか、俊一がいなくなれば、どこへでもふたりで行けるぜ、シネマだって、温泉へだってさ」

「――――」

「君のためには子供は枷《かせ》なんだ」

「ええ」

「そう思えば気持が楽になる。そうじゃないか、俊一なんかいいよ」

「ええいいわよ」

妻君は堪《たま》り兼ねて啜《すす》りあげた。守屋君はいきなり足を止め烈《はげ》しく妻君を引寄せた。そのときふたりは互いの心が湯のように溶け合うのを感じた。妻君がそんなにものっぴきならぬほど自分のものであったことを、子供を押除《おしの》けてみて初めて守屋君は覚《さと》ることができたのだ。

耳の端に妻君の啜泣きの息吹を聞きながら、一瞬守屋君は酒場エトルリアの長椅子《ながいす》に凭《もた》れて、娼婦《しょうふ》に等しいひとみと酔痴《よいし》れている自分の姿を思出した。

——鬼怒川？　冗談じゃない、きさまなんぞと浮気をする金があれば。

四

桜井医学博士は小児科医特有のそつの無い態度で怖がって泣き叫ぶ子供を上手にあやしあやし、胸から腹背と聴打診を試み、さらに瞼をかえしてみたりしたのち、二三日前からの食物と便通を妻君に糺《ただ》し、あらためて子供の表情に見入っていたが、やがて額から反射鏡を外しながら愛想よく微笑して、

「二三日ようすをみないとはっきり云《い》い切るわけにもいきませんが、多分御心配なさ

ることはないでしょう、おそらく単純な智恵熱《ちえねつ》とでもいう程度のものだと思いますがね」

「はあ」

油然《ゆうぜん》と守屋君の顔がほぐれた。振返ると妻君の安堵《あんど》と悦《よろこ》びに輝き潤《うるお》う眼があった。ふたりは絡《から》み合うように熱い微笑を交した。

「お所を伺っておいて明朝にでももう一度拝見いたしましょう、なあにその時分にはすっかり元気になっておられますよ」

「では、べつに冷やすとか何とか――」

「ええいりません、水薬を少し差あげますから、お帰りになったらあげてください」

医者の家を出るときふたりの後で時計の三時を打つのが聞えた。

「よかったのねえ、坊や」

「良い医者じゃないか、気さくで――博士なんてもったいぶったやつと思ったら、まるであの女医者と逆だぜ」

「ほんと」

風も今は寒くなかった、守屋君はさっき自分の取乱していたことを恥じたが、それはかえって自分たち夫婦の感情に新しい段階を与えたものとして許されて良いと思った。道角へ来たとき、妻君はふいに足を止めて情熱的に良人へ唇をあたえた。

「先生が喉《のど》を診察なさるときねえ、あの靴箆《くつべら》のような物で舌を圧《おさ》えるでしょう、あのときあたし息が詰まりそうで見ていられなかったわ」

「あいつは苦手だ」

守屋君は元気に頷いた。

「だけどあのとき坊やは素晴しかったぜ、やつ初めはいやがって身をもがいていたが、すぐ観念したとみえて泣きながらじっと我慢していたじゃないか」

「分ってるのねえ、もう」

妻君は自慢そうに頸《くび》を捻曲《ねじま》げて背中の子供へ頬《ほお》ずりをした。守屋君は続けさまにあの気の毒な女医をこきおろした。

家へ帰るとすぐ、水薬を与えて寝床へ入れると子供はじきに寝入ってしまった。妻君は良人の座っている長火鉢《ながひばち》の向うへ廻《まわ》って、火を掻《か》きおこしながら、

「すみません、出張なさる前にお騒がせしてしまってお疲れになったでしょう」

「出張なんか止《や》めだ」

守屋君は眩《まぶ》しそうに電燈《でんとう》から外向《そむ》いて、しかしひどく明るい調子で云った。

「まあ――」

「冗談じゃない、日曜を出張なんかで潰《つぶ》されちゃ耐《たま》らねえや、子供が病気なんだからそう届けりゃ万事ＯＫさ」

「でも、いいんですか」

「いいか悪いかは僕《ぼく》が心得てるよ、ああ——安心したら急に腹がへっちゃった」

「あら、あたしも」

妻君は若々しく手を拍《う》った。感情の調子づいているときに人は些《さ》細《さい》なことにも酔えるものである、守屋君は妻君の子供らしい動作を見ると同時に心を揺られるような愛《あい》欲《よく》を感じた。

「残ってないかい、酒」

「ありますわ、ほんの一本くらいですけど」

「けっこう、そいつを頼むよ」

「お肴《さかな》が何にもありませんのよ」

妻君はいそいそと厨《くりや》へ立って行った。守屋君は不遠慮に大きな欠伸《あくび》をすると、立上って自分の部屋へ行き本棚の隅から折重ねた紙幣の束を持って戻《もど》ってきた。そして手早く長火鉢の側《そば》へ膳拵《ぜんごしら》えをすると、妻君の飯茶碗《めしぢゃわん》を取出して膳の上へ紙幣を伏せた。

厨からは間もなくしゅんしゅんと湯のたぎる音がし始め、夕食の残肴を温めるのであろう、瓦斯焜炉《ガスこんろ》の上でかたかたとフライパンを揺る音が聞えてきた。

「何もいらないぜ君」

「ええほんの残物」

「早く来たまえ、君を吃驚させるものがあるんだから」

「もうすぐよ」

守屋君の唇へ、抑えても抑えても微笑がうかびあがってくる。その飯茶碗を取ったとき、妻君はどんな顔をするだろう。

さてこの庭訓《ていきん》ともいうべき挿話《そうわ》について、筆者はもはや何もいうべきではない、守屋君をして浮気心を起させた動機が、たとえどのような理由であったにせよ今は安穏《あんのん》な生活感情が動かしがたい力で守屋君を取戻した。これを嘲《あざけ》ると首肯するとはいずれも読者諸氏の自由である――気の毒なのは朝になって、上野駅の寒い待合室で待呆《まちぼう》け役を受持たせられた酒場エトルリアのひとみ嬢であるが、嬢もまたその鬱憤《うっぷん》を晴す手段をもっていないわけではない。やあ――厨から妻君が出て来たようである。それでは我々は引退《ひきさが》るとしよう。


（「アサヒグラフ」昭和九年三月二十一日号）

解説

木《き》村《むら》久《く》邇《に》典《のり》

本書には昭和八年二月から十六年十月にいたる、十二編の作品が集められており、うち二編は現代小説である。

山本周五郎が神奈川県江の島に近い腰越《こしごえ》から、新婚所帯をたたんで、東京・大森の馬込東《まごめひがし》に引っ越したのは昭和六年一月十五日。当時山本は、それまでの文学仲間と袂《べい》別《べつ》して、新しい芸術的刺激を与えてくれるような、共に文学を語るに足る友人を求めていた時期にあった。たまたま昭和四年に東京市が募集した児童映画脚本に応じて、一緒に当選者となったことから知り合った三田派の今井達夫（そのころ馬込の住人だった）と、同じ〝馬込文士村〟の住民の一員である松沢太平（広津《ひろつ》和郎《かずお》の義弟）の二人に馬込移転をすすめられ、その気になって、さっそく〝馬込文士村〟に居を移したのであった。

関東大震災後、大森かいわいは、まだ田園の風情《ふぜい》をのこしており、都心地域の地価には高騰《こうとう》も手伝ったのか、中堅サラリーマンの新居を構えるものが多く、省線の駅周辺にはハイカラな雰囲気《ふんいき》がただよっていたものだそうである。

山本は、今井や松沢らの紹介で、さっそく〝馬込文士〟連に引き合わされ、なかんずく尾崎士郎《おざきしろう》、鈴木彦次郎《すずきひこじろう》、藤浦洸《ふじうらこう》、日吉早苗《ひよしさなえ》、北園克衛《きたぞのかつえ》、石田一郎らと親しい交わりを持つようになった。

それまでは、山本の作品の発表舞台は、主として博文館発行の「少女世界」や「譚《たん》海《かい》」で、ほとんどが少年少女小説であった。馬込に転居した翌年（昭和七年）から、講談社発行の大衆娯楽雑誌「キング」に発表の舞台をひろげることができたのは、今井達夫の談話によると、尾崎士郎や鈴木彦次郎の推輓《すいばん》によるものだった。

尾崎や鈴木が、山本を同社に推薦したのは、ただ山本と同じ馬込に住んでいるという単純な理由だけではなく、彼らも山本の才能の将来性を見込んでの友情からだったように思われる。真鍋元之《まなべもとゆき》（故人・作家・文芸評論家）によると、当時は〝大衆作家〟とは言っても、講談社の雑誌に、小説が三編掲載されれば、〝先生〟と呼ばれた時代だったそうである。本格的な娯楽小説雑誌の少なかった往時の、雑誌ジャーナリズムの在りようが彷彿《ほうふつ》としてくるような話である。

だが一方、山本周五郎の前夫人きよゑ（昭和二十年五月死去）は、いわゆる〝大衆雑

誌〟に作品の発表数が多くなってゆく良人《おっと》に、

「私は大衆作家のところへ嫁に来たのではありません」

と、きびしい口調で難詰《なんきつ》したという（今井達夫、清水潔＝山本の実弟＝らによる）ことだ。山本は彼女の言葉に、てひどい衝撃をうけ、また同時に、負けずぎらいの山本を奮発させる起爆剤にもなったのであった。

山本は昭和十二、三年ごろ、今井達夫と論争したさい、こう宣言したという。

〈大衆小説は書くが、やがてはその中で自分のやりたいことをやるつもりである。同じ小説で講談雑誌へ出しても改造や中央公論へ出しても、少しもおかしくないもの、そういうものを仕上げてみるつもりだ〉

こんにちでこそ、純文学と大衆小説の区別について、ことごとしく云為《うんい》すること自体が烏滸《おこ》の沙汰《さた》でもあるかのような認識が一般化されているものの、昭和初年から十年代にかけては、両者には画然たる格差があり、大衆小説を専業とするものは、賤《せん》業《ぎょう》を生計《たっき》としているかのように観《み》るムキもあったのである。

本書に採録された諸編は、大衆小説が白眼視されていた情況で、作者が大衆小説ジャーナリズムと妥協し、かつは反発しながら、〈やがてはその中で自分のやりたいことをやる〉ための努力を積み重ねていった軌跡であるといっていい。さらにこれらの小説が描《か》かれたのは、満州事変、北支事変、支那《しな》事変、太平洋戦争へと、燎原《りょうげん》の火のように、戦火が拡散していった時局においてであったことをも無視してはなるまい。ときには試行錯誤を犯しながら、さまざまな困難のなかで、自《みずか》らの道を切り開いて行った山本周五郎の足跡が、ここには鮮明に刻印されていると思う。

『曾我平九郎《そがへいくろう》』は昭和八年二月号「キング」に発表された。織田信長《おだのぶなが》は寵愛《ちょうあい》した侍女を、武弁一徹の家臣曾我平九郎に娶《めあわ》せようとするが、主君の手付きではないかと誤解した平九郎は素直に信長の意に従えず、彼の家を訪れてきた侍女をも追い返したため、彼女は行き方知れずとなり、せっかく今川《いまがわ》方に誼《よしみ》を通じていた鳴海《なるみ》城主の諜者《ちょうじゃ》を討ち取ったものの、勘当されてしまう。さきに信長から彼女との結婚の勧めを断わったときに勘気を蒙《こうむ》ったので、これが二度めである。

だが、今川義元《よしもと》が尾張《おわり》の織田領・桶狭間《おけはざま》に進軍してきたとき、義元の虚をついて逆襲した信長の手のうちに、二人の武者があり、義元の腿《もも》へ槍《やり》をつけながらも、服部小平太《はっとりこへいた》、毛利新助に功を譲り、乱軍のなかに身を挺《てい》して紛《まぎ》れ込んでしまう。戦い終わって二人の尾張武者こそ、今は夫婦《めおと》となった平九郎と侍女の若菜《わかな》だったことが判明し、信長の褒辞《ほうじ》を受けるというめでたい物語。娯楽性ゆたかで、主従の信頼感が爽《さわや》かに描かれている。

張り扇で畳みかけるような筆調は、このころの山本周五郎の特徴的な文体であった。『癇癪料《かんしやくりよう》二十四万石』も昭和十年五月号「キング」に掲載された作品。松平河内守《まつだいらかわちのかみ》に対する京極忠高《きようごくただたか》の堪忍《かんにん》が、いかに耐えがたいものであったか、いくつかの事件を塗り重ねて、読者を十二分に納得させる説得性があり、さいごに川止め破りの禁を犯して、三十余騎を率いて大井川を押し渡り、二十四万石と引き換えに癇癪を爆発させる痛快さもさることながら、良人の武士の意地を「よう遊ばしました」と褒《ほ》め、あくまで忠高に従う保子《やすこ》との夫婦愛もすがすがしく描かれている。やや〝型どおり〟の難点はあるにせよ、硬質の娯楽性が快い。馬込文士村時代の作者の鬱積《うつせき》した思いを、忠高に託したのであったか——とも読めるのである。

『竹槍《たけやり》念仏』は昭和十一年八月号の「キング」に発表した作品だが、わたくしが山本の古い文学仲間の滝川駿《しゆん》から聞いた話では、山本が昭和七年五月号の「キング」に初めて執筆することになったとき、自分にとっては最初の大人むけの娯楽小説であり、相手は大手の雑誌社とあって、山本としても大いに気負ったものらしい。そして書きあげたのが『竹槍念仏』だった。ところが編集者が気に入らず、いろいろ注文をつけ、改筆、加筆を要求した。山本は了解の返事を与えたものの、数日後に編集者に提出したのは、全然べつものの『だゝら団兵衛《だんべえ》』で、それが「キング」に掲載されたというのである。以後、山本は昭和十年に、同誌へ三編を載せ、十一年に入って三月、七月と「キング」に書き、そのほか、講談社の「雄弁」「少女倶楽部《クラブ》」「婦人倶楽部」などへも小説を発表するという実績を積んだのち、筐底《きょうてい》に蔵していた『竹槍念仏』を一行も改変せず、昔のままの原稿を寄せて、こんどはすんなり掲載OKになったのだそうである。

「これは、山本周五郎の明らかな勝ちですわな」

と滝川駿は云《い》った。

作者が、己れの作品に、いかに激しい執念を抱いていたかを語る好挿話《そうわ》というべきであるが、難解な経文の引用を多出したり、仏道を志す半太郎が、悪党をこらしめるためとはいえ、竹槍を振るって殺生の世界へ還《かえ》るというやくざ肯定の趣向は、いただけない。ただ畳みかけるような会話のテンポと、文章の歯切れの良さが、後年の山本周五郎の、すぐれた一面の萌芽《ほうが》を示しているとはいえそうだ。

『風車』は昭和十三年十二月号「婦人倶楽部」に発表された。自分は美しくはないと信じているおつゆは、氏素性も貧しく、才芸もないと思い込んでいるので、万事が控え目な可憐《かれん》な娘だ。だからひそかに愛している金之助に、自分の美しさを賞《ほ》められることがなにより辛《つら》い。しかし、金之助の叔父からの仕送りも断わり、風車づくりの内職をして彼を怠惰な生活から立ち直らせようとする芯《しん》の強さももっている。ふとした事件から仕官のクチにありついた金之助が、おつゆを迎えにきたとき、彼女は身をかくして行き方しれず……。悲しく哀れに、そして美しい物語である。結尾の部分は、後年の『花さく日』（のち『おかよ』と改題＝昭和十七年）や『野分』（昭和二十一年）の祖形を思わせる。それだけ作者には愛着ふかいテーマだったのであろう。山本の才能の開華の間近かさを感じさせる好短編である。

『驕《おご》れる千鶴《ちづる》』は昭和十四年七月号「キング」に執筆した作品。五十七歳になる二千石の筆頭家老にとついだ才色兼備の若い千鶴は、それがために〝驕れる孔雀《くじゃく》〟と異名を周囲からささやかれて、はなはだ評判がわるい。世間には彼女の行為は、富と名声を得るための、功利、打算の振る舞いとうつったのだ。良人の虫明三右衛門《むしあけさんえもん》すら、嬉《うれ》しさの半面、最初は千鶴の真意を測りかねる思いがあったのは無理もない。だが、三右衛門の失脚と復職という事件の経過を通じて、千鶴の良人に寄せた純愛が明らかになる。俗にいう〝玉の輿《こし》〟結婚への、さわやかな、同時にしっとりとした作者の反論といえよう。

『武道用心記』は昭和十四年十月号「講談倶楽部」に掲載された。癇癪もちの青年真之助が、いとこの双葉《ふたば》に結婚を申し入れている孫次郎の大坂蔵屋敷詰めのころの悪業をあばき、双葉を自分の腕に取り戻《もど》す……というエンターテインメント味ゆたかな作品。早い場面転換と事件進行の語り口も、ぴたりとテーマに密着している。叔父の忠告にしたがい、癇癪を鎮《しず》めようと、〈己《おれ》は孫次郎を嫌《きら》いじゃない、嫌いじゃない、こいつにも良いところはある〉と、自分に言いきかせようとする場面など笑わせるが、後年の『おしゃべり物語』(昭和二十三年)は、この小説の趣向を発展させたのである。戦時中はシリアスな作品の多かった作者だが、けっこう滑稽《こっけい》ものを描く才分をも兼備していたことを示している。

『しぐれ傘《がさ》』は昭和十五年一月号の「講談雑誌」に寄せた作品である。山本周五郎の得意とした〝職人もの〟〝芸道もの〟の先駆的な小説に属するものと云える。

自分になっとくの行かない作品は、ぜったいに人手に渡すまいとする宗七《そうしち》の一途《いちず》な情熱を温かく見守る理解者たちの扱いも、さわやかな読後感をよび、親方の娘お雪を配する色模様も美しい効果をあげている。上質な娯楽小説であり、つぎの新しい展望を期待させる出来ばえである。山本から聞いた話であるが、当時、馬込に彫刻家の佐《さ》藤朝山《とうちょうざん》(のち玄々)が居住していた。朝山はすでに売却した作品が気に入らなくなったといい、顧客宅を訪れて玄能で叩《たた》き割ってしまうという事件を起こしたことがあった由《よし》である。この一件が、『しぐれ傘』を山本に構想させたものだったのかもしれない。

『竜《りゅう》と虎《とら》』は昭和十五年四月の「キング増刊号」に掲載された。戦後の『明暗嫁問答』（昭和二十一年九月号「講談雑誌」）などに通じる明朗滑稽小説とも称すべき作品である。美しい娘の父親である作事《さくじ》奉行と、奉行の加役を命じられた若侍が、たがいに好意を抱きあっているのにかかわらず、なにか話を始めると、口論になってしまう。しかもそれは二人の間だけのことで、他人《ひと》にはそれぞれ長所を賞めているという人間関係の設定が面白《おもしろ》い。このような構図の小説は、彼らの性格がはっきり造形されていなければならず、読者に気楽に読み捨てられがちな側面をもつ割りには、書き手にとっては困難な創意を必要とするものである。だがそうした苦心こそ、山本がもっとも自《じ》家薬籠中《かやくろうちゅう》のものとした特技でもあって、作者も読者とともに楽しみながら筆をすすめている如《ごと》くに描き切っているところが心憎い。

『大将首』は昭和十五年八月号の「キング」に執筆した小説。一放流の名手でありながら仕官のクチがなく、よんどころなく妻には五十石取りの士分で召し抱えられた、と嘘《うそ》をついて足軽《あしがる》に身を落としたのは、妻が自分の髪を切って、良人の客をもてなしてくれた愛情に酬《むく》いるためであった。某日、出先きの作業場で、三人の武士に「下郎、邪魔になるぞ！」と突き放され、水田に転落したかれは、武士の意地から三人とも一刀のもとに斬《き》り伏せる。

実はこの三人は当藩の剣術師範と弟たちで、藩主に無礼を働き、逐電《ちくでん》の途中だった。足軽の池藤六郎兵衛《いけふじろくろべえ》はこうして出世の糸口をつかむ——。夫婦の細やかな情愛と、上役、同輩たちの温かい思いやりや友情などが背景に流れて、まことに上質な娯楽読物になっているのだが、作者がこの地点から這《は》いずりあがって、自身の〝大将首〟を得るに至るまでの辛苦を思わずにはいられない。

『人情武士道』昭和十六年十月、大白書房刊『奉公身命』初出の作品。主題は欽之《きんの》助《すけ》・信子夫婦の愛情と、己れの善行を秘めて人に語らぬ欽之助の奥ゆかしい人格を描くことにあったと思われる。この物語の立会人のような松平越中守《まつだいらえつちゅうのかみ》の老職大沼将監《おおぬましょうげん》だけが、事の真相を知っている、という構成もたくみである。昭和十八年七月、作者は『日本婦道記』シリーズの一編として『心の深さ』（のち『藪《やぶ》の蔭《かげ》』と改題）という小説を発表したが、主人公が友人のために事件の真実を語らぬ点で、通い合うものがある。山本周五郎はこうした人間の生き方を好んだようだ。

『猿耳《えんじ》』は昭和七年十一月号「犯罪公論」に執筆した〝現代もの〟怪奇小説。失った耳の代わりに移植した猿《さる》の耳のまわりに柔毛が生えてくると、殺人の衝動に駆られ実行してしまうという話だが、読む者に訴えかける奇妙な生理感覚の描出に作者のネライがあったのであろう。本文中の××字部分は、雑誌に掲載された時からそのようになっている。検閲当局の指示によるものか、あるいは猟奇性をたかめるための作意的な計算によるものであったかと考えられる。

『家常茶飯』は昭和九年三月二十一日号の「アサヒグラフ」に掲載した〝現代もの〟の小説である。妻君が貞淑《ていしゅく》すぎるので浮気心をもよおした守屋君は、酒場の女性と一夜のアバンチュールを約束した。ところが子供が高熱を発して医者にかけこむ突発事が起り、結局、彼女はすっぽかされ、守屋夫婦の心の撚《より》もほぐれるという平均的市民の家常の姿を描いている。ごくありふれた市民生活を写すことは、起伏が少ないだけに、作者にとっては困難な命題だったはずである。山本はその難問に挑《いど》んだのである。

（平成元年十一月、文芸評論家）

「曾我平九郎」「大将首」は実業之日本社刊『山本周五郎痛快小説集』（昭和五十二年十一月）、「痼癪料二十四万石」は実業之日本社刊『山本周五郎修道小説集』（昭和四十七年十月）、「竹槍念仏」は実業之日本社刊『山本周五郎幕末小説集』（昭和五十年十一月）、「風車」「人情武士道」は実業之日本社刊『山本周五郎感動小説集』（昭和五十年六月）、「驕れる千鶴」は実業之日本社刊『山本周五郎婦道小説集』（昭和五十二年九月）、「武道用心記」は実業之日本社刊『山本周五郎武道小説集』（昭和四十八年一月）、「しぐれ傘」は実業之日本社刊『山本周五郎真情小説集』（昭和五十七年八月）、「竜と虎」は新正堂刊『武家太平記』（昭和十七年十一月）、「猿耳」「家常茶飯」は実業之日本社刊『山本周五郎現代小説集』（昭和五十三年九月）にそれぞれ収められた。